W0380598

DAS BUCH

Kennen Sie den Ton, den ein Bügeleisen anschlägt, wenn es mit der Spitze ungebremst auf einen Kopf trifft? Könnten Sie den Vater ihres Kindes unter der Betonplatte endlagern, auf der Ihr Nachwuchs laufen lernen wird? Gehören Sie zu jenen Menschen, die sich ihren Appetit weder durch ein Verbrechen noch durch eine Leiche vermiesen lassen?

Stephan Hähnel schreibt schwarzhumorige Geschichten, die scheinbar von ganz alltäglichen Dingen handeln. Wer wissen möchte, wie man sich überdrüssig gewordener Liebschaften entledigen kann oder welche Möglichkeiten es gibt, die Anzahl der Familienmitglieder auf ein erträgliches Maß zu reduzieren, der findet in seinen Storys hilfreiche, wenn auch nicht zum Nachahmen empfohlene Antworten.
Für alle Freunde des gepflegten Vergehens wurden in diesem Buch die besten Geschichten zusammengestellt.

DER AUTOR

Stephan Hähnel, Berliner, Jahrgang 1961, ist ein Allroundtalent. Nach Schule, Ausbildung zum Schlosser und Wehrdienst war er unter anderem als Produktionsarbeiter, Kneipenbetreuer, Student, Wirtschaftsingenieur, Finanzbuchhalter, Systemadministrator und Personalberater tätig. Umfangreiche Erfahrungen sammelte er auch als Ehemann und Familienvater.
Stephan Hähnel gilt als Meister des schwarzen Humors. Er ist Mitglied im Verband Deutscher Schriftsteller sowie im Syndikat, der Autorengruppe deutschsprachiger Kriminalliteratur.

Stephan Hähnel im Internet: www.stephan-haehnel.com

STEPHAN HÄHNEL

Gießt du meine Pflanzen, entsorge ich deine Frau

BUCHVOLKverlag

Bibliografische Information der Deutschen Bibliothek
Die Deutsche Bibliothek verzeichnet diese Publikation in der Deutschen Nationalbibliografie; detaillierte bibliografische Daten sind im Internet abrufbar unter *http://dnb.ddb.de.*

Personen und Handlung sind frei erfunden. Ähnlichkeiten mit lebenden oder toten Personen sind rein zufällig und nicht beabsichtigt.

1. Auflage November 2012
Copyright © 2012 Buchvolkverlag

Die meisten Geschichten dieses Bandes sind bereits im Dosse-Verlag erschienen und folgenden Büchern entnommen:

Von perfekten Gastgebern und perfekten Morden
ISBN 3-9807861-7-X (2. Aufl. 2010)

Von schüchternen Schnüfflern und schnüffelnden Schnauzen
ISBN 978-3-9811279-1-1 (1. Aufl. 2007)

Von dunklen Augen und dunklen Seiten
ISBN 978-3-9811279-8-0 (1. Aufl. 2009)

Von gestressten Killern und genervten Opfern
ISBN 978-3-9813533-0-3 (1. Aufl. 2010)

Umschlaggestaltung, Layout und Satz: Ulrich Puhlfürst
Illustrationen: Ralf Alex Fichtner
Schrift: Minion Pro
Druck und Bindung: DZA Druckerei zu Altenburg GmbH

ISBN: 978-3-9815604-0-4

www.buchvolk.de

INHALT

GETEILTES LEID IST HALBES LEID

Einen Moment lang spielte Werner Kronberg ernsthaft mit dem Gedanken, seiner Frau Marianne die Nase zuzuhalten, wissend, ihr Schnarchen würde nach einem Augenblick des Luftanhaltens mit einem erstickenden Kehllaut enden. Anschließend würde sie etwas Unverständliches brummen oder grunzen, so genau hatte er das noch nie differenzieren können, um dann beleidigt und theatralisch ihre beträchtliche Masse auf die Seite zu wälzen.

Meist schlief sie sofort wieder ein. Nur selten stand sie auf und ging in die Küche, um nach den versprengten Resten des Abendmahls zu fahnden oder sich mithilfe mehrerer Stücke Schokolade ein paar Glückshormone zuzuführen. Das Risiko wollte Kronberg heute nicht eingehen. Soll sie schnarchen, dachte er und schaute erneut auf die rötlichen Ziffern der Uhr.

Seit seinem letzten prüfenden Blick waren nicht einmal fünf Minuten vergangen. Noch eine gute Stunde würde er es ertragen müssen. Die Gefahr einzuschlafen, bestand nicht, dafür würde sie schon sorgen. Wieder überlegte er sich, ob alles perfekt vorbereitet war, verwarf aber dann den Gedanken. In den letzten zwei Stunden hatte er seinen Plan genauestens geprüft und ihn als vollkommen eingestuft.

Wann Marianne das erste Mal geschnarcht hatte, konnte er nicht mit Bestimmtheit sagen. Der Einfachheit halber entschied er, dass die ersten, noch dezenten Töne, beim

Überschreiten der kritischen Masse von achtzig Kilo eingesetzt hatten. Seit gut einem Monat waren sie neunzehn Jahre verheiratet und die Aussicht, dass dieses Geräusch nicht nur lauter, sondern auch noch einige Oktaven tiefer werden würde, ließ ihn fast verzweifeln. Auch wenn er nicht an Gott glaubte, sein gedanklicher Stoßseufzer galt vorwurfsvoll einer höheren Instanz.

Warum nur mutierten Frauen, die sich ihrer Männer amtlich versichert hatten, zu derartigen Masseansammlungen?

Im Grunde genommen war sie nie schlank gewesen, sondern von Natur aus etwas üppig, mit kurzen braunen Haaren und einer Stupsnase. Durchaus eine Schönheit, damals. Alle Freunde beneideten ihn um so viel Frau. Heute glich die Nase eher einer Kartoffel. Was früher feste und zugegebenermaßen reizvolle Rundungen waren, hatte sich zu wabbligem Wellfleisch gewandelt; das, so schien es ihm, nur noch von rosiger Haut zusammengehalten wurde.

Sicher, auch an ihm war die Zeit nicht spurlos vorübergegangen. Auch sein Körper war eindeutig zu klein für sein Gewicht. Er war sich dessen durchaus bewusst. Nach seiner Einschätzung handelte es sich um einen vorübergehenden Zustand, eine Konsistenz, die sich durch ein bisschen Training und Bewegung in Muskeln verwandeln ließ, wenn er wollte. Nur solange er an Marianne gebunden war, gab es keinen wirklichen Grund, daran etwas zu ändern.

Als ein besonders lang anhaltender, sich proportional beschleunigender und lauter werdender Sägeton das gemeinsame Schlafgemach füllte, wäre er am liebsten aufgestanden. Misstrauisch wie sie war, würde sie es bemerken und ihn mit sinnlosen Fragen malträtieren. Nein, ich stehe das durch, redete er sich zu.

Ihr erstes Schnarchen, ging es Kronberg durch den Kopf, musste zu jenem Zeitpunkt eingesetzt haben, als das *Schlachtschiff Bismarck* beim Abstauben aus unerklärlichen Gründen aus dem Regal gestürzt war. Das war kurz nach ihrem dritten Hochzeitstag geschehen. Die *Bismarck* war der ganze Stolz seiner Modellbautätigkeit und hatte ihn vierhunderteinundsiebzig Mannstunden Arbeit gekostet. Damals war er noch jung, verliebt oder blind gewesen. Der Gedanke, dass es sich womöglich um ein Attentat gehandelt haben könnte, war ihm erst Monate später gekommen.

Am Anfang ihrer Ehe hatten sich diverse Puppen aus zwei Jahrhunderten noch friedlich den Platz mit holländischen Zweideckern, englischen Fregatten und deutschen Panzerkreuzern geteilt. Als allerdings die teuer ersteigerten böhmischen Zwillinge mit den Biedermeierkostümen und den dussligen Porzellanköpfen das Bord über dem Sofa einnahmen, jenen Platz also, an dem die *Bismarck* vor ihrer Zerstörung geankert hatte, waren ihm ernsthafte Zweifel gekommen. Was, wenn Marianne nicht fahrlässig agiert, sondern bewusst und böswillig Platz geschaffen hatte?

Kaum war der Gedanke damals zu Ende gedacht, verbrachte er sämtliche Schiffsmodelle in die dunklen Glasschränke des Kellers. Er begründete seine Aktion mit der Befürchtung, Sonnenlicht könne Pappelsperrholz übermäßig ausbleichen. Marianne hatte es mit einem Lächeln quittiert. Wenig später wandelte sich das Wohnzimmer zu einem Panoptikum starrer Körper mit eingefrorenen Kindsköpfen, die in historischen Gewändern auf den Jüngsten Tag zu warten schienen. Einzig ein stilisiertes Buddelschiff mit einem Matrosenjungen, der albern winkte, war übrig geblieben. Die schwere Glasflasche fristete ihr Dasein gleich neben der Treppe. Ein Geschenk seiner Frau zu irgendeinem Hochzeitstag. Jedes Mal, wenn Werner Kronberg die Treppe hinauf- oder herunterging, glotzte ihn der Matrosenjunge dümmlich an. Nicht auszuhalten.

Wieder schaute er auf die Uhr, lauschte, ob sich ein ungewöhnliches Geräusch vernehmen ließ, aber alles blieb ruhig.

»Verdammt noch mal, wo bleibt Meißner?«, fragte er sich. Werner Kronberg und Joachim Meißner kannten sich von frühester Kindheit an, waren in die gleiche Schule gegangen und hatten zumindest eine Zeit lang gleiche Interessen gehabt. Briefmarken. Meißner sammelte ausschließlich postfrische Wertzeichen aus Deutschland, nicht gestempelt, unbenutzt und in ganzen Blöcken mussten sie vorliegen. Zu jener Zeit hatte er selbst Motive aus aller Welt gesammelt, bevorzugt Schmetterlinge und Vögel. Mit der Zeit war ihm das allerdings zu langweilig geworden. Perforierte, zweidimensionale Papierschnipsel in eigens dafür vorgesehene Alben zu stecken, unterforderte seine Feinmotorik.

Kronberg war ein Bastler, geduldig, pedantisch, minimalistisch, jemand, der sich an winzigen Details berauschen konnte. Sein erstes Schiff hatte er mit vierzehn Jahren gebaut.

Meißner hingegen konnte den Miniaturmodellen nie etwas abgewinnen. Die Welt auf ein handliches Format zu reduzieren, war für ihn unvorstellbar. Nach seinem Empfinden hatte Glück etwas mit Vollständigkeit und Unversehrtheit zu tun. Briefmarken, denen eine Zacke fehlte, waren lediglich Nutzmarken. Ihnen wurde ein unwichtiger Platz im Schreibtischschubfach zugewiesen.

Neben ihrem Wunsch, die Freizeit mit einem Hobby auszufüllen, gab es keine weiteren Gemeinsamkeiten, die beide Männer verbanden, abgesehen von ihren Ehefrauen, die sie zeitgleich beim jährlichen Weihnachtsflohmarkt der Kirchengemeinde kennengelernt hatten. Den Versuch der beiden Mädchen, selbstgehäkelte Topflappen für einen guten Zweck verkaufen zu wollen, hatten alle Flanierenden mit einem mitleidigen Lächeln und ausgeprägtem Desinteresse restlos scheitern lassen.

Das hatte sich schlagartig geändert, als Kronberg und Meißner sich zwar etwas hilflos, aber doch Wissbegierde heuchelnd, für feste Maschen, Luftmaschen, Kettmaschen, Halb- und Mehrfachstäbchen sowie das ergiebige Thema des Zu- und Abnehmens interessierten.

Genau wie er war auch Meißner augenblicklich Mariannes weiblichen Reizen erlegen. Nur bekamen davon weder Marianne noch ihre Freundin Ingeborg etwas mit. Männer, die sich für die Gestaltung von Häkelmustern interessierten, waren eher selten und bedurften einer genaueren Betrachtung. Nachdem Kronberg und Meißner sämtliche Bestände an Maschenwaren erworben hatten, um Marianne und Ingeborg in das nächstbeste Café einem anderen, vermeintlich besseren Zweck zuzuführen, war es zu einem kollektiven Verlieben gekommen. Allerdings war lange Zeit unklar, wer sich eigentlich in wen verliebt hatte.

Man traf sich regelmäßig und arbeitete die gesamte Palette romantischer Klischees ab. Schließlich hatte Meißner den ersten Schritt gewagt. Sein Versuch, Marianne mit einem kleinen Album Blumenbriefmarken seine Liebe zu gestehen, war allerdings auf vollständiges Unverständnis gestoßen.

Marianne entschied sich in jenen Tagen für Kronberg. Meißner heiratete wenig später Ingeborg, für die sich auch Kronberg ursprünglich interessiert hatte. Aber man bastelt nicht gleichzeitig an mehreren Modellen. Jegliches hat seine Zeit, und zu jener Zeit war noch nicht viel dran gewesen an Ingeborg. Ihr fehlten jene Rundungen, mit denen ihre Freundin Modellbauer und Briefmarkensammler gleichermaßen um den Verstand bringen konnte. Holz muss auch erst einige Jahre lagern, bis es den Ansprüchen genügt.

Seitdem schweißte die Verständnislosigkeit, mit der ihre Frauen auf ihre Hobbys reagierten, die beiden Männer eng zusammen. Regelmäßig saßen die zwei Freunde in Kronbergs Keller bei einem guten Glas Wein, betrachteten jammervoll die eng beieinanderliegenden Schiffe und gaben sich der Trauer über die verlorene Glückseligkeit vergangener Zeiten hin.

An einem dieser Abende war Meißner völlig aufgelöst zu ihrem wöchentlichen Treffen gekommen. Ingeborg hatte nicht nur an diversen Gewinnspielen teilgenommen, sondern sich auch noch aus Mangel an Briefmarken an seiner Sammlung vergangen.

Die Leidenschaft von Meißners Frau war von je her die Teilnahme an Glücksspielen. Regelmäßig gewann sie kosmetische Pröbchen, Restaurantgutscheine oder Schlüsselanhänger. Solange sie sich von seinen Briefmarken fernhielt, ertrug Meißner diesen Tick mit stoischer Geduld. Als ihn aber Adenauer, Brandt, Kohl und andere politische Persönlichkeiten vorwurfsvoll von den Rückseiten diverser Gewinnspielpostkarten angestarrt hatten, war es mit der Ruhe vorbei gewesen.

In der bedrückenden Atmosphäre des Schiffsfriedhofes hatten er und Meißner begonnen, Pläne zu schmieden, um das verlorene Gebiet zurückzuerobern. Briefmarken ließen sich vor unerwünschtem Zugriff durch einen Tresor schützen. Nur wie man Puppen unauffällig, aber endgültig entsorgte, bereitete ihnen Kopfschmerzen. Einige Gläser *Chianti* später waren sie sich einig: Die Puppen mussten einem Diebstahl zum Opfer fallen. Meißners Einwand, er beherrsche zwar durchaus die Arbeit mit Pinzette und Lupe, habe aber noch nie mit einem Glasschneider zu tun gehabt, ließ Kronberg nicht gelten. Immerhin ging es um die Rettung seiner Armada.

Plötzlich schreckte Kronberg aus seinen Gedanken. Die ersehnten Geräusche, ein Kratzen, dann ein Knacken, bestätigten, dass alles wie abgesprochen stattfand. Vorsichtig versuchte er in der Dunkelheit zu erkennen, ob Marianne etwas davon mitbekam. Ihr gleichmäßiges Schniefen verriet, dass sie auch weiterhin tief und zufrieden schlief. Die Baldriantropfen, die er ihr heimlich in den abendlichen Kräutertee gemischt hatte, wirkten wie erwartet.

Normalerweise reichte schon das kleinste Knistern, um sie aufschrecken zu lassen. Die Angst, ihren *Babys*, wie sie die Puppen überschwänglich nannte, könne etwas zustoßen, ließ sie regelmäßig bei jedem Geräusch hochfahren.

Meißner war es offensichtlich inzwischen gelungen, die Terrassentür zu öffnen. Wahrscheinlich war er schon damit beschäftigt, die Puppen einzupacken, wertvolle Unikate, die beide später zu Geld machen wollten, um die dezimierten

Postwertzeichen wieder zu vervollständigen. Marianne schlief den Schlaf der Gerechten und bekam nichts mit. Kronberg freute sich jetzt schon auf ihr Gesicht am nächsten Morgen.

Plötzlich zerriss ein Klirren die Stille. Kronbergs Herz hielt es für besser, einen Schlag lang auszusetzen. Vorbeugend stellte er sich tot wie ein Käfer im Tierreich, in der Hoffnung, die Gefahr werde an ihm vorübergehen. Ein Irrtum, wie er sofort feststellen musste.

»Einbrecher! Wir haben Diebe im Haus!«

Ansatzlos und mit einer Beweglichkeit, die er Marianne gar nicht mehr zugetraut hatte, sprang sie auf. Die Sorge, dass ihre Puppen gestohlen werden könnten, machte augenblicklich eine Furie aus ihr. Reflexartig griff sie nach dem Erstbesten, das sie fand, riss die Tür auf und rannte die Treppe herab. Kronberg rappelte sich auf und folgte seiner Frau, die schon einen beträchtlichen Vorsprung hatte.

Meißner, hinter einer blickdichten Strumpfhose unkenntlich gemacht und verzweifelt bemüht, einen der gehassten Zwillinge in einen Sack zu stecken, erstarrte. Angesichts einer auf ihn zurollenden Lawine mit wehendem Nachthemd und einem Bügeleisen in der Hand, das sowohl als Schlag-, Hieb- oder als Schleuderwaffe verwendet werden konnte, kein Wunder. Dann ging alles sehr schnell.

Entsetzt ließ er auch die andere Puppe fallen. Das bekannte Klirren verriet, dass auch dem zweiten Porzellankopf das Lächeln vergangen war. Erschrocken starrte Meißner auf den Boden. Zu seinen Füßen lagen die Scherben gemeuchelter Biedermeierraritäten. Dem Klirren folgte ein urzeitliches Heulen und dann jenes dumpfe Krachen, das Bügeleisen verursachen, wenn sie mit der Spitze ungebremst auf einen Kopf treffen. Meißner sackte sofort tot zusammen.

Erst jetzt kam Marianne zur Ruhe. Und erst in diesem Moment machte sich ihr Gewicht durch Atemlosigkeit bemerkbar. Kronberg sah, wie sie sich bückte und die zerbrochenen Scherben in die Hand nahm. Liebevoll streichelte sie abwechselnd eine halbe Augenbraue und eine gemalte Locke.

Kronberg stand fassungslos am Ende der Treppe. Alles war anders verlaufen als geplant. Ursprünglich hatte er doch nur Raum für seine Modellschiffe zurückerobern wollen. Meißner sollte neben ein paar anderen seltenen Einzelstücken die Zwillinge stehlen. Dieser Verlust hätte Marianne sicherlich davon überzeugt, ihre Sammlung an einem sichereren Ort verwahren zu müssen.

»Er hat meine Babys getötet!«, sagte seine Frau mit einer Stimme, die ihn das Blut gefrieren ließ.

Kronberg konnte nicht glauben, was er da hörte. In ihrem Wohnzimmer lag sein bester Freund erschlagen und sie beweinte glasiertes Porzellan. Noch trug Meißner die Strumpfmaske. Würde Marianne erst einmal erkennen, um wen es sich bei dem Einbrecher handelte, sie würde seinen Plan sofort durchschauen.

Verzweifelt blickte Kronberg sich um, in der Hoffnung, eine Lösung zu finden. Aber außer dem dümmlichen Lächeln des Leichtmatrosen, der ihm wie immer albern zuwinkte, entdeckte er nichts, was ihm aus der Misere helfen konnte. Der Junge ruderte einem unbekannten Ziel entgegen. Warum auch sollte gerade er sich für Kronbergs Probleme interessieren. Doch plötzlich verstand Kronberg. Es war ein Abschied, ein Abschied für immer.

Verzweifelt versuchte seine Frau, die Scherben zusammenzufügen. Kopfschüttelnd kniete sie vor den Bruchstücken, wippte mit dem Oberkörper und flüsterte fast tonlos: »Oh Gott, was mache ich nur?«

»Das ist eindeutig Notwehr«, antwortete Kronberg und genoss eine Sekunde lang den verwirrten Blick seiner Frau. Ohne ein weiteres Wort zu sagen, holte er aus und zerschmetterte die schwere Glasflasche mit dem ewig lächelnden Matrosenjungen auf dem Kopf seiner Frau.

Das Geräusch klang anders, eine Nuance dumpfer als Mariannes Bügeleisen auf Meißners Kopf. Ob es an ihrem

Schädel oder an der Wahl der Waffe lag, konnte er nicht mit Bestimmtheit sagen. Es interessierte ihn auch nicht wirklich. Jedenfalls fiel Marianne nach vorn und bedeckte Meißner fast vollständig mit ihrem Körper.

Nachdem er sich beruhigt hatte, huschte ein Lächeln über Kronbergs Gesicht. Man würde sich daran erinnern, dass sein Freund sehr an Marianne interessiert gewesen war. Sein Versuch, ihr Herz mit postfrischen Blumenbriefmarken zu erobern, war monatelang Gesprächsthema an allen Stammtischen gewesen. Sicherlich war es etwas ungewöhnlich, in diesem Alter durchzubrennen. Aber nicht *unmöglich.* Der kleine Matrosenjunge hatte ihn auf den Gedanken gebracht. Ein Abschied für immer.

Kronberg runzelte die Stirn angesichts der Arbeit, die auf ihn zukam. Im Ganzen ließen sich die beiden Leichen nicht transportieren. Die einzige Möglichkeit bestand darin, sie zu zersägen, zu portionieren und zu entsorgen. *Sechs, maximal sieben Mannstunden* überschlug er den Aufwand. Die Reinigung der Fliesen wäre dagegen nur ein Kinderspiel.

Ein paar Monate würde Kronberg vergehen lassen, ein viertel oder ein halbes Jahr. Dann konnte er sich um Ingeborg kümmern. Jeder würde das verstehen. Geteiltes Leid ist halbes Leid. Ein gutes Holz braucht halt seine Jahre, ging es ihm durch den Kopf.

Lächelnd betrachtete Kronberg das Bord über dem Sofa. Im Grunde genommen war alles perfekt. Die *Bismarck* würde wieder auf ihren angestammten Platz zurückkehren und Ingeborg konnte an unendlich vielen Gewinnspielen teilnehmen, ohne auch nur eine einzige Briefmarke erwerben zu müssen.

SCHWEIZER KROKODIL

Schon seit Monaten hatte Ulrike sich verändert. Wann seiner Frau allerdings die irrsinnige Idee gekommen war, nur noch Vegetarisches auf den Tisch zu stellen und auf jegliche tierischen Produkte zu verzichten, konnte Henry Engelmann beim besten Willen nicht sagen. Für ihn war das auch unwichtig. Er hatte sie erschlagen, sicher nicht bewusst oder planmäßig. Aber es war geschehen. Allerdings empfand er seine Tat lediglich als Notwehr.

Kommissar Hagen Greif betrachtete verdutzt den alten Mann auf dem Sofa, den er nicht nur seinen Freund nannte, sondern der gleichzeitig auch der einzige Mensch war, der sämtliche Modelleisenbahnen vor 1945 hinsichtlich ihrer Bauart, der technischen Parameter und ihrer Markteinführung kannte.

Henry war ein friedlicher und glücklicher Mann, der sich ganz seiner Passion hingab. Kaum ein Platz in der Wohnung war nicht diesem Thema gewidmet. Schaukästen mit historischen Modellbahnen, Fotos oder Streckenplänen bedeckten jede freie Stelle. Er war sein Leben lang mit jeder Faser seines Körpers Eisenbahner gewesen, egal ob nun im Beruf oder in der Freizeit.

»Ich kann das erklären«, begann Henry aufgeregt zu stottern. »Das Essen sollte planmäßig auf Platz drei bereitgestellt werden. Mittagessen wird bei uns immer um 13 Uhr abgefertigt und nicht mit neunzehn Minuten Verspätung.«

Greif verstand kein Wort. Hilflos schaute er den alten Freund an. Hastig sprudelten die Sätze aus Henry heraus.

Der Kommissar hatte Mühe zu verstehen, was vorgefallen war. Offensichtlich interpretierte sein Freund die Verspätung als Essensausfall und glaubte, die Mahlzeit wäre ersatzlos gestrichen worden.

Laut Henrys Zeitplan war für diesen Tag die jährliche Grundreinigung eidgenössischer Baureihen geplant. Nachdem Ulrike mit den Worten, es sei Zeit, ihr Leben zu ändern, alle sorgsam aufgereihten Schrauben, Hängerkupplungen, Strombügel und Fahrgestelle mit einer einzigen Handbewegung in einen Schuhkarton gefegt habe, sei es zur Katastrophe gekommen. Beim darauffolgenden Handgemenge hätte sich der Unfall nicht mehr vermeiden lassen. Das müsse Greif doch verstehen.

Der Kommissar war entsetzt. Er wusste nicht, ob er nicken oder den Kopf schütteln sollte. Verspätung war ein eher ungewöhnlicher Auslöser für eine Gewalttat, aber ihm waren schon absurdere Gründe begegnet. Einstweilen beschloss er, sich nicht zu äußern.

Ulrike lag wie ein umgedrehtes Fragezeichen auf dem Teppich, und starrte mit ihren stumpfen Augen auf seine Schuhe, als wäre sie erbost darüber, dass Greif sie nicht an der Wohnungstür abgestreift hatte. Sie trug einen Sari aus Leinen, und in den Haaren waren naturbelassene Holzperlen mit bunten Bändern eingeflochten. Noch nie hatte der Kommissar sie derart gekleidet gesehen. Etwas anderes als eine blaue Uniformhose und eine helle Bluse hatte sie nie getragen.

Als Kind, wenn er nach der Schule nach Hause gekommen war und vorgegeben hatte, nicht in die elterliche Wohnung zu können, war sie mit einem Lächeln in die Küche gegangen, um ihm ein paar Brote zu schmieren. Nichts Besonderes, aber er konnte sich nicht erinnern, jemals etwas anderes als Wurst auf den Brotscheiben gefunden zu haben. Schon ungewöhnlich, dass sich Frau Engelmann auf ihre alten Tage dem Vegetarismus verschrieben hatte. Der eigentliche Grund seiner damaligen Besuche galt allerdings Henrys Modelleisenbahnplatte. Fasziniert hatte Greif beobachtet, wie die Züge in den

Bahnhof einfuhren und nach einer kurzen Zeit erneut auf die Strecke gingen.

Noch heute war das für Henry kein Spiel, sondern eine ernste Angelegenheit. *Fuhrbetrieb* nannte er das. Henry war der einzige Mensch, dem Greif jemals begegnet war, der seinen Wecker nach dem Fahrplan stellte und minutengenau aufstand. 04:17 Uhr – Wecker klingelt. Aufenthalt im Bad – 12 Minuten. Kaffee um 04:29 Uhr. 04:52 Uhr – Haus verlassen. Wenn Henry Engelmann eine Minute zu früh an der Wohnungstür stand, wartete er selbstredend, bis ein inneres Signal die Strecke freigab.

Schon von Kindheit an hatte Greif diese Disziplin und Ordnung bewundert. Sein eigener Kindheitstraum, Lokführer zu werden, war am Widerstand seines Vaters zerplatzt. Seit Generationen waren die Greifs Polizisten. Mit dieser Tradition zu brechen, käme einem Verrat gleich. So hatte Greif sich halbherzig entschlossen, auch Polizist zu werden. Seine Leidenschaft für Modelleisenbahnen jedoch war ihm erhalten geblieben. Folgerichtig betrachtete er dieses Hobby auch nicht als solches, denn nach seinem Dienst fing für ihn die eigentliche Arbeit erst an. Gerade an diesem Wochenende plante er, mit seiner neu modellierten Strecke Belzig-Wiesenburg den Fahrverkehr der sogenannten Kanonenbahn vom 17. Januar 1921 nachzuvollziehen.

Greif mochte keine Leichen. Nicht, dass er sich an ihnen störte, aber erfahrungsgemäß war die Auflösung eines Mordfalles mit erheblichem Zeitaufwand verbunden, Zeit, die er lieber mit seiner Modelleisenbahn verbrachte. Ulrike würde mit Sicherheit zu einer Verzögerung seines Bauvorhabens führen. Nicht auszudenken, wenn die Streckenfreigabe nicht erfolgen könnte, weil wesentliche Details fehlten. Verzweifelt schaute er auf die Leiche.

»Womit hast du sie eigentlich erschlagen?«, fragte er nachdenklich.

Henry senkte den Blick, offensichtlich war es ihm peinlich. Schließlich griff er hinter sich.

Greif konnte nicht glauben, was er da sah. Eine *Märklin CCS 66/12920*, auch *Schweizer Krokodil* genannt, in den Originalfarben, das Nonplusultra der Modelleisenbahnen. Allein der materielle Wert war heute fünfstellig. Noch nie hatte er etwas derart Schönes gesehen.

Fassungslos sagte er: »Du kannst doch deine Frau nicht mit einer Zugmaschine der Gotthard-Linie erschlagen! Von diesem Modell gibt es weltweit keine fünfzig Stück mehr. Schon gar nicht in diesem ausgezeichneten Zustand.«

Betroffen stellte Henry die Lok vorsichtig auf die Glasplatte des kleinen Tisches. Es ließen sich keinerlei Beschädigungen erkennen, abgesehen vielleicht von ein paar Hautfetzen und blutigen Haaren, die an den Führungsrädern klebten.

Henry lehnte sich zurück, und erst dann atmete er aus. Ehrfurchtsvoll betrachtete er den Triebwagen.

»So etwas gibt es heute gar nicht mehr«, flüsterte Henry fast tonlos. »Diese Kombination aus Kraft und Eleganz. Die Lok ist wie eine Madonna. Ulrike wollte das nicht verstehen.«

Für Kommissar Greif war alles klar. Totschlag im Affekt. Mangelnde Zurechnungsfähigkeit. Posttraumatischer Stress. Einen Augenblick überlegte er, ob er die Mordwaffe sofort konfiszieren sollte, entschloss sich dann aber, es sein zu lassen und setzte sich neben Henry. Ratlos starrte er abwechselnd auf die Leiche und die Tatwaffe.

»Baujahr 1921/22, satte 2240 PS, 128 Tonnen Eigengewicht. Die Lokomotive konnte auf Steilrampen 430 Tonnen Anhängerlast mit 35 Stundenkilometern befördern. Es war mein erklärter Wunsch, dass du sie erbst, wenn ich einmal nicht mehr bin«, sinnierte Henry.

Greif war einen Augenblick lang sprachlos. Er konnte nicht glauben, was er da hörte. Eine Zeit lang schwiegen beide. Schließlich brach Greif das Schweigen.

»Hast du noch jemandem vom Tod deiner Frau erzählt?«

Henry schüttelte den Kopf. Ein paar Tränen füllten seine Augen. Trotz aller Mühe konnte er nicht verhindern, dass er zu schluchzen begann.

Greif legte den Arm um seinen Freund, so wie ein erwachsen gewordener Sohn zuweilen seinen Vater in den Arm nimmt. Mit ruhiger Stimme sagte er: »Wir stehen das zusammen durch. Ich werde mich um alles kümmern.«

Der alte Mann nickte dankbar.

Greif stand auf und holte ein Taschentuch aus der Jackentasche.

»Morgen meldest du dich auf dem Revier. Sag, Ulrike sei vom Einkaufen nicht wiedergekommen, und du machst dir Sorgen.«

Dann nahm er die Lok und wischte die blutigen Spuren vom Fahrgestell. Sein Herz klopfte vor Aufregung, als er hinzufügte: »Glaub mir, bei mir ist sie sicherlich besser aufgehoben, als wenn sie für immer in der Asservatenkammer verschwindet.«

Henry Engelmann spaziert täglich zu einer bestimmten Zeit an der Bahntrasse entlang, auf der er so viele Jahre Dienst getan hat. Man kann ihn regelmäßig dort antreffen, ausgenommen zum Fahrplanwechsel, an den Weihnachtsfeiertagen und zum Jahresende. Wenn der ICE Berlin–Nürnberg um 17:32 Uhr an ihm vorbeirauscht, denkt er mit ein bisschen Wehmut an seine Frau. Er bleibt dann für eine Minute am Kilometerstein 24 stehen, wissend, dass sie im Fundament der neuen Signalanlage ihre letzte Ruhe gefunden hat.

BACK DIR EINEN MANN

Zu ihrem neununddreißigsten Geburtstag hatte Caroline Sundemann nach Ahrensfelde, einem kleinen Dorf am Stadtrand von Berlin, eingeladen. Allerdings hatte sie von ihren besten Freundinnen etwas anderes erwartet als eine männlich strotzende Backform, eine fertige Backmischung und zweifelhafte Anweisungen über den Verzehr der Mürbeteigschnitten. Nicht, dass sie besonders viel Wert auf Geschenke legte, aber das war eine lächerliche und völlig überflüssige Anspielung, in hohem Maße peinlich und auf eine hinterhältige Art gehässig. Immer wieder wurde unter hochtönendem Gekreische der Slogan *Back dir einen Mann* vorgelesen. Sie hatte Mühe, vor ihren Freundinnen nicht die Fassung zu verlieren.

Mit den Jahren war es Caroline gelungen, ihre wirklichen Gefühle hinter einem Lächeln zu verstecken, und so gelang es ihr auch diesmal ganz gut. Wie erwartet, wunderte sie ein bisschen herum – *nein, also wirklich, ihr habt aber auch Ideen!* –, ließ ein paar zweideutige Scherze über sich ergehen – *von wegen, seinen Pudding könne sie sich ja auf der Zunge zergehen lassen* – und versprach, bei ihrem nächsten Weibertreffen unbedingt einen schokofarbenen Adonis mit karamellisiertem Zuckerguss zu präsentieren. Nachdem sich alle mit einem Glas Prosecco beruhigt hatten, legte sie die Backmischung etwas abseits zu den restlichen Geschenken auf den Tisch.

Als einzige der Mädchen war Caroline nicht verheiratet und besaß keine Kinder. Schlimmer noch, es gab niemanden, der auch nur ansatzweise dafür infrage kam. Die ersten bösen Zungen im Dorf sprachen schon von alter Jungfer. Dabei war es ihr sehnlichster Wunsch, selbst eine kleine Familie zu gründen. Genauer genommen sehnte sie sich nach einem Kind. Einen Mann benötigte sie nicht unbedingt auf Dauer. Auf die Aussicht, zu groß geratene Unterhosen in eine stapelgerechte Form zu bringen oder gar die Spuren männlicher Arroganz rund um die Toilette zu beseitigen, konnte sie gern verzichten.

Caroline war keine Schönheit, aber eine durchaus ansehnliche Frau, groß gewachsen, kräftig, mit weiblichen Formen, und sie wirkte jünger, als sie wirklich war. Es gab Männer, die sich für sie interessierten. Aber sie interessierte sich für keinen.

Nach den Vorstellungen ihres Vaters hatte sie eines Tages die Bäckerei übernehmen sollen und dies zu seinem Leidwesen kategorisch abgelehnt. Zuweilen half sie, bediente den riesigen Backofen oder kümmerte sich liebevoll um Lambadaschnitten, Schwarzwälder Kirschtorte oder den von allen geschätzten Käse-Quark-Kranz.

Jede Nacht um zwei Uhr aufzustehen, um einer ewig nörgelnden Kundschaft Brötchen und Brot zu backen, war für sie nie infrage gekommen. Als ihr Vater vor drei Jahren mit einer Staublunge gestorben war, verblassten die letzten Zweifel. Ein Käufer für die Bäckerei fand sich nicht. Sie wurde stillgelegt.

Einige Dorfbewohner waren beleidigt und grüßten eine Weile nicht. Offensichtlich schienen sie der Überzeugung zu sein, es gäbe ein Gesetz oder doch zumindest eine moralische Pflicht, die einzige Bäckerei im Ort weiterzuführen.

Die Arbeit als Personalreferentin einer deutschlandweit agierenden Zeitarbeitsfirma garantierte Caroline ein ruhiges und gesichertes Auskommen. Sie hatte sich ihr Leben eingerichtet. Wäre nicht dieser eine Wunsch gewesen, sie hätte sich als glücklich und zufrieden bezeichnet.

In ihrer Freizeit besuchte sie Kochkurse, lernte, wie Pralinen hergestellt werden oder Sushi in Algenblätter gewickelt wird. Höhepunkt ihres beschaulichen Daseins aber war an jedem zweiten Donnerstag im Monat der obligatorische Besuch der Hafenbar. Die Bar bot ihr und ihren besten Freundinnen regelmäßig eine Bühne, um der Pflege des deutschen Schlagers lautstark und hemmungslos zu frönen.

Tief in sich spürte Caroline, wie die Musik ihre Seele streichelte. Die simplen Botschaften der Barden kamen ihr wie Gebete vor, denn dass sich Herz auf Schmerz reimte, musste einen höheren Sinn haben. Einen Mann lernte sie in der Hafenbar jedoch nicht kennen, jedenfalls keinen, der bereit war, sie in glückliche Umstände zu bringen.

Anfänglich ging sie davon aus, dass sich ihr Kinderwunsch mit den Jahren verlieren würde. Das Gegenteil war der Fall. Noch nie hatte sie die biologische Uhr so deutlich gespürt wie in ihrem neununddreißigsten Lebensjahr.

Dabei hatte Caroline verschiedenste Optionen ausprobiert. Ein Institut für künstliche Familienplanung bemühte sich zwei Jahre erfolglos, befruchtete Eizellen so in ihren Uterus zu platzieren, dass sie vom Körper nicht abgestoßen wurden. Vergebens.

Dass es sich bei den Spendern um Personen handelte, die selbstverständlich gesundheitlich geprüft und in einer körperlich guten Verfassung waren, machte den Vorgang der Insemination nicht angenehmer. Die Vorstellung, Männer hätten sich aus Geldnot und beim Betrachten erotischer Fotos schnaufend und schwitzend erleichtert, ließ Caroline dann doch von dem Vorhaben Abstand nehmen. Irgendwann war ihr klar geworden, dass es schon in der üblichen, archaischen Weise geschehen musste.

Es folgten diverse One-Night-Stands. Auch der zweifelhafte Versuch, das Glück in Swingerklubs zu erzwingen, scheiterte kläglich. Beim letzten Experiment schon aufgrund der Kondompflicht. Blieb noch der Weg, ein Kind zu adoptieren. Für eine alleinstehende Frau versprachen derartige Bemühungen wenig Aussicht auf Erfolg.

Schließlich war es einer der Zeitarbeiter, den sie für ein renommiertes Logistikunternehmen als Gabelstaplerfahrer eingestellt hatte, der ihr Herz berührte. Schon auf dem Bewerbungsfoto erkannte sie, dass er Andy Leandros zum Verwechseln ähnlich sah. Andy Leandros hatte vor vier Jahren in jeder Disco des mediterranen Raumes die Stimmung mit seinem Song: *Du kamst von irgendwo und bist jetzt nirgendwo* zum Kochen gebracht.

Der Mann hieß Kai-Uwe Strunz, und sein Lebenslauf war alles andere als stetig. Die meiste Zeit war er arbeitslos gewesen oder hatte längere Aufenthalte in Etablissements mit Gitterstäben vor den Fenstern verbracht. Vor vier Wochen war er entlassen worden, und die Chancen standen eher ungünstig, dass er einen längeren Aufenthalt in Freiheit genießen würde. Aber Caroline war das egal, immerhin sah er aus wie Andy Leandros.

Unter Vortäuschung zweifelhafter Gründe zwang sie Kai-Uwe Strunz zu einem Treffen außerhalb der Arbeitszeit. Sie müsse ihn in Kenntnis darüber setzen, dass einer seiner Kollegen, dessen Namen sie natürlich nicht verraten durfte, behauptet hätte, er würde sich an fremdem Eigentum bereichern.

Kai-Uwe Strunz war zutiefst in seiner Ehre gekränkt, brauchte sofort ein Bier, dazu einen Schnaps und als das zur Beruhigung nicht ausreichte, weitere Runden. Die folgenden unterbrach er lediglich dazu, ihr zu erklären, dass kein Deut Wahrheit an der Verleumdung sei und dass er den Kerl abmurksen würde, wenn er nur wüsste, um wen es sich handelte.

Gegen 23 Uhr war er sturzbetrunken und Caroline hatte Mühe, ihn in ihr Auto zu befördern.

Als Kai-Uwe Strunz aufwachte, lag er an Bettpfosten gebunden auf einem Satinlaken. Es dauerte eine Weile, bis er begriff, dass seine Personalreferentin über ihm agierte. Kai-Uwe glaubte zuerst nicht, was sich ihm da bot, und all seine Bemühungen, sich aus der misslichen Lage zu befreien, scheiterten.

Was Caroline nicht wusste: Kai-Uwe Strunz lebte in einer festen Beziehung mit einem Partner, den er bei seiner Erstverurteilung, einem zweijährigen Aufenthalt ohne Bewährung, kennengelernt hatte. Strunz' nachfolgende Verurteilungen waren allesamt Eifersuchtsdelikte, verbunden mit schwerer körperlicher Gewalt. Kai-Uwe konnte es nicht ertragen, wenn jemand seinen Freund auch nur einen Augenblick zu lange fixierte. Gleiches galt auch für seinen Partner. Nicht auszudenken, wenn der ihn in dieser Situation vorfinden würde.

Weder Flehen noch Drohungen brachten ihn aus der misslichen Lage. Sein Geist war zwar unwillig, aber sein Fleisch stark. Caroline bediente sich seiner, und wenn er einer Pause bedurfte, fütterte sie ihn mit selbst gebackenem Kuchen, gab ihm zu trinken und lag verträumt neben ihm.

Ihr Wunsch, dass er doch etwas singen oder doch zumindest summen solle, machte Kai-Uwe Angst. Von Andy Leandros hatte er noch nie gehört. Er hielt es für besser zu schweigen und sich zu bemühen.

Am nächsten Morgen kam Caroline mit einem thermometerähnlichen Gegenstand, tanzte wild vor Freude und meinte, nun sei es endlich soweit. Endlich sei sie schwanger.

Kai-Uwe hatte noch nie von einem Schwangerschaftstest gehört, der schon am nächsten Morgen verlässlich Auskunft gab, war sich aber sicher, dass sein Partner ihn filetieren würde, wenn nicht noch Schlimmeres.

Ob es Gedankenübertragung war, oder ob Caroline sich in jenem Moment bewusst wurde, dass der Vater ihres zukünftigen Kindes unmöglich am Leben bleiben konnte, die Wahl der Mordwaffe bereitete ihr kein Problem. Sie nahm ein Kissen, legte es auf sein Gesicht und setzte sich rücklings darauf. Die nächsten Minuten überlegte sie, was alles zu tun sei.

Sie würde anbauen. Ein Kinderzimmer, lichtdurchflutet, mit eigenem Zugang zum Hof. Blau und rosa würde sie vermeiden. Ein zartes Gelb für die Wände. Die Möbel in schlichtem Weiß, vielleicht mit Blumen und Bärchen darauf oder den süßen, knuddeligen sieben Zwergen. Die ersten Strampler würden grün sein, ein unauffälliges, ausgewaschenes Grün. Später konnte sie immer noch die Farben variieren.

Noch einmal prüfte sie das Ergebnis des Schwangerschaftstestes, bis ihr plötzlich klar wurde, dass Kai-Uwe inzwischen das Zeitliche gesegnet haben musste.

Das Logistikunternehmen meldete Kai-Uwe Strunz als unzuverlässig ab und orderte sofort einen neuen Staplerfahrer. Kai-Uwe bekam quasi post mortem seine Kündigung. Sein Lebensgefährte, den Caroline in die Firma bestellt hatte, um den blauen Brief zu übergeben, war jenseits der ein Meter neunzig. Caroline war sich sicher, dass es keinen Zentimeter seines durchtrainierten Körpers gab, der nicht tätowiert war. Der Mann weinte bitterlich an ihrem Schreibtisch, als sie die Frage stellte, ob sein Partner nicht vielleicht mit einem anderen durchgebrannt sei. Unter Schluchzen und theatralischen Gesten fragte er verzweifelt, was er wohl falsch gemacht haben könnte. Danach fragte nie wieder jemand nach Kai-Uwe Strunz.

Es hatte Caroline einige gedankliche Mühe gekostet, sich darüber klar zu werden, wie sie den Kerl loswerden könnte. In einem kleinen Dorf wie dem ihrigen wurde jede ungewöhnliche Aktivität mit Misstrauen beobachtet. Ihn einfach in einen Teppich einzurollen, um ihn im Wald zu vergraben, war genauso unmöglich, wie ihn mit Steinen zu beschweren und im Dorfteich zu versenken. Die Alternative, ihn unter der Betonplatte des künftigen Kinderzimmers endzulagern, schloss sie aus. Den Gedanken, ihr Kind würde auf den Gebeinen seines Vaters laufen lernen, fand sie einerseits zwar amüsant, andererseits jedoch zu pietätlos.

Caroline war sich bewusst, dass sie Hilfe brauchen würde. Wofür hat man beste Freundinnen, ging es ihr durch den Kopf, wenn nicht, um sich in aussichtslosen Situationen ihrer Hilfe zu versichern.

An ihrem vierzigsten Geburtstag war sie im fünften Monat schwanger. Alle gratulierten und fragten natürlich nach dem Vater. Eine romantische Affäre sei es gewesen, antwortete sie und tat verlegen, quasi Liebe auf den ersten Blick. Leider kenne sie nicht einmal seinen Namen. Spanier oder Italiener wäre er gewesen. Sie hätte ihn nicht richtig verstanden. Aber was sind schon Worte, wenn es um wahre Gefühle geht.

Die Freundinnen streichelten ihr liebevoll über den Arm oder drückten sie verständnisvoll. Ausnahmslos alle seufzten angesichts der dramatischen Romantik.

Der Geburtstag war wie immer ein Gaumenschmaus. Caroline bestätigte ihren Ruf als vorzügliche Köchin. Ihre Freundinnen waren voll neidvoller Bewunderung für die Fantasie ihrer Kreationen. Das, was sie kochte, war quasi Sex für Gaumen und Zunge.

Caroline backte zu ihrem Feiertag mithilfe der ungeliebten Adonisbackform nicht nur einen Mann, sondern gleich mehrere Prachtexemplare im alten Backofen ihres Vaters. Das ganze Dorf labte sich am würzigen Duft und fühlte sich in eine Zeit versetzt, als der alte Bäcker noch Backschweine für besondere Anlässe im Ofen hatten garen lassen.

Ein jeder der formvollendeten Herren war in seiner Art einmalig und wurde entweder als Geschnetzeltes, als Steakauflauf mit viel Knoblauch und Rosmarin oder als Hackfleisch mit Kreuzkümmel und Rosinen serviert. Wahlweise wurden sie in einem Sauerkrautbett mit Meerrettichsoße, karamellisierter Zwiebelcreme oder mit einer Paste kredenzt, die sich *Feta vom Sultan* nannte. Dazu gab es frisches Brot.

Keiner der geladenen Gäste konnte mit Bestimmtheit sagen, was für ein Fleisch serviert wurde. Schwein, Rind, Kalb, Lamm, Huhn, Pute, Kaninchen und Nutria wurden nach langem Hin und Her ausgeschlossen. Darüber, dass es sich nicht um Wild handelte, waren sich alle ziemlich schnell einig. Es fehlte die übliche strenge Note, und sicherlich wäre für die Soße etwas Rotwein verwendet worden. Pferdefleisch wurde von zwei Schweizer Cousinen zur Beruhigung der meist weiblichen Gäste als zu zart ausgeschlossen. Ponys würden schon aufgrund der Farbe des Fleisches nicht infrage kommen, und außerdem hätten sie doch eher eine feste und ziemlich rustikale Konsistenz.

Straußenfleisch war zu langfaserig. Aufgrund seiner Exklusivität und der servierten Menge konnte Krokodilfleisch vernachlässigt werden und eine Diskussion, ob es sich vielleicht um die Filetstücke von Hunden, Katzen oder gar Meerschweinchen handeln könnte, wurde sofort im Keim erstickt. Eine kleine Mehrheit einigte sich schließlich auf Känguru.

Caroline selbst aß nichts von dem Fleisch. Sie gab vor, dass der Arzt ihr empfohlen hatte, auf einen derartigen Genuss zu verzichten. Ihr Körper wäre im jetzigen Stadium nicht mehr in der Lage, die Flut von Giftstoffen abzubauen und würde diese zwangsläufig in den Gelenken ablagern, was später zu rheumatischen Entzündungen führen könnte. Den anderen war es recht, zumal sich Caroline nicht erweichen ließ, ihre Rezepte preiszugeben. Nur soviel könne sie verraten: Derartiges würde eher selten, vielleicht gar nicht mehr serviert werden. Die Enttäuschung war den Freundinnen anzusehen, auch wenn sie sich kurz darauf wieder ihren Tellern zuwendeten.

Es war ein sehr harmonisches Fest. Alle waren zufrieden und glücklich.

Verträumt streichelte Caroline ihre kleine Bauchwölbung. Es wäre schön, überlegte sie und ließ genüsslich ihr Tiramisu auf der Zunge schmelzen, wenn vielleicht in ein oder zwei Jahren ein Geschwisterchen dazukommen würde.

IHR ERSTER AUFTRAG

Das Beste an *STARBUCKS* ist die Musik, dachte Simone Maler. Eine angenehme Mischung aus Jazz und schwülstigen Kaffeehausmelodien. Sie musste bei dem Gedanken lächeln. Es fehlte nicht viel, und sie wäre ins Träumen geraten.

Es war später Vormittag. Längst war es wieder ruhig im Café. Die meisten Gäste hatten sich nur schnell einen Pappbecher Kaffee geholt und waren zur Arbeit gehastet. Abgesehen von zwei übermüdeten Studenten, die angestrengt in ihre Unterlagen starrten, sowie einer Handvoll Geschäftsleuten, die Zahlenwerke studierten, saß eine etwas aufgedonnerte Frau abseits in einer Ecke. Erfolglos hatte sie versucht, ihr Alter mit übermäßig viel Make-up und einer lächerlichen Perücke zu kaschieren. Ihr einziges Interesse schien einer Modezeitschrift zu gelten, die sie mehrfach von vorn nach hinten durchblätterte.

Simone Maler hatte es sich viel zu früh in einem der Sessel gemütlich gemacht und ärgerte sich, kein Buch mitgenommen zu haben. Auf Dauer die wenigen Gäste zu beobachten, war nicht sehr ergiebig. Also studierte sie die Getränkekarte und schaute zuweilen auf die Uhr. Nach der dritten Tasse Kaffee begann ihr Magen zu rebellieren.

Im letzten Monat war sie ein Vierteljahrhundert geworden. Eine Formulierung, die ihr Vater verwendet und bei der sie sich sofort alt gefühlt hatte. Ihr Vater war immer sehr direkt. Seine Ehrlichkeit hatte stets etwas Zerstörerisches. Er war es auch, der ihr die Illusion genommen hatte, etwas Besonderes zu sein.

»Kind, du hast ein Allerweltsgesicht. Finde dich damit ab! Nicht unsympathisch, aber niemand wird sich daran erinnern«, meinte er ihr nach einer Flasche Chianti sagen zu müssen.

Einen Moment lang hatte Simone geheult und sich anschließend vor den Spiegel gestellt. Sie war zu intelligent, um länger Tränen zu vergießen. Ob sie es wollte oder nicht, sie hatte ihrem Vater beipflichten müssen. Ihrem Gesicht mangelte es tatsächlich an jeglicher Ausstrahlung, sowohl positiver als auch negativer Art. Geld ließ sich damit nicht verdienen.

Du kannst mit diesem Gesicht Bestatterin werden, Tupperware-Verkäuferin oder Detektivin, hatte sie sich Mut zugesprochen. Aus der Tatsache, dass sich niemals jemand an ihr Gesicht erinnern würde, galt es, Kapital zu schlagen.

An jenem Abend hatte sie beschlossen, Detektivin zu werden. Dass ihr erster Fall aus nichts anderem bestand, als eine honorierte Zeugin abzugeben, störte sie nicht. Alle großen Detektive hatten klein angefangen.

Eigentlich war es mehr ein Zufall, dass Simone diesen Auftrag überhaupt erhalten hatte.

Sie schraubte gerade ihr Firmenschild, *Detektei Simone Maler*, an die Wand, als sie von einem Passanten angesprochen wurde. Der Mann war in Eile. Um einen renommierten Detektiv zu engagieren, fehle ihm die Zeit, hatte er behauptet.

Der Mann, der seinen Namen nicht nennen wollte und dem nichts wichtiger zu sein schien als Diskretion, wurde angeblich erpresst. Eine ärgerliche Geschichte. Genaueres hatte er nicht verraten wollen, nur, dass es sich um eine Dummheit gehandelt hatte und er nun dafür zahlen sollte. 5.000 Euro, eine unverschämt hohe Summe. Sickerte etwas davon an die Öffentlichkeit, wäre er gesellschaftlich erledigt. Seine Frau würde sich scheiden lassen und das halbe Vermögen fordern. Verzeihen käme in ihrem Wortschatz nicht vor.

Simone Maler sollte Fotos machen, mehr nicht. 150 Euro für zwei Stunden Arbeit war ein angemessener Stundensatz.

Außerdem hatte er im Voraus in bar bezahlt und verzichtete auf jeden Papierkram.

Die Person, mit der er sich treffen wollte, sei erheblich jünger als er, hatte er ungeschickt erklärt. Mit Nachdruck meinte er dann noch mal darauf verweisen zu müssen, dass er selbstverständlich von ihr als Detektivin erwarte, dass sie keine falschen Schlussfolgerungen ableite. Außerdem ginge es sie ja auch nichts an. Sie solle lediglich Fotos schießen.

Für Außenstehende würden sie den Eindruck von Vater und Tochter erwecken. Er würde dem Mädchen einen Briefumschlag mit Geld übergeben und sie ihm im Gegenzug ein Videoband. Das sollte Simone Maler dokumentieren. Mehr nicht. Wichtig war, dass das Mädchen nichts merkte. Für Simone Maler war dies der ideale erste Auftrag.

Der Mann hatte sich für 11 Uhr im *STARBUCKS* angekündigt. Er werde aus verständlichen Gründen mit dem Bus kommen.

Tatsächlich war er pünktlich. Etwas verunsichert schaute er sich um, betrachtete jeden einzelnen Gast, ohne Simone Maler wiederzuerkennen.

Erst das vereinbarte Zeichen von ihr ließ ihn sich beruhigt an den Nebentisch setzen. Er hatte sich wohl einfach nicht mehr an ihr Gesicht erinnert.

Fünf Minuten später betraten zwei junge Mädchen das Café. Simone Maler schätzte sie auf dreizehn, höchstens vierzehn Jahre. Freundinnen offensichtlich. Dem Blick der Größeren konnte man die Anspannung ansehen. Wahrscheinlich hatte sie nicht wirklich damit gerechnet, dass ihr Plan aufgehen würde. Ohne zu grüßen, setzten sich beide an den Tisch des Klienten und verlangten, als wäre es das Normalste auf der Welt, zwei Tassen *Caramel Macchiato* und dazu warmen Apfelstrudel. Einen Augenblick lang schien der Mann unsicher, offensichtlich hatte er nur mit einer Person gerechnet, beherrschte sich aber sofort wieder. Er holte die verlangte Bestellung und beobachtete anschließend die beiden Mädchen, die sich an ihren Tassen festhielten, als könnten diese ihnen helfen.

Simone Maler schoss ihre Fotos. Nachdem die Freundinnen ihren Kuchen aufgegessen und die Teller weggeräumt hatten, kam Bewegung in die Situation. Das größere Mädchen holte ein Päckchen aus ihrem Rucksack, dessen Dicke dafür sprach, dass es eine Videokassette enthielt. Auch Simones Klient nahm den angekündigten Umschlag aus seiner Aktentasche, schob ihn über den Tisch und grinste. Es handelte sich um einen quittegelben Brief, der alles andere als dezent war.

Simone Maler fotografierte alles. Nur einmal hatte sie plötzlich das bunte Kleid der aufgedonnerten Endvierzigerin vor ihrer Linse, die einsam in der Ecke des Cafés gewartet hatte.

Mit zitternden Händen stopfte das Mädchen den gelben Umschlag in ihren Rucksack und ging zur Toilette, wohl in der Absicht, nachzuzählen. Ihre Freundin blieb am Tisch sitzen und hielt das Päckchen krampfhaft fest.

Einer Eingebung folgend beschloss Simone Maler, dem Geld zu folgen. Sie schlich die Treppe hinunter, öffnete die Tür zur Frauentoilette und lauschte.

»Und auf dem Video ist nichts?«, fragte eine Frauenstimme. »Doch! Micky Maus!«, kicherte das Mädchen verlegen. Offensichtlich fand sie ihre Idee grandios. Aber die Frau reagierte nicht darauf.

»Ich habe alles so gemacht, wie Sie es wollten. Geben Sie mir jetzt …?«

Durch den Türschlitz konnte Simone Maler alles beobachten. Verkrampft stand das Mädchen vor der übermäßig geschminkten Frau im bunten Kleid. Eine Handbewegung genügte, um ihren Redefluss zu beenden.

»Seit fünfundzwanzig Jahren sind wir verheiratet. Du hast keine Ahnung, was das für mich bedeutet.«

»Ich habe meinen Teil der Abmachung erfüllt. Sie haben es mir versprochen!«

Einen Augenblick lang schwieg die Frau, schüttelte leicht den Kopf und betrachtete den gelben Umschlag.

»Deine Idee war wirklich grandios. Mein Mann hat tatsächlich geglaubt, jemand hat euch bei euren kleinen Schweinereien gefilmt.«

Die Stimme der Frau klang verbittert. Sie lachte ein wenig gekünstelt und schien dann nachzudenken.

»Sie halten doch Ihr Versprechen? Sie verraten doch nichts meiner Mutter, oder?«, fragt das Mädchen und ihre Stimme verriet, dass sie Angst hatte.

Die Frau öffnete ihre Handtasche, um etwas herauszuholen. Es dauerte einen Augenblick, bis Simone Maler begriff, dass es sich um eine Waffe handelte. Die Frau legte sie auf den gelben Umschlag und betrachtete ihr übermäßig geschminktes Gesicht im Spiegel.

»Männer sind einfallslos, wenn es darum geht, etwas vor ihren Ehefrauen zu verheimlichen. Zumal, wenn sie Trophäen sammeln. Als Geliebte bist du noch zu leichtfertig. Es war ausgesprochen dumm von dir, auf dem süßen Höschen auch noch deine Telefonnummer zu hinterlassen. Ich wusste sofort, wer du bist.«

Simone Maler konnte spüren, wie die Luft knisterte. Das Mädchen begann zu stammeln, und ihre Stimme war alles andere als fest.

»Wollen Sie mich umbringen?«

Ein bitteres Lächeln verzog das geschminkte Gesicht.

»Dich? Die Tochter meiner besten Freundin?«

Einen Augenblick lang war es ruhig. Dann nahm die Frau die Pistole und steckte sie zurück in ihre Handtasche.

»Ich habe ihn geliebt! Glaubst du ernsthaft, dass ich ihm das mit dir jemals verzeihe?«

»Sie wollen ihn …?«

Die Frau betrachtete den gelben Umschlag. Sie antwortete nicht. Ein Zug um ihre Lippen verriet, dass sie es ernst meinte.

»Damit kommen Sie niemals durch!«, stammelte das Mädchen mit ängstlicher Stimme.

»Es ist besser, wenn du jetzt gehst. Alles andere geht dich nichts an. Du siehst bestimmt ein, dass ich dein albernes Souvenir zur Sicherheit behalte?«

Das Mädchen schien verstanden zu haben. Schnell nahm sie ihren Rucksack und verließ fluchtartig die Toilette.

Simone Maler konnte sich gerade noch hinter der Tür verstecken. Einen Moment lang ließ sie sich das Gehörte durch den Kopf gehen. Sie war in eine eigenartige Situation geraten. Die Drohung war fast greifbar gewesen, und Simone Maler zweifelte nicht einen Augenblick daran, dass die Frau dazu fähig sein würde, die Waffe zu benutzen. Nach ihrer detektivischen Meinung hatte die betrogene Ehefrau keine Chance. Das Motiv war zu offensichtlich. Außerdem gab es zu viele Zeugen. Für die Polizei wäre sie die Hauptverdächtige und dass das Mädchen schweigen würde, war mehr als zweifelhaft.

Simone Maler schaute in einen Spiegel, der ihr gegenüber an der Wand hing. Das erste Mal seit langer Zeit musste sie lächeln, als sie ihr Gesicht sah. Niemand würde sich an ihr Aussehen erinnern.

Leise schloss sie die Eingangstür der Toilette. Schlagartig war ihr klar geworden, dass es noch eine andere, viel lukrativere Möglichkeit gab, mit diesem Allerweltsgesicht Geld zu verdienen.

Die beiden Frauen schauten sich prüfend an. Simone Maler ergriff als Erste das Wort: »Die Kleine hat recht. Mit einem Mord kommen Sie nicht durch!«

»Ich verstehe nicht!«, antwortete die Frau einsilbig.

»Eine Scheidung wäre sicherer, ist aber zugegebenermaßen die schlechtere Variante. Wenn Sie sich nicht mit dem halben Vermögen zufriedengeben wollen, werden Sie meine Hilfe brauchen.«

Um 13:07 Uhr hatte die Polizei die Straße in beide Richtungen gesperrt. Ein Mann war auf die Straße gestürzt und von einem Bus überrollt worden. Er war sofort tot.

Nach Aussage seiner Ehefrau, die zur gleichen Zeit in einem der Geschäfte ein paar alberne modische Accessoires gekauft hatte, habe ihr Mann auf sie gewartet. Mehr war aus verständlichen Gründen nicht von ihr zu erfahren. Zu sehr hatte sie das Unglück getroffen.

Ein tragischer Unfall, fasste der Polizeibericht nach umfassender Befragung der Zeugen und nach Prüfung des persönlichen Umfeldes der Witwe zusammen.

Die einzige Ungereimtheit bestand darin, dass ein Passant sich zu erinnern glaubte, in unmittelbarer Nähe des Opfers eine Frau gesehen zu haben. Unter den Zeugen befand sie sich nicht und ihr *Gesicht* vermochte er beim besten Willen nicht zu beschreiben. Ein Allerweltsgesicht, ziemlich unscheinbar. Nur daran, dass sie einen auffallend gelben Briefumschlag in der Hand gehalten hatte, konnte er sich noch erinnern.

VON GESTRESSTEN KILLERN UND GENERVTEN OPFERN

Jo Deluchy nippte behutsam an seiner Tasse. Noch war der Milchkaffee zu heiß, und er stellte die Tasse vorsichtig auf den Klubtisch. Dann setzte er sich bequem auf sein Ledersofa, das angenehm kühl war und ein wenig Linderung angesichts der jetzt schon hohen Temperaturen brachte. Dass heiße Getränke gut gegen Hitze waren, hatte er in einer Zeitschrift gelesen, allein ihm fehlte der Glaube daran. Den Morgen ohne Kaffee zu beginnen, war für ihn schier unvorstellbar.

Langsam öffnete er einen Aktenkoffer, zog ein dünnes Dossier heraus, schlug es auf und überflog die ersten Zeilen.

Sein Auftrag lautete, Ronald Dark zu beseitigen. Eine Auflistung der Gewohnheiten, zusammen mit einem Foto, einem detaillierten Tagesablauf, dem genauen Datum und der Wohnadresse ergänzten die maschinengeschriebenen Anweisungen. Ein Briefumschlag mit den üblichen Geldscheinen, gebraucht und verschieden gestückelt, befand sich neben der Tatwaffe, einer kurzläufigen *Smith & Wesson*.

Im Grunde genommen war es einerlei, wessen Leben er künstlich verkürzte. Auch fragte er nie danach, welchen Vergehens seine Opfer beschuldigt wurden. Moralische Überlegungen waren in Jo Deluchys Job fehl am Platz, eine Binsenweisheit, die er konsequent befolgte. Er handelte schnell, präzise, fast pedantisch und hinterließ keine Spuren. In dem, was er tat, war er kein Künstler, sondern ein akribisch arbeitender Handwerker der alten Schule. Egal, ob er mit einer Schusswaffe agierte, ein Messer oder eine Garrotte verwendete, oder jemandem simpel mit einer Eisenstange den Schädel einschlug, er tat es immer mit meisterlicher Sorgfalt. Jo Deluchy galt als pragmatisch und äußerst effizient. Genaugenommen glich er einer Maschine, die einmal eingeschaltet, herzlos ihr Tagespensum abarbeitete. Dass er auch nur eines Gefühles fähig war, schien unvorstellbar. Als Deluchy allerdings an diesem Morgen las, wie sein nächstes Opfer hieß, legte sich seine Stirn in Falten. Nochmals studierte er den Namen und starrte dann nachdenklich auf sein Regal. Es gab kein Buch von Ronald Dark, das er nicht gelesen hatte. Innerlich gestand Jo Deluchy sich ein, dass er die Tage bis zum Erscheinen des neuen Bandes, der für Ende des Monats angekündigt war, gezählt hatte. Noch sieben Tage, und er würde das neue Buch in den Händen halten.

Romantische Segel in der Bucht von Tonkahia hieß der siebzehnte Band des Korsarenepos' um den Kapitän Juan Campos de Serra Toro Castillo.

Deluchy hielt unwillkürlich die Luft an. Zum ersten Mal während seiner gesamten Tätigkeit bekam er weiche Knie. Der Mann war ein begnadeter Schriftsteller und ein Meister der romantischen Momente. Was immer Dark zu verantworten hatte, ihn dafür mit dem Tod zu bestrafen, schien einfach nur absurd zu sein.

In all den Jahren hatte Deluchy insgeheim davon geträumt, mit Kapitän Juan Campos de Serra Toro Castillo auf der *White Rose* zu stehen, dem schnellsten Segelschiff der Karibik, um gegen die Willkür des spanischen Adels und um die Gunst edler Frauen zu kämpfen. So manche Nacht war er mit einem Buch im Arm eingeschlafen, hatte das Rauschen des Meeres gehört und von den Düften jener Frauen geträumt, die so stolz, unnahbar und atemberaubend die Wege des Korsaren kreuzten.

Es war ihm durchaus bewusst, dass seine romantischen Träumereien ganz und gar nicht zu seinem realen Leben passten, schon gar nicht zu seiner Arbeit. Im letzten Jahr hatte er die Einnahmen für vier Auftragsarbeiten kassiert. Erst vor drei Monaten hatte er einen Finanzbeamten und dessen Frau im Schlaf getötet, indem er ihnen die Kehlen durchschnitt. Die darauffolgende Gasexplosion und das Niederbrennen des Hauses beseitigten jede verwertbare Spur. Eine perfekte Arbeit. Wochenlang hatte sich die Presse genüsslich des Verbrechens angenommen und sich im Spekulieren geübt. Genau wie die Polizei tappte sie jedoch die ganze Zeit im Dunkeln.

Egal wie Deluchy es betrachtete, er würde es nicht fertigbringen, Ronald Dark zu töten. Er war jedoch Profi genug, um zu wissen, dass bei Nichtausführung jemand anderer an seiner Stelle den Auftrag erhalten würde. Ronald Dark stand auf der Cleanlist. Nur der Auftraggeber konnte daran etwas ändern.

Deluchy betrachtete das Foto und überprüfte die restlichen Unterlagen. Als er Darks Tagesablauf genauer studierte, fand er die Antwort. Über ein derart großes Detailwissen konnte nur ein Mensch verfügen, der in unmittelbarer Nähe des potenziellen Opfers lebte. Dark hatte keine Kinder, aber eine Frau, die er erst vor Kurzem geehelicht hatte. Sie war erheblich jünger als er.

Das ehemalige Fotomodell war für die Klatschpresse keine Unbekannte. Sobald die Hochzeit publik geworden war, hatte sich ein Tross von Journalisten auf ihre Vergangenheit, die eine Menge delikater Details verbarg, gestürzt. Die Boulevardpresse ließ nichts aus, weder, dass sie als Fotomodell mehr gezeigt hatte, als für die Karriere gut gewesen war, noch dass sie als drittklassige Schauspielerin in drittklassigen Filmen allein ihrer körperlichen Vorzüge wegen Nebenrollen bekam. Sollte Dark seinen Spaß mit dieser Frau haben. Genaugenommen ging Deluchy das nichts an. Wichtiger waren die Abenteuer seines Helden. Kapitän Juan Campos de Serra Toro Castillo hätte sich nie mit einem derartigen Flittchen eingelassen. Deluchy war sich sicher, der Kapitän hätte diese Frau nicht eines Blickes gewürdigt, eher wäre ihm der Schatten einer vorbeihuschenden Fliege aufgefallen. Wahrscheinlich hätte er sie über Bord geworfen, kielgeholt oder den Möwen und Krähen überlassen.

Er war sich sicher, dass er Ronald Dark in ihrem Auftrag töten sollte. Wenn Dark passend zum Erscheinen seines neuen Buches ermordet wurde, würden die Verkaufszahlen ins Unermessliche steigen.

Deluchy hatte noch sieben Tage Zeit, daran etwas zu ändern. Lächelnd legte er das Dossier auf den Tisch und trank seinen Milchkaffee, der inzwischen kalt geworden war.

❁

Die Villa, ein weißes, im mediterranen Stil gehaltenes Herrenhaus, befand sich auf einem weitläufigen Grundstück. Das Anwesen war ein Farbtupfer in der Gegend und wurde von den Nachbarn als geschmacklos und kitschig bezeichnet. Für Deluchy fehlte es diesen Menschen eindeutig an Fantasie. Als er über die Mauer kletterte und sich in den Schatten eines Busches kniete, spürte er sein Herz schlagen. Eine Erfahrung, die neu für ihn war. Aufmerksam beobachtete er die Gegend, um nicht Gefahr zu laufen, etwas zu übersehen. Der Garten war ganz nach seinem Geschmack. Einem Genie von einem Gärtner war es offensichtlich gelungen, in der Mitte einer Waldlichtung englische Gestaltungskunst mit der Gradlinigkeit deutscher Rosarien zu kombinieren. Ein Weg mit weißen Kieseln umschloss eine perfekte Rasenfläche, in deren Mitte eine verkleinerte Kopie der berühmten römischen *Fontana di Trevi* stand, jenes Brunnens, in den *Anita Ekberg* in *La Dolce Vita* so sinnlich eingetaucht war. Einen Augenblick lang spielte Deluchy mit dem Gedanken, eine Münze über die Schulter zu werfen und sich etwas Schönes zu wünschen. Doch er war zum Arbeiten hier, wenn auch in eigener Sache. Unbemerkt erreichte er das Eingangsportal der Villa.

Laut Zeitplan erledigte Ronald Dark Geschäfte in der Stadt und würde für die nächsten drei Stunden beschäftigt sein. Dank der Boulevardpresse verfügte Deluchy außerdem über die Information, dass Darks Frau die nächsten Tage zur Erholung nach Saint Tropez reisen wollte, um sich von einem nicht näher genannten Unwohlsein zu erholen. Ein cleverer Schachzug, um nicht unnötig Verdacht auf sich zu ziehen. Vorsichtig öffnete er die Tür und betrat den Flur. In der oberen Etage hörte er Musik, einen Song von *Amy Winehouse – You know I'm no good*. Eine Frauenstimme versuchte, der Popdiva Konkurrenz zu machen, ein Unterfangen, das kläglich misslang. Singen kann sie also auch nicht, ging es ihm durch den Kopf.

Geräuschlos zog Jo Deluchy die *Smith & Wesson* aus seiner Tasche, streifte die Schuhe an der untersten Stufe der Treppe ab, entdeckte zu seinem Erstaunen ein Loch in der rechten Socke und schlich ein wenig irritiert in die obere Etage.

Die Frau packte ihren Koffer. Er war zur rechten Zeit gekommen. Ihr Flug ging erst am Abend. Die Mitarbeiter der Airline würden sie erfolglos über die Lautsprecher des Flughafens auffordern, sich zur Abfertigung zu begeben.

Die Frau war noch immer im Negligé. Ein Hauch von einem silbernen Slip, der durch dünne Kettchen gehalten wurde und ein transparentes Baby Doll, das ein wenig über ihren künstlichen Brüsten spannte, waren alles, was sie trug.

Klischees, nichts als Klischees, dachte Deluchy. Ein Outfit wie aus einem drittklassigen Pornofilm.

Eigentlich hatte er erwartet, dass sie sich erschrecken würde, ein bisschen hysterisch tat, vielleicht zu schreien begann, auf die Knie fiel oder das Negligé lasziv abstreifen würde, um sich freizukaufen. Das Übliche halt.

Stattdessen musterte sie mit einem Lächeln das Loch in seiner rechten Socke, drehte sich dann um und konzentrierte sich auf ihren Koffer. Zum Glück versuchte sie nicht wieder, Amy Winehouse zu imitieren.

»Hat man Ihnen keinen Zeitplan zukommen lassen?«, fragte sie ungehalten. »Ab morgen zehn Uhr ist er allein im Haus. Hat man Ihnen das nicht mitgeteilt?«

Mit fester Stimme antworte Deluchy: »Kapitän Juan Campos de Serra Toro Castillo würde Sie nicht einmal seinen Matrosen überlassen. Eine Frau Ihres Charakters bringt nur Unglück.«

Verwundert legte sie die Bluse auf das Bett und schaute ihn verwirrt an.

»Ich verstehe nicht, was Sie meinen. Die Agentur versprach mir einen Profi. Sie sind nicht nur einen Tag zu früh hier, sondern quatschen auch noch unverständliches Zeug. Kapitän Tortilla Trallala Castilia?«

Deluchy glaubte nicht, was er hörte. Offensichtlich hatte diese Person noch nie ein Buch von Ronald Dark gelesen. Einen Augenblick lang spielte er mit dem Gedanken, ihr in beide Brüste zu schießen, vermochte aber nicht einzuschätzen, ob eine derartige Menge Silikon das Projektil nur abbremsen würde. Er entschied sich für die sichere Variante, nahm ein Kissen, trat dicht an sie heran und zielte auf ihre Stirn.

»Castilio, Juan Campos de Serra Toro Castillo, nicht Tortilla Castilia. Im Spanischen verlangt die männliche Form ein o.«

Das Geräusch des Schusses war zu vernachlässigen. Er war sich sicher, es würde den Raum nicht verlassen haben. Die Frau starrte ihn entsetzt an, sackte auf die Knie und kippte seitlich weg. Ein klassischer Bewegungsablauf, wie er ihn schon oft hatte beobachten können. Er prüfte den Puls, nickte zufrieden, nahm die Bluse, ein Designerstück von irgendeinem *Lagerfeld*, entfernte alle Fingerabdrücke von der Pistole und warf sie auf das Bett.

Wie immer schaute er sich prüfend um. Auf dem Nachttisch lag ein Buch. Neugierig beäugte er das Buchcover. In den Armen von Kapitän Juan Campos de Serra Toro Castillo lag eine rothaarige Frau und sah ihn mit schmachtenden Blicken an. Ihre Hände krallten sich in sein weißes, mit Rüschen besetztes Hemd. Im Hintergrund versank eine Fregatte der spanischen Armada vor einer blutrot untergehenden Sonne.

Aufgeregt las er den Titel des Buches. *Romantische Segel in der Bucht von Tonkahia.*

Er hielt ein Exemplar des neuen Buches in den Händen! Von einer Welle durchdringenden Stolzes ins Wanken geraten, setzte sich Jo Deluchy auf die Bettkante, strich mit den Fingern über den Buchrücken und öffnete es.

Es war eine dumme Angewohnheit, aber schon seit frühster Kindheit las er das Ende eines Buches zuerst. Wenn es kein Happy End gab, stellte er es zurück ins Regal und nahm sich ein anderes vor. Neugierig las er die letzte Seite.

> *Mit einem letzten Aufbäumen verabschiedete sich die treue und nun geschundene White Rose, mit einem Kreischen, das selbst hartgesottenste Männer bis ins Mark erschütterte. Einen Augenblick noch ragte die stolze Mastspitze wie das Schwert eines Mannes, der sich niemals geschlagen gibt, aus dem Meer. Juan Campos de Serra Toro Castillo war am Ende seiner Reise angekommen. Mit gebrochenem Herzen aber festem Blick lag er in den Armen der einzigen Frau, die er ein Leben lang geliebt hatte, Isabella. Hier, auf den weißen Klippen von Tonkahia erfüllte sich ihrer beider Schicksal. Mit einem letzten Kuss, der die Gezeiten der Meere für einen Moment lang zum Stillstand zu bringen vermochte, verabschiedete er sich von ihr, wissend, seine Kameraden würden schon am Tor zur Hölle auf ihn warten.*

Deluchy konnte nicht glauben, was er las. Die *White Rose* würde versinken, Juan Campos de Serra Toro Castillo, sein Held, sterben? Und wer verdammt, war Isabella? Das Buch glitt ihm aus den Händen. Er war so in Gedanken versunken, dass er nicht bemerkte, wie jemand die Treppe heraufgestiegen kam.

»Was machen Sie denn hier? Ich habe Sie erst morgen erwartet.«

Kein Geringerer als Ronald Dark versuchte zu begreifen, was geschehen war. Fassungslos betrachtete er die Leiche auf dem Teppich und schaute dann etwas verwirrt auf die rechte Socke Deluchys. Dark sah krank aus. Etwas schien ihn von innen aufzufressen. Er atmete schwer, wobei ein Pfeifen zu hören war. Krebs oder eine andere hinterhältige Krankheit. Langsam bewegte er sich auf seine Frau zu, die mit leerem Blick in die Ferne schaute.

»Ist sie tot?«

Deluchy nickte. Dark setzte sich neben ihn auf das Bett. Beide schwiegen. Erst nach einer Weile seufzte der Autor und wandte sich dem Killer zu.

»Man sagte mir, Sie seien der Beste. Sie machten niemals Fehler.«

Deluchy spürte, dass er kalte Füße bekam, hielt es aber für unpassend, sie in dieser Situation zu massieren.

»*Sie* haben mich gebucht?«

Ein leichtes Nicken. Schweigend saßen die beiden Männer nebeneinander und hingen ihren Gedanken nach.

»Haben Sie eine Zigarette?«, fragte Dark schließlich. »Ich weiß, ich sollte nicht rauchen, aber ich hätte jetzt gerne eine.«

Er kicherte ein wenig und starrte kurz zu der Toten, die irgendwo an der Schlafzimmerdecke einen Punkt fixierte.

»Gegen Einsamkeit kann man nichts kaufen, aber die Kleine hat sie erträglich gemacht. Sie hat fantastisch gelogen. Hat mich ein Vermögen gekostet. Die Kleine hätte alles geerbt. Das haben Sie schön vermasselt. Gratuliere!«

Deluchy holte eine angefangene Schachtel Zigaretten aus seiner Manteltasche und reichte sie dem alten Mann. Dann stand er auf und zog sein Jackett gerade.

»Das Zeug bringt einen um«, warnte er, weil man in diesem Moment Derartiges zu sagen pflegte und ergänzte: »Selbstverständlich stehe ich für meinen Fehler gerade.«

Resigniert starrte er auf seine Füße und kam sich albern vor. Die Boulevardpresse würde das Loch in der rechten Socke genüsslich auskosten. Aber auch das war jetzt nicht mehr wichtig. In Jo Deluchys Branche sind Fehler tödlich.

Ronald Dark nahm die Pistole, prüfte sie fachmännisch und richtete sie auf Deluchy.

»Es wird wie ein Beziehungsdrama aussehen. Warum wollten Sie mich eigentlich nicht töten?«

Deluchy strich sich verlegen durch die Haare.

»Mein Beruf lässt keinen Platz für Träume. Juan Campos de Serra Toro Castillo war der einzige Grund, warum ich mir nicht selbst in all den Jahren eine Kugel durch den Kopf gejagt habe.«

Dark lächelte bitter. Er brachte die Waffe in den richtigen Winkel und drückte ab. Deluchy fiel zuerst auf die Knie und dann nach vorn. Die beiden Leichen starrten sich an und gaben der Szene etwas romantisch Theatralisches.

Kopfschüttelnd setzte Dark die Pistole an seine Schläfe und verabschiedete sich mit den Worten: »Und ich habe Juan Campos ein Leben lang gehasst.«

DAS CREMETORTENMASSAKER

Allein die Tatsache, dass man als Kinder gemeinsam im Buddelkasten Schiffe versenken gespielt hatte, war eigentlich nach fünfunddreißig Jahren kein zwingender Grund, sich auf ein Wiedersehen einzulassen, zumal meine Flotte regelmäßig zuerst aufgerieben worden war. Ob es an meiner Wurftechnik, meinem fehlenden räumlichen Sehvermögen oder mangelndem Glück lag, vermag ich nach einem derart langen Zeitraum nicht mehr zweifelsfrei zu sagen.

Jedenfalls war er stets der unangefochtene Sieger in unserem Wettstreit. Mit etwas Bitternis erinnerte ich mich sofort daran, als mir bewusst wurde, um wen es sich am anderen Ende der Verbindung handelte. Es war Werner Rafael, ehemaliger Nachbarsjunge, Spielkamerad und Wettkampfgegner. Die letzte Schlacht um die Vorherrschaft im märkischen Sand war im Alter von elf Jahren mit dem üblichen Ergebnis einer vollständigen Niederlage meinerseits ausgefochten worden.

Nach den letzten Sommerferien hatten sich unsere Wege getrennt. Während er sich dem Runden, dem Fußball, verschrieb, interessierte ich mich mehr für das Eckige: Bücher jeglicher Größe. Hauptsache, sie besaßen kriminelles Kolorit und waren spannend geschrieben.

Schließlich wurde das literarische Abmurksen mein Beruf. Werner Rafael verdiente sein Geld inzwischen mit ayurvedischen Lebensweisheiten. Allerdings interessierten sich die meisten seiner Kunden mehr für wohlduftende Ölmassagen als für Ernährungstipps und Theorien über die optimale Fürsorge des Verdauungsfeuers.

»Ich habe alle deine Bücher studiert«, begann er das Gespräch, »und nur du kannst mir helfen.«

Studiert war eine ausgesprochen interessante Formulierung, die sehr überzeugend klang. Natürlich mag auch ich es, wenn das Ego gestreichelt wird und ein paar Schmeicheleien mir das Gefühl geben, wichtig oder gar einzigartig zu sein. Zumal die Bilanz versenkter Schiffe selbst nach so vielen Jahren noch immer schwer wog.

Seinen Anruf verstand ich somit auch als einen späten Sieg, den ich einen Augenblick lang genoss. Zufrieden antwortete ich: »Danke für die Blumen«, spürte aber sofort, dass ihn meine Worte gar nicht interessierten. Den üblichen Small Talk übersprang Werner. Wie immer ging er direkt auf sein Ziel los. Mich erinnerte das sehr an seine Art, mein Flaggschiff anzugreifen. Die Hoffnung, Menschen würden sich im Laufe der Zeit in ihrem Wesen grundsätzlich ändern, erfuhr eine herbe Enttäuschung.

»Meine Großmutter wurde ermordet. Und Schuld daran ist eine deiner Geschichten: Das Cremetortenmassaker.«

Wir schwiegen beide einen Moment, ich aus einer Mischung von Ungläubigkeit und Entsetzen und er, um mich restlos zu versenken. Ich kannte Oma Irmchen. Werner war bei ihr aufgewachsen, nachdem seine Mutter zu der Überzeugung gelangt war, dass ihre Mutterliebe nur als ein vorübergehendes Gefühl bezeichnet werden konnte. Wenige Monate nach der Geburt hatte sie ihr Herz einem zwielichtigen Kerl geschenkt, ihr Kind der Großmutter überantwortet und war für immer verschwunden.

»Sie ist in einer Torte erstickt. Die Rechtsmedizin hat die Zutaten des Rezeptes exakt nachgewiesen, das du so speicheltreibend in deinem Buch beschrieben hast.«

Das Cremetortenmassaker war die erste Geschichte aus dem Band *Kulinarische Verbrechen*. Alle Opfer wurden mittels delikater Speisen, leckerem aber unbekömmlichem Nachtisch oder durch Zweckentfremdung kalorienlastiger Confiseriewaren von der Gourmetliste gestrichen. Das Buch war ein voller Erfolg, weniger der Geschichten als vielmehr der Rezepte wegen, die allesamt aus dem handgeschriebenen Kochbuch meiner Familie stammten. Dass jemand durch eine Erdbeer-Tiramisu-Torte zu Tode kam, war zugegebenermaßen sehr ungewöhnlich. Das Labor der Rechtsmedizin hatte die Mischung aus Schokobiskuit mit Mascarpone-Joghurt-Creme und Amarettini eindeutig als Todesursache identifiziert.

Die Vorstellung, dass meine Bücher als Handlungsanleitung zum Ausdünnen der Reihen unliebsamer Familienmitglieder oder zur Reduzierung der Nachbarschaft auf ein erträgliches Maß gedient hatten, ließ mich innerlich erschauern.

Im *Cremetortenmassaker* hatte ein schizophrener Bäcker seine Familie im Schlaf mit einer Torte dieser Rezeptur erstickt, scheiterte jedoch kläglich an dem Versuch, sich selbst daran totzufressen.

Am anderen Ende der Leitung atmete es unruhig. Ich konnte die mühsam erzwungene Beherrschung spüren. Da ich nicht wusste, was ich sagen sollte, schwieg ich.

»Die Polizei ist ratlos«, erklärte Werner und ergänzte: »Sie hat weder einen Verdächtigen noch ein mögliches Motiv. Da aber einer deiner Leser für den Tod von Oma Irmchen verantwortlich sein muss«, insistierte er ohne jegliches Mitgefühl, »erwarte ich von dir, dass du dich dieser Sache annimmst.«

In der Nacht studierte ich alle Unterlagen, die er mir vertraulich gefaxt hatte, ohne etwas Auffälliges festzustellen. Es gab keinen Zweifel, die alte Frau war an Buttercreme erstickt. Die Rechtsmedizin hatte Reste in beiden Lungenflügeln nachgewiesen. Der Täter musste ihr Gesicht in die Torte gepresst haben. Altersbedingt war ihr Widerstand auch zu vernachlässigen. Es bedurfte nicht einmal kräftiger Hände. Dass ein süßer Tod angenehm ist, schloss ich nach dem Lesen des Protokolls endgültig aus.

Wenn es überhaupt etwas Ungewöhnliches in dem amtlichen Bericht gab, dann war es ein Nebensatz, der erwähnte, dass Oma Irmchens Hund Ingwer drei Tage vorher von einem Auto überfahren worden war.

Am nächsten Morgen traf ich mich mit Werner im Haus seiner verstorbenen Großmutter. Mein Beileid nahm er ohne jede Regung zur Kenntnis. Ein kurzer Blick und ein leichtes Nicken, als hätten wir gestern noch aus feinem Sand Schlachtschiffe geformt, genügten, um mich zu begrüßen. Auf der Straße hätte ich ihn nicht wiedererkannt. Aus dem schlaksigen, mageren, immer etwas nervösen Spielkameraden war ein kräftiger, durchtrainierter und gut aussehender Mann geworden.

Wortlos führte er mich durch die Wohnung. Vor dem Fenster in der Küche standen ein Tisch und ein dazu passender Stuhl. Der ideale Platz für einen Menschen, dessen Interessen jenseits des Fensters lagen. Von hier aus ließ sich ein Großteil der Straße überblicken. Ein vierstöckiger Wohnblock mit fünf Hauseingängen, eine Bushaltestelle und *Brigittes Kramstübchen*, das schon seit Ewigkeiten zu existieren schien.

»Hier hat sie immer gesessen, Zeitung gelesen, Kreuzworträtsel gelöst und Ingwer gekrault.«

Ein Foto an der Wand zeigte ein zerzaustes Etwas mit spitzen Ohren, traurigen Augen und einer Zunge, die teilnahmslos aus dem Maul hing. Die Hundedame hieß tatsächlich nach dem chinesischen Gewürz und Allheilmittel und war ein Mischling, der sich nicht eindeutig klassifizieren ließ. Etwas zwischen südländischem Straßenstreuner und deutschem Markenhund mit Papieren. Regelmäßig war Ingwer durch den Ort gestreift, und nichts hatte sie von diesem Verhalten abbringen können.

»Einen Freundeskreis hatte Irmchen nicht. Die meisten ihrer Freundinnen waren schon Jahre vorher gestorben. Tatsächlich war sie die Einzige, die übrig geblieben war«, erwähnte Werner ein Detail, das er wohl für wichtig erachtete.

Einen Augenblick lang hing er seinen Gedanken nach, legte dann seine kräftigen Hände auf den alten Stuhl und rückte ihn ein wenig zurecht, wohl so, wie sie selbst es jedes Mal getan hatte.

Ich atmete laut aus und begann, mich umzuschauen.

Die Wohnung wartete darauf, geräumt zu werden. So richtig tot ist ein Mensch erst, wenn sein Zuhause aufgelöst wird, ging es mir durch den Kopf.

Sicher war, Oma Irmchen hatte jemandem die Tür geöffnet und ihn hineingelassen. Nichts deutete auf eine Gewaltanwendung hin. Sie musste ihren Mörder gekannt haben, daran gab es keinen Zweifel.

»Wer hat sie gefunden?«

»Der Pflegedienst.«

Aus den Unterlagen wusste ich, dass der verantwortliche Kommissar das Ganze anfänglich für einen Unfall gehalten hatte. Für ihn scheinbar etwas ganz Normales. Einige ertrinken in Badewannen, andere ersticken an Cremetorten. Wo ist da der Unterschied? Sein Bericht endete mit der grandiosen Erkenntnis, die alte Frau müsse eingeschlafen sein. Wer fahrlässig vor einer Torte einschliefe, habe nun mal mit seinem Ableben zu rechnen.

Werners Argument, jedes Tortenstück allein hätte schon 375 kcal, und seine Großmutter, eine zierliche, ziemlich schwächliche Person, habe niemals mehr als ein halbes Stück verspeist, konnte auch der Kommissar nicht von der Hand weisen. Die Vorstellung, dass sie eine gesamte Erdbeer-Tiramisu-Torte verspeisen wollte, war nun wirklich mehr als absurd. Eine genaue Untersuchung der Reste belegte eindeutig, dass die Torte nicht einmal in Stücke geteilt worden war. Daraufhin hatte der Kommissar die Möglichkeit eines Mordes nicht mehr ausgeschlossen und versprochen, in alle Richtungen zu ermitteln.

Als sich keinerlei Ansatzpunkte finden ließen, verstaubte der Fall jedoch unter frischeren Delikten. Einzig die exakte Rezeptur wurde ermittelt. Und Werner wusste, aus welchem Buch sie stammte.

Die Wohnung würde in den nächsten Tagen von einer Firma geräumt werden. Außer ein paar Fotos, die Werner als Erinnerung von den Wänden genommen hatte, war alles unverändert geblieben.

In der Ecke, in der die Hündin ihren Lieblingsplatz gehabt hatte, stand ihr verlassenes Körbchen. Eine Decke war sorgsam zusammengelegt und schien noch immer auf Ingwer zu warten. Ein einfaches Regal mit einer etwas ungewöhnlichen Sammlung unansehnlicher Schuhe oder was davon übrig geblieben war, stand daneben. Ingwer hatte getragene Schuhe jeglicher Art geliebt. Wenn sie beim Spazierengehen einen Schuh fand, gab es keine Möglichkeit, ihr diesen wieder wegzunehmen. Selbst in heimlich verbuddeltem Müll stöberte sie stets so lange, bis sie im Besitz des Objektes ihrer Begierde war. Alle Versuche, sie davon abzubringen, scheiterten. Schlimmer noch, wurde auch nur ein Schuh der inzwischen beträchtlichen Sammlung entsorgt, strafte Ingwer Oma Irmchen tagelang mit Nichtachtung. Wenn es jemals einen Hund gegeben hatte, der einen Fetisch anbetete, dann diesen. Verständnisvoll hatte Oma Irmchen das besondere Verhalten ihres Hundes respektiert und dafür gesorgt, dass ihr Liebling ein eigenes Schuhregal besaß.

Schmunzelnd betrachtete ich angekaute Pumps, vom Abschlecken ausgeblichene Turnschuhe, zerfetzte Boots oder zu unwirklichen Klumpen versabberte Pantoffeln. Alle lagen ordentlich und ausgerichtet im Regal. Einzig eine Lücke zwischen einem weich gekauten Arbeitsschuh und einer aufgedunsenen Birkenstock-Pantolette machte mich nachdenklich. Da kein Schuh im Raum herumlag, begann sich vorsichtig ein Gedanke einzuschleichen. So absurd er mir auch am Anfang vorkam, was, wenn es bei der ganzen Sache um diesen einen Schuh ging? Sollte es möglich sein, dass jemand alles dafür getan hatte, ihn zurückzubekommen? Mir war sofort klar, dass es nur eine Person im Ort gab, die über alles und jeden Bescheid wusste.

»Lass mich ein bisschen recherchieren«, gab ich vor, um Werner nicht meine mehr als zweifelhafte Idee erklären zu müssen. »Ich komme später zu dir. Deine Adresse habe ich.«

Mit zusammengekniffen Augen schätzte er mich prüfend ab, die verborgenen Stellen meiner Schiffe zu lokalisieren. Dann gab er nach, nickte und verabschiedete sich mit einer müden Handbewegung.

Das *Kramstübchen* war eine Institution im Ort. Brigitte, deren Nachnamen eigentlich niemand kannte, hatte alle Fäden in der Hand, die notwendig waren, um ständig auf dem Laufenden zu sein, wenn es um Klatsch und Tratsch ging. Neugierig saß sie von morgens bis abends auf ihrem Stuhl, verkaufte Zigaretten, Lottoscheine, Süßwaren, kochte Kaffee oder öffnete Bierflaschen. Mit jedem Gast schwatzte sie ein wenig, und obwohl sie ihren Laden so gut wie nie verließ, war sie bestens informiert.

Irgendein Kunde hatte ihr schon berichtet, dass ich im Ort weilte und die Freude, Neuigkeiten von mir zu erfahren, war ihr deutlich anzusehen. Ich musste nicht viel erzählen. Ein paar Informationen über mich genügten, um einen Dammbruch auszulösen, in dessen Folge mich eine Flut banaler Unwichtigkeiten zu ersticken drohte.

Nachdem ich erfahren hatte, wer inzwischen auf dem Friedhof lag, welche Kinder geboren worden waren, wer weg- und zugezogen war, welche Nachbarn den Gartenzaun zur Frontlinie erklärt hatten und wer einen Lottogewinn sein Eigen nennen konnte, kamen wir zu den eigentlich interessanten Themen: Wer mit wem, wann und wo gesehen worden war, welche Beziehungen sich in Nichts aufgelöst hatten und welche neu entstanden waren.

Brigitte hielt sich dabei streng an einen Ehrenkodex, keine Namen zu nennen, wohl aus dem Glauben heraus, damit ausreichend Verschwiegenheit an den Tag zu legen.

»Von der Bibliothekarin ist der Mann abgehauen. Aus Enttäuschung. Der arme Kerl, er hat sich so für seine Frau geschämt. Eines Morgens war er verschwunden. Alle haben gewusst, dass diese … sich schon seit Monaten in die kräftigen Hände des Heilpraktikers begeben hatte. Keine Krankenkasse zahlt freiwillig so viele Massagen. Ich bin sicher, der hat sich nicht nur um ihre Rückenverspannungen bemüht.«

Die Bibliothekarin hieß Linda, wusste ich. Sie war zwei oder drei Jahre jünger als ich. Regelmäßig hatte sie ein Exemplar meines neuesten Buches mit der Bitte bestellt, ich möge es signieren. Sie hielt es für wichtig, dass der einzige Kriminalautor des Ortes in der Bibliothek vertreten war.

Soweit ich mich erinnern konnte, war sie mit ihren Eltern hierher gezogen, als Werner sich mit mir die letzten Scharmützel im Buddelkasten geliefert hatte. Linda war ein unauffälliges, blasses, sehr stilles Mädchen gewesen, das ihre Zeit schon immer mit Büchern verbracht hatte. Niemand hatte sie in den kommenden Jahren beachtet, zumal ihre weibliche Entwicklung der ihrer Altersgenossinnen hinterher hinkte. Allein die Tatsache, dass sich Linda für Bücher interessierte, ließ uns einige Male miteinander reden. Unsympathisch war sie mir nicht. Wahrscheinlich war es meine Überheblichkeit gewesen, die nicht mehr daraus entstehen ließ. Immerhin verstand ich mich als angehender Kriminalautor und dachte zumindest damals, die Schönen dieser Welt würden eine Nummer ziehen und artig darauf warten, bis sie bei mir an der Reihe sein würden. Ein Irrtum, wie sich mit der Zeit herausgestellt hatte.

Brigitte war in ihrem Element. Ich hatte Zeit, und im *Kramstübchen* waren keine anderen Kunden. Ich bestellte einen Kaffee, setzte mich ihr gegenüber und hörte einfach nur zu. Anschließend übersetzte ich, soweit es mir möglich war, ihren theatralischen Monolog und nickte zuweilen erstaunt, ungläubig oder entsetzt.

Der Mann, mit dem Linda zusammenlebte, war ein alter Bekannter. Hinkefuß hatten wir ihm damals etwas unsensibel auf dem Schulhof hinterhergerufen, weil er zwei unterschiedlich lange Beine hatte. Später beseitigte ein Orthopäde das Problem durch eine fünf Zentimeter dicke Sohle. Obwohl nichts mehr von dem Leiden zu sehen war, war er den Spitznamen nie wieder losgeworden. Inzwischen, so Brigitte, arbeitete er als Versicherungskaufmann, der sich nebenbei auch als Anlageberater versuchte. In beiden Berufen brillierte er durch Talentlosigkeit.

Nachdem *Hinkefuß* lange Jahre geprüft hatte, ob sich nicht doch noch etwas Besseres finden ließ, heiratete er Linda. Eine Hochzeitsfeier gab es nicht. Immer wieder beteuerte er, dass es sich um eine Vernunftehe handelte. Die Vernunft bestand nach seiner Definition darin, ihr Vermögen seinen Finanzaktionen zuzuführen. Tatsache war jedoch: während die anderen Frauen ihres Jahrgangs verwelkten, ließ die Natur Linda aufblühen. Aus dem grauen, unscheinbaren Entlein war inzwischen ein schöner Schwan geworden.

Während Hinkefuß sich mit Optionsscheinen und geschlossenen Fonds beschäftigte, Aktien umschichtete und über die Unberechenbarkeit des Marktes jammerte, änderte sie plötzlich ihr Leben. Das Gefühl, etwas nachholen zu müssen, ließ sie nach anderen Männern Ausschau halten. Schließlich war es der Heilpraktiker, zu dem sie sich hingezogen fühlte.

Brigitte hatte mir gesagt, was ich wissen musste. Alles andere würde sich von selbst ergeben. Ich verabschiedete mich und versprach, demnächst wieder vorbeizuschauen.

Ich war auf dem richtigen Weg und sicher, Werner noch heute die Lösung des Falls präsentieren zu können. Schon als ich den fehlenden Schuh bemerkt hatte, war mir der Gedanke an ein Verbrechen gekommen. Ich war mir sicher, dass der Hund aus irgendeinem Garten den Schuh ausgebuddelt hatte und damit stolz nach Hause getrottet war. Dummerweise musste er dabei Linda über den Weg gelaufen sein, und die hatte sofort erkannt, dass es sich um eine jener Sonderanfertigungen handelte, die ihr Mann zu tragen pflegte. Schlagartig muss ihr bewusst geworden sein, dass der Hund die Leiche ihres Mannes gefunden hatte. Bis dahin war noch niemand von einem Verbrechen ausgegangen.

Schnell war mir klar, wie Linda vorgegangen sein musste.

Wenn sie ihre Liebe und den Rest des Vermögens retten wollte, galt es zu handeln. Und sie handelte.

Bei der nächsten Gelegenheit überfuhr sie den Hund, und weil ihr Oma Irmchens Vorliebe für Erdbeer-Tiramisu-Torte bekannt war, überraschte sie die Ahnungslose damit. Das Rezept fand sie in einem meiner Bücher, die sorgsam aufgereiht in ihrer Bibliothek standen.

Die alte Dame musste ihr arglos die Tür geöffnet haben, weil sie die Besucherin kannte. Lindas kräftigen Händen konnte Oma Irmchen nichts entgegensetzen. Nachdem Linda sie in der Torte erstickt hatte, nahm sie den Schuh ihres gemeuchelten Mannes wieder an sich und hinterließ jenes Rätsel, das Werner veranlasst hatte, mich mit dem Fall zu beauftragen. Ich war fest davon überzeugt, dass die Polizei die Leiche des Mannes in Lindas Garten finden würde.

Mein alter Spielkamerad wohnte in einem neuen Haus am Rande des Ortes und hatte seine Praxis im Keller. Noch bevor ich aus dem Auto stieg, um die wenigen Meter bis zum Eingang zu gehen, war ich mir über das Kommende im Klaren. Diesmal würde ich derjenige sein, der mit einem einzigen Treffer eine ganze Armada versenken würde. Nur ein Glücksgefühl wollte sich nicht einstellen, als ich den Finger ausstreckte, um den Klingelknopf des Heilpraktikers Werner Rafael zu betätigten.

VON DUNKLEN AUGEN UND DUNKLEN SEITEN

Es war eine dieser Partys, die andauernd stattfanden. Ständig gab es einen Grund zum Feiern. Diesmal feierte Evelyn ihren dritten Scheidungstag von ihrem zweiten Mann oder den vierten Freund im laufenden Jahr. Niemand konnte das mit Bestimmtheit sagen.

Ekkehard Krupsky kannte die meisten Gäste. Ob er nun aus purer Esslust kam oder soziale Kontakte pflegen wollte, hätte er gar nicht genau beantworten können.

Die Kunst jeder Büfetteröffnung bestand darin, als Erster seinen Teller zu füllen und gleichzeitig den Eindruck zu hinterlassen, dass man ein außerordentliches Opfer für alle Anwesenden erbrachte. Krupsky beherrschte diese Kunst perfekt und genoss somit die freie Wahl der Sitzgelegenheit. An diesem Abend entschied er sich für das Sofa. Von hier aus konnte er das Geschehen in aller Ruhe beobachten. Lange bleiben wollte er sowieso nicht. Mit dem Hinweis, eine anstrengende Woche hinter sich zu haben, würde er nach ein, zwei Gläsern Wein den Rückzug antreten. Evelyn würde es verstehen.

Kurz darauf gesellte sich eine Frau zu ihm, die er vorher noch nie gesehen hatte, und der Gedanke an eine anstrengende Woche löste sich augenblicklich in Nichts auf. Sie war eine ausgesprochen aparte Erscheinung, nicht im klassischen Sinne schön, jedoch mit zarten Gliedern und einem hellen Teint, der ihr etwas Feenhaftes gab. Ihre dunklen Augen erinnerten ihn an frisch gebrühten Kaffee, in dem man sich spiegeln konnte. Sie trug ein raffiniert geschnittenes Kleid, das die Einschätzung atemberaubend wirklich verdiente.

Die Frau, die sich als Serena vorstellte, schien keinen Appetit zu haben. Jedenfalls machte sie keinerlei Anstalten, sich ins Gedränge zu stürzen, um sich mit Hähnchenkeulchen in Safransoße, spanischen Albondigas oder sizilianischem Tiramisu einzudecken.

»Ich habe gehört, Sie sind Hals-Nasen-Ohren Arzt?«

Da Krupsky den Mund voll hatte, blieb ihm nur ein freundliches Nicken.

»Ich habe seit ein paar Tagen …«, erklärte sie weiter und strich sich dabei übers Ohr, »… ein Problem. Nicht, dass es schmerzt. Wenn es Ihnen nichts ausmacht, vielleicht könnten Sie …?«

Vorsichtig stellte Krupsky seinen gut gefüllten Teller auf den Clubtisch, räusperte sich verlegen und wischte sich die Finger an einer Serviette ab. Serena wandte ihm ihr Gesicht zu, lächelte bezaubernd und schloss die Augen.

Es war immer das Gleiche. Sobald durchsickerte, dass er als Hals-Nasen-Ohren Arzt praktizierte, wurde ihm eine Nase oder ein Ohr zur Begutachtung hingehalten. Irgendeiner der Gäste musste es ihr verraten haben.

Für seine Medizinerfreunde wäre eine derartige Untersuchung zweifelsfrei eine subtile Gattung der Partydiagnostik, eindeutig ein Privileg der HNO-Innung. Krupsky hatte noch nie gehört, dass Kollegen anderer Fachrichtungen je danach gefragt worden waren, ob sie nicht schnell mal den Blinddarm abtasten könnten oder ob es ihnen nicht möglich wäre, die Krampfader gleich vor Ort mithilfe einer Gabel zu strippen.

Mit den Jahren hatte er erkannt, dass ein derartiges Entgegenkommen auch seine Vorteile haben konnte, zumindest dann, wenn es sich um attraktive Frauen handelte. Alle anderen verwies er höflich, aber mit sanftem Nachdruck auf die Sprechzeiten seiner Praxis.

Serena gehörte eindeutig zur ersten Kategorie. Mit einer gekonnten Bewegung strich er ihr dunkles Haar noch ein Stück weiter zurück, sodass ihr Nacken frei lag und neigte ihren Kopf ein wenig. Dann begann er, mit dem Zeigefinger vorsichtig die Bereiche um die Hörmuschel abzutasten.

»Tut das weh?«, fragte er in einem Ton, von dem er hoffte, dass er sowohl fachliche Kompetenz, ernst gemeintes Interesse als auch eine Nuance Animalismus signalisierte.

»Nein, gar nicht«, antwortete Serena mit einer Stimme, die ihm andeutete, dass sie noch nicht vollständig entspannt war. Aber sie hielt weiter still.

Anschließend strich er langsam am Rand des Ohres entlang; wissend, dass die Stimulierung der vegetativen Rinne mit ihren Omega-Punkten nicht wirkungslos bleiben würde. Dann umkreiste er ein wenig den kleinen Knorpel unterhalb der Ohrmitte. Ein leichtes Seufzen verriet ihm, dass er auf dem richtigen Weg war. Mit Daumen und Zeigefinger übte er noch einen sanften Druck auf den *Lobulus auriculae*, das Ohrläppchen, aus. Serena besaß ein ausgesprochen schön geformtes Ohrläppchen. Es wirkte dominant, ausgeprägt, voll, aber nicht zu saftig. Die Rundung war perfekt. Es besaß Charakter, und Krupsky erwischte sich dabei, wie er sich vorstellte, es mit der Zunge zu berühren.

In seiner gesamten Tätigkeit als Arzt war ihm selten eine Frau begegnet, deren Ohr nicht zumindest einmal durchstochen worden war. Ihres bedurfte keines Schmucks, um zu strahlen. Es war makellos. Besonders reizvoll fand er einen winzigen Leberfleck, der wie ein aufgehender Mond aussah.

»Ich kann nichts feststellen. Mir scheint alles in Ordnung zu sein«, resümierte Krupsky. »Genaueres lässt sich allerdings nur in meiner Praxis herausfinden.«

Ihr Blick ließ keinen Zweifel zu, welches Wohlbefinden seine kleine Massage bewirkt hatte.

»Nur in Ihrer Praxis?«, hauchte sie mehr, als dass sie fragte und Krupsky jubelte innerlich, weil das dreitägige Wochenendseminar »Ohrmassagen als ganzheitlicher Ansatz im Heilpraktiker-Alltag« offensichtlich doch nicht komplett sinnlos gewesen war.

»Doktor, Sie haben fantastische Hände. Mir geht es schon erheblich besser. Ich sollte mich möglichst bald von Ihnen behandeln lassen«, flüsterte sie.

Augenblicklich wünschte sich Krupsky, dass die Party beendet sei.

Inzwischen hatte sich die Aufregung um das Büfett weitgehend gelegt. Die Gäste setzten sich auf die freien Plätze, um sich an den Köstlichkeiten zu laben. Eine ältere Dame suchte verzweifelt eine Sitzgelegenheit. Als sie nichts fand, bot Serena ihr höflich ihren Platz an. Keine wirkliche Katastrophe für Krupsky, nur wäre er gern noch ein bisschen allein mit ihr geblieben. Serena beruhigte ihn mit einem Lächeln, legte ihre Hand auf seinen Arm und meinte, man sehe sich später noch. Es gebe ein paar Gäste, denen sie »Hallo« sagen wollte.

Die Party zog sich hin, oberflächliche Gespräche, ein paar Nettigkeiten und die üblichen albernen Geschichten. Serena schwebte von Gespräch zu Gespräch, lachte herzlich, und ab und an trafen sich ihre Blicke. *Verheißungsvolle* Blicke. Krupsky glaubte sich auf der Siegerstraße.

Wenig später kam ein neuer Gast. Olivis Visoli, Maler, Tangotänzer und Lebenskünstler. Offensichtlich besaß er einen sechsten Sinn, wann und wo eine Party stattfand und welche Gastgeber es nicht wagen würden, ihn auf die Straße zu setzen. Man kannte ihn, und ob es nun Gleichgültigkeit war oder seine verschrobene Exklusivität, niemanden kümmerte Visolis Anwesenheit. Er trank das übliche Quantum Rotwein und schaute mitleidsvoll in die Runde.

Visoli schien tief davon überzeugt zu sein, dass er ein begnadeter Künstler war. Offensichtlich hielt er sich für unwiderstehlich, und seine Überzeugung, allein durch Anwesenheit Charisma auszustrahlen, war ohne jeglichen Zweifel tief in ihm verwurzelt.

Krupsky konnte ihn nicht leiden. Visolis Arroganz und die Selbstverständlichkeit, mit der sich der Mann bei jeder

Party in den Mittelpunkt zu stellen versuchte, empfand er als völlig unpassend. Es gab kein Gespräch, in das sich Olivis Visoli nicht einmischte und kein Thema, das er nicht durch Tangophilosophie zu erklären versuchte.

Einmal hatte Krupsky den Fehler begangen, sich auf eine Diskussion mit Visoli einzulassen. Die Bemerkung, Schnupfen sei nichts anderes als eine aus dem Takt geratene Schrittfolge der Seele, hatte ihn restlos davon überzeugt, dass dieser Kerl unzurechnungsfähig war.

Visoli schien den Tango tatsächlich als Krönung jeglicher Kunst zu empfinden. Er beherrschte die Technik brillant und galt unter Gleichgesinnten als unangefochtener und äußerst professioneller Tänzer.

George Bernhard Shaw hatte zwar den theoretischen Ansatz formuliert, dass der Tango der vertikale Ausdruck eines horizontalen Verlangens sei, aber Visoli hatte dieser Erkenntnis eine pragmatische Komponente hinzugefügt. Er war fest davon überzeugt, dass Tango tanzen die perfekte Lösung war, sich eine Frau allein durch Schrittfolgen zu Willen zu machen.

Krupsky wäre am liebsten sofort gegangen, hätte es da nicht jenes bezaubernde Wesen gegeben, dessen Ohr ihm nicht mehr aus dem Sinn ging.

Visoli trug einen schwarzen Anzug, wahrscheinlich war es immer derselbe, dazu ein weißes, mit Rüschen besetztes Hemd und echte argentinische Tangoschuhe.

Der Abend war schon einige Gläser Rotwein alt und Visoli anscheinend in der Stimmung, zu tanzen. Ohne zu fragen, legte er eine seiner Tango-CDs, von denen er immer ein paar in der Tasche mitführte, ein und musterte die Anwesenden. Als sich der schwermütige Ton des Bandonions ausbreitete, entdeckte Visoli Serena. Zu Krupskys Bestürzung folgte sie der Aufforderung zum Tanz. Sofort beschlich ihn ein ungutes Gefühl.

Serena nahm spielend jede von Visolis Drehungen auf und bewegte sich mit einer Eleganz, die alle anderen Gäste nach und nach schweigen ließ. Als ahnte sie jeden Schritt, der kommen würde, wich sie gekonnt aus oder näherte sich Visoli. Einem aggressiven Wechsel begegnete sie mit einem zärtlichen Ausweichen; einem ruhigen Dahingleiten mit einer provokanten Geste. Beide schienen Marionetten der Musik zu sein. Langsame Bewegungen wechselten mit schnellen und dennoch blieben ihre Oberkörper auf Distanz und belauerten einander. Obwohl sie jeden Blickkontakt mieden, umgab beide eine subtile Zärtlichkeit, die jeder im Raum spüren konnte.

Für Krupsky hatte Serena keinen Blick mehr. Ohne Unterbrechung tanzte sie Tango auf Tango. Visoli ließ sie schweben und schaffte, was die wenigsten Männer vermochten. Er ließ sie perfekt aussehen.

Die Erkenntnis, dass die Akupressur sensibler Ohrbereiche mit den raffinierten Schrittfolgen des *Tango Argentino* nicht mithalten konnte, ließ Krupsky schließlich enttäuscht den Heimweg antreten.

Eine Zeit lang hoffte er, Serena würde ihn doch noch in seiner Praxis aufsuchen oder ihn zumindest anrufen, aber nichts dergleichen geschah. In den kommenden Wochen mied er alle Partys und vertiefte sich in seine Arbeit. Er leistete Überstunden, machte Hausbesuche bei seinen Patienten und übernahm zusätzliche Operationen, um Polypen zu entfernen oder diverse Nasenscheidewände zu richten. Stundenlang studierte er Fachzeitschriften und Fachbücher, vergessen konnte er Serena jedoch nicht.

Um sich abzulenken, belegte Ekkehard Krupsky eine Fortbildung an einem renommierten Institut, auch um seine Fähigkeiten als Chirurg zu verbessern: *Erweiterte Chirurgie des Mittelohres und der lateralen Schädelbasis.*

Nach der theoretischen Abhandlung des Themas galt es, praktische Erfahrungen am Objekt zu sammeln.

Die Pathologie lieferte ein paar frische Köpfe, die schon aufgetaut und in entsprechenden Gestellen befestigt worden waren. Bis auf den zu operierenden Bereich war alles andere abgedeckt.

Krupsky hielt sich für einen guten Chirurgen. Gedanklich ging er noch einmal jeden einzelnen Schritt durch, bevor er nach den Instrumenten griff.

Es dauerte ein paar Sekunden, bis er verstand, warum er zögerte. Er entdeckte einen kleinen Riss, der das Ohrläppchen von der Haut getrennt hatte. Die Wunde war kaum zu erkennen. Viel Blut war nicht ausgetreten. Da die Verletzung nicht sauber verschorft war, musste sie kurz vor dem Tod zugefügt worden sein. Laut der Begleitpapiere war die Person eines natürlichen Todes gestorben. Aber das war nicht der Grund, warum Krupsky genauer hingeschaut hatte. Das Ohr, an dem er den Eingriff üben wollte, kam ihm bekannt vor. Es war der kleine Leberfleck, der einem aufgehenden Mond glich, der ihn erstarren ließ.

Vor ihm lag Serena, zumindest das, was von ihr geblieben war. Krupsky zweifelte sofort daran, dass sie eines natürlichen Todes gestorben war. Sie musste Opfer eines Verbrechens geworden sein.

Die Polizei verhaftete wenige Tage später Olivis Visoli, dem angesichts der gefundenen erdrückenden Beweise nichts anderes übrig blieb, als zu gestehen.

Visoli gab zu Protokoll, was geschehen war.

In jener Nacht, Serena und er waren fast die letzten Gäste auf Evelyns Party gewesen, hatte er sie umgebracht. Obwohl sie doch den ganzen Abend nur mit ihm getanzt hatte, wollte sie nichts von ihm wissen. Serena sah in ihm nur einen guten Tänzer, einen Gigolo der alten Schule. Für Visoli war sie jedoch die perfekte Partnerin. Ein Leben lang hatte er nach ihr gesucht. Er konnte unmöglich dulden, dass sie jemals wieder mit einem anderen Mann Tango tanzte. Er, Olivis Visoli, habe sie zur Göttin erhoben, und sie hatte sein Geschenk so leichtfertig abgewiesen.

Nachdem Serena in jener Nacht erwähnt hatte, dass sie unter einem angeborenen Herzfehler leide und dringend ihre Medizin benötige, hatte es sich Visoli nicht nehmen lassen, sie nach Hause zu begleiten. Alles andere war ein Kinderspiel gewesen. Der kleine Riss an ihrem Ohr stammte von ihrem verzweifelten Kampf, sich von dem Kissen zu befreien, mit dem er sie erstickte.

Für die Polizei war das Motiv nun klar: eine bizarre Form von Eifersucht.

Für den Hausarzt, der bei der Untersuchung der Leiche den kleinen, unscheinbaren Riss übersehen hatte, gab es keinen Zweifel: Serenas schwaches Herz hatte sie im Stich gelassen.

Pech für Visoli war lediglich, dass Serena schon vor Jahren schriftlich erklärt hatte, dass ihr Körper nach ihrem Ableben der Medizin zur Verfügung stehen solle.

ECKIGE TRÄNEN

Es gibt wohl keinen Kommissar, der nicht ein paar ungelöste Fälle mit in seinen Ruhestand nimmt. So war es auch bei mir. Ein gutes Dutzend kopierter Akten lag nach Jahreszahlen sortiert in meinem Sekretär und manchmal, wenn ich nachts nicht schlafen konnte, blätterte ich in ihnen, in der Hoffnung, etwas zu finden, was mir bis dahin verborgen geblieben war.

Aber die Akten schwiegen beharrlich, und sämtliche Fälle schienen längst der Vergessenheit überlassen.

Gestern Morgen war dann dieser Anruf gekommen. Ich war gerade dabei, die Tageszeitung in ihre Bestandteile zu zerlegen, als sich eine junge Frau am Telefon meldete. Ohne ihren Namen zu sagen, bat sie mich um einen Gesprächstermin.

»Worum geht es eigentlich?«, fragte ich ungehalten.

Ich mag es nicht, wenn ich nicht weiß, mit wem ich es zu tun habe.

»Es geht um den Tod von Anneliese Kröger«, antwortete die Frau, und ich konnte hören, dass sie aufgeregt war.

Ich erinnerte mich sofort an den Namen. Eine dünne Akte über Anneliese Kröger lag in meinem Sekretär. Alle Einzelheiten waren mir noch bis ins kleinste Detail gegenwärtig.

»Wenn Sie neue Informationen zu diesem Fall haben, müssen Sie sich an das hiesige Polizeirevier wenden. Ich bin seit drei Jahren im Ruhestand.«

Einen Augenblick lang war es ruhig am anderen Ende der Leitung. Sie schien nachzudenken, und als ich glaubte, sie würde einfach nur auflegen, sagte sie: »Es ist der letzte

Wunsch meines Großvaters. Ich habe ihm das Versprechen gegeben, nur mit Ihnen darüber zu reden. Wenn Sie nicht zuhören wollen, wird nie jemand erfahren, was damals passiert ist.«

Das machte mich neugierig. Auch wenn ich mich rechtlich gesehen einer Amtsanmaßung schuldig machte, konnte ich es dennoch nicht unterlassen, sie einzuladen. Der Fall Anneliese Kröger hatte zu jenen gehört, von denen ich glaubte, dass ich sie niemals würde lösen können.

Anneliese Kröger war am 17. Mai 1956 in Bernau spurlos verschwunden. Nach ihrer täglichen Tour, sie arbeitete als Postzustellerin, war sie nicht mehr zu ihrer Dienststelle zurückgekehrt. Das war zwar ungewöhnlich, aber niemand machte sich damals ernsthaft Sorgen. Erst am nächsten Morgen, als sie ihren Dienst nicht antrat und auch nicht in ihrer Wohnung angetroffen wurde, hatte der Dienststellenleiter die Polizei informiert. Ich war zu der Zeit erst seit wenigen Monaten Kommissar, und mir wurde der Fall übertragen.

Weder Anneliese Krögers Kollegen noch ihre Freunde konnten Gründe benennen, warum sie plötzlich alles hinter sich gelassen haben sollte. Dennoch war sie von einem zum anderen Augenblick verschwunden. Niemand vermochte das zu erklären. Weder eine Leiche noch ihr Postfahrrad wurden gefunden. Sicher war nur, dass sie ihre Runde am Vortag ordentlich abgearbeitet hatte. Ein paar Zeugen hatten mit ihr gesprochen oder sie zumindest gesehen. Obwohl es keinerlei Anhaltspunkte für ein Verbrechen gab, war ich schon damals zutiefst davon überzeugt, dass etwas Schreckliches passiert sein musste.

Ich hatte meine Gründe, es zu glauben. Nur beweisen konnte ich es nie.

Die Frau, die sich so mysteriös angemeldet hatte, besuchte mich am nächsten Tag. Ich empfing sie in meinem Gartenhäuschen, wo wir uns ungestört unterhalten konnten. Besuch zu bekommen gehörte nicht gerade zu meinem Alltag. Dennoch hielt ich es für angebracht, eine Kanne Kaffee und Kuchen hinzustellen, zumal sie angedeutet hatte, dass es eine Weile dauern würde, alle Details zu erzählen. Genau zur abgesprochenen Zeit klingelte es an der Tür.

»Mein Name ist Monika Bellmann. Ich bin die Enkeltochter von Georg Bellmann. Ich danke Ihnen, dass Sie sich Zeit für mich nehmen.«

Ich bat die junge Frau herein und ließ sie auf dem Stuhl Platz nehmen, der dem Fenster am nächsten stand. Ein Gesicht, das gut ausgeleuchtet war, ließ sich besser lesen. Zwischen Wahrheit und Lüge gab es viele Nuancen und genau hinzuschauen, war eine Angewohnheit meiner Arbeit, die ich nicht ablegen konnte.

Der Name Bellmann sagte mir nichts. Wie sie mir berichtete, war ihr Großvater vor wenigen Wochen gestorben, und da es von Amts wegen keinerlei Beanstandungen gegeben hatte, war seine Beerdigung ohne irgendwelche Komplikationen erfolgt.

Monika Bellmann konnte ihre Aufregung schlecht verstecken, versuchte sich aber zu beherrschen und jede Regung zu verbergen, ein Versuch, der gründlich misslang. Zu viele Jahre hatte ich mich mit Menschen beschäftigt, die Geheimnisse verbargen. Ich konnte spüren, dass die junge Frau innerlich zerrissen war und Zweifel an ihr nagten, ob sie mir vertrauen konnte. Der Kampf, schweigen zu wollen und doch alles erzählen zu müssen, war mir in all den Jahren als Kommissar immer wieder begegnet. Geduld entschied letztendlich darüber, ob ein Geständnis oder eine Lebenslüge herauskam.

Ich goss Kaffee ein und schob ihr eine Tasse über den Tisch. Dankbar nahm sie einen Schluck. Ihre Stimme zitterte. Ich hielt es für das Beste, ihr einfach zuzuhören.

»Haben Sie schon jemals *Eckige Tränen* gelutscht?«, begann sie ihren Bericht.

Ich schüttelte verständnislos den Kopf. Sie nickte kurz, und ohne nochmals aufgefordert zu werden, erzählte sie weiter.

»Natürlich nicht! *Eckige Tränen*, das ist eine Bonbonsorte. Man kann sie nicht kaufen. Es ist ein Rezept meines Großvaters. Er hat noch den alten Beruf des Bonbonmachers gelernt. Ich glaube, der Beruf ist heute fast ausgestorben.

Soviel ich weiß, stellte er diese Sorte nur ein einziges Mal her. Damals sagte er: ›*Man muss weinen, wenn man sie lutscht.*‹ Als Kind habe ich ihm jedes Wort geglaubt.

Als ich zwölf Jahre alt war, hat er mir dann das Rezept diktiert. Ich kann mich noch genau daran erinnern …

An jenem Tag saß ich in der Küche, an dem alten, massiven Eichentisch. Es war ein heißer Tag. Ich weiß nicht mehr, ob es vormittags oder nachmittags war. Jedenfalls hätte ich lieber mit meinen Freunden gespielt. Aber mein Großvater war eine Respektsperson, und ich kam niemals auf die Idee, ihm zu widersprechen. Er gab sich feierlich, als er mir von der Kunst des Bonbonmachens erzählte.

›*Du musst die Bonbonmasse in einem Kupferkessel auf dem offenen Feuer anrühren. Langsam, ohne Hast. Buchenscheite sind besser als Kiefer oder Birke. Ihre Flamme wärmt gleichmäßiger. Das ist wichtig! Vergiss das niemals!*‹

Großvater war immer sehr genau in dem, was er tat. Ich musste die ganzen Zutaten und die Reihenfolge der Beimischung zur Rohmasse erst einmal ins Unreine notieren. Nachdem er alles kontrolliert, verbessert und für gut befunden hatte, durfte ich das Rezept in Schönschrift in ein kleines ledernes Buch übertragen.«

An dieser Stelle unterbrach Monika Bellmann ihren Bericht und schaute mich prüfend an. Offensichtlich entdeckte sie nichts, was sie zweifeln ließ. Sie trank einen Schluck Kaffee, legte ihre Hände um die warme Tasse und schien zu überlegen, wie sie weiter erzählen sollte.

»Lassen Sie sich Zeit«, sagte ich. »Ich höre Ihnen zu. Ich habe nichts Besseres vor.«

Dankbar lächelte sie kurz, schien sich aber sofort dafür zu schämen.

»Während ich die Rezepte niederschrieb, hat er mir eine Geschichte erzählt. Erst später begriff ich, dass es seine Geschichte war, die seiner großen Liebe! Mein Großvater lebte auf einem abgelegenen ehemaligen Bauernhof in der Nähe von Wiesenburg, einem kleinen Städtchen im Fläming. In den alten Ställen befand sich seine Werkstatt. Hier kochte er Bonbons. Hier erfand er seine Rezepte. Es war ein alter Vierseitenhof, der auf einem Hügel erbaut worden war, kein großer Hügel, und es führte nur ein schmaler, sandiger Weg hinauf. Nach dem Krieg war mein Großvater der einzige Mann auf dem Hof. Er lebte allein mit seiner Mutter. Beide Brüder und sein Vater waren im Krieg geblieben. Seine Mutter ist nie über den Verlust hinweggekommen. Sie erledigte das Notwendigste. Anschließend setzte sie sich auf einen Stuhl und schwieg. Sie wartete. Sie wartete darauf, dass er volljährig wurde. Mehr Kraft hatte sie nicht. Kaum war er erwachsen, starb sie.

Meinem Großvater blieb der Hof und er kochte Bonbons. Bonbons werden immer gegessen, egal, wie schlecht die Zeiten sind und wie wenig die Menschen haben. Jedes Mal, wenn der alte Postbote eine Sendung brachte, musste er vom Fahrrad steigen und es den Berg hinaufschieben. In einem Frühjahr nach dem schrecklichen Krieg kam eine neue Postfrau, eine junge, hübsche, zierliche, feingliedrige Person.«

»Anneliese Kröger?«, sagte ich. Ihr Bild war mir sofort gegenwärtig.

»Ja, es war Anneliese Kröger«, bestätigte Monika Bellmann meine Vermutung. »Sie war damals dreiundzwanzig Jahre alt.«

Wenn ich etwas in all den Jahren als Polizist gelernt hatte, dann war es zu wissen, wann es geboten war zu schweigen. Sie wollte die Geschichte loswerden, und ich wollte erfahren, was passiert war.

»Mein Großvater sah die Postfrau eines Morgens durch sein Küchenfenster, als sie einen Brief einsteckte. Er hat sich sofort in sie verliebt. Aber sie kam nicht oft zu seinem Hof. Er bekam selten Post, höchstens ab und zu die Rechnung eines Lieferanten oder eine amtliche Aufforderung, Steuern zu zahlen. Wer sollte ihm auch schreiben? Eine Familie besaß er nicht. Aber er wollte die kleine, hübsche Postfrau wiedersehen. Also kam Großvater auf die Idee, sich selbst Briefe zu schreiben. Nicht, dass Sie jetzt denken, er hat nur leere Blätter gefaltet, sie in die Briefumschläge gesteckt, den Brief beschriftet und an sich versendet. Nein! Er hat wirklich an sich selbst geschrieben.

Jeder Brief begann mit: *Mein geliebter Georg.* Nicht: *Lieber Georg!* Nein, er hat die besitzergreifendste Form verwendet, die denkbar war: *Mein!* Und er hat die intimste Form verwendet, die nur Liebenden erlaubt ist. *Geliebter! Mein geliebter Georg!*

Großvater hat Dinge geschrieben, die gar nicht passiert waren. Er hat über gemeinsame Ausflüge berichtet, die sie nie erlebt hatten. Einmal hat er eine Fahrradtour beschrieben und dass er diesen schönen Moment am Silberblumenweiher nie vergessen werde. Verstehen Sie, es gibt keinen Silberblumenweiher! Auf der ganzen Welt gibt es keinen Ort, der so heißt! Er hat sich das alles ausgedacht. Jede Zeile entsprang seiner Sehnsucht. Unterschrieben hat er immer mit: *Deine Dich liebende Postfrau.*

Jeden Tag schrieb er sich einen Brief, damit die kleine schöne Postfrau jeden Tag den schrecklichen, sandigen Berg hinauflaufen musste, um ihm seine Post zu bringen. Bis auf wenige Ausnahmen wartete mein Großvater jeden Morgen auf sie. Anfänglich stand er noch hinter dem Küchenfenster und schaute verstohlen durch die Gardine, wenn sie den Brief in den kleinen Kasten am Tor steckte. Später organisierte er die Zufälle so, dass sie sich treffen mussten. Er öffnete rein zufällig das Tor, wenn sie den Brief einwerfen wollte, kam rein zufällig ums Haus oder musste rein zufällig in den Ort, um seine Bonbons auszuliefern. Manchmal, wenn es ein ganz besonderer Tag war, traf er sie an der Weggabelung zu seinem Gehöft, nahm dort seinen Brief entgegen, wünschte ihr einen schönen Tag und schaute ihr lange hinterher. Es dauerte ein halbes Jahr, bis er es wagte, ihr Blumen zu schenken. Und die ganze Zeit schrieb er diese Briefe.

Jeden Brief, den sie ihm zurückbrachte, legte er ungeöffnet in eine kleine Truhe. Sie hatte den Brief berührt. Das machte etwas ganz Besonderes daraus.

Eines Tages, als Anneliese Kröger meinem Großvater freundlich grüßend einen weiteren Brief geben wollte, stand er wieder einmal im Vorgarten und tat beschäftigt. Und diesmal ließ der Zufall einen Marienkäfer auf ihrem Kopf landen. Es war ein ziemlich ungeschickter, tollpatschiger Marienkäfer, der sich hoffnungslos in ihrem schönen Haar verhedderte. Mein Großvater befreite ihn vorsichtig und ließ ihn anschließend auf seine Fingerspitze krabbeln, wo der Käfer die Flügel ausbreitete und davonflog. Können Sie sich vorstellen, wie verlegen die beiden waren, als sie sich das erste Mal berührten? Mein Großvater hat tagelang diesen einen Finger nicht gewaschen, nur weil er damit ihr Haar berührt hatte.

Ein paar Tage später, es war an jenem Tag, an dem er seinen dreihundertfünfundsechzigsten Brief bekommen sollte, hatte er sich vorgenommen, ihr alles zu gestehen. Er wollte ihr sagen, dass er sie über alles liebte. Bekleidet mit seinem besten Anzug, die Schuhe geputzt und mit einem Strauß wunderschöner Herbstblumen in der Hand wartete er.

Doch statt der kleinen, schönen Anneliese schnaufte eine andere Frau den Berg nach oben, eine krummbeinige, hässliche Alte. Mein Großvater war erstaunt. Sofort fürchtete er, dass *seiner* Postfrau etwas zugestoßen sei. Vielleicht war sie gestürzt oder in einen Unfall verwickelt. Zu seinem Entsetzen erfuhr er jedoch, dass sie nie mehr kommen würde. Die kleine schöne Postfrau war weggezogen und niemand wusste, wohin.

Großvater war verzweifelt. Er ärgerte sich, dass er ihr nie gestanden hatte, was er für sie empfand. Wochenlang war er zu nichts zu gebrauchen.

Eines Nachts wurde ihm bewusst, was geschehen war. Er sprang auf, holte die Briefe aus der kleinen Kiste und riss den letzten Umschlag auf. Und dann begriff er. Sie hatte ihm geschrieben.

Mein geliebter Georg! Ich weiß, dass man fremde Briefe nicht lesen darf. Aber ich wusste immer, dass du sie doch eigentlich nur für mich geschrieben hast. So gesehen habe ich nichts Verbotenes getan. Ich liebe dich! Und ich glaube, du liebst mich auch. Dennoch werde ich weggehen. Ich kann nicht ewig auf dich warten. Ich werde dir die Post nicht mehr bringen. Wenn du mich auch liebst, kommst du morgen um 10 Uhr auf den Bahnhof. Wenn nicht, werde ich fahren. Deine dich liebende Postfrau.

Großvater war nie auf die Idee gekommen, seine eigenen Briefe zu lesen. Er glaubte zu wissen, was darin stand. Und so verlor er die Liebe seines Lebens, noch bevor sie eigentlich begonnen hatte.

In jener Nacht kochte er die *Eckigen Tränen*. Diese Bonbons sind nicht größer als eine Fingerkuppe. Sie sehen aus wie kleine Briefe, und sie schmecken süßsalzig. Man muss weinen, wenn man sie lutscht.«

Monika Bellmann schaute aus dem Fenster, ohne ein weiteres Wort zu sagen. Ich konnte in ihrem Gesicht lesen, dass alles, was sie berichtet hatte, der Wahrheit entsprach. Trotzdem hatte ich keine Ahnung, wie die Geschichte ihres Großvaters das Verschwinden Anneliese Krögers erklären sollte.

Anneliese Kröger war nicht in Wiesenburg, sondern in Bernau verschwunden. Außerdem war sie zum letzten Mal im Frühjahr gesehen worden und nicht im Herbst. Aus ihrer Akte wusste ich, dass zwischen ihrer Arbeit in Wiesenburg und Bernau fast drei Jahre lagen. Doch wichtiger als alle diese Fakten war es, zu wissen, dass es keinen Grund gab, einfach alles hinter sich zu lassen, um irgendwo ein völlig neues Leben zu beginnen. Niemand anderes als ich wusste das besser.

»Ihre Geschichte ist noch nicht zu Ende, habe ich recht?«, fragte ich.

Ganz offensichtlich fiel es der jungen Frau schwer, die Fassung zu behalten. Zu sehr machte ihr zu schaffen, was ihr Großvater ihr auf dem Sterbebett anvertraut hatte. Tränen füllten ihre Augen.

»Erzählen Sie mir, was dann passiert ist«, forderte ich sie auf. Ein wenig kam ich mir vor wie ein Vater, der mit seiner Tochter sprach. »Erzählen Sie mir alles. Danach wird es Ihnen besser gehen.«

»Nachdem Großvater bewusst geworden war, dass Anneliese Kröger seinetwegen verschwunden war, beschloss er noch in der gleichen Nacht, sie zu suchen. Er belud seinen Transporter mit allem, was er an Zuckerwerk in den letzten Wochen produziert hatte und begab sich auf den Weg. Großvater fuhr von Stadt zu Stadt, verkaufte seine Bonbons auf Märkten und suchte sie. Monate vergingen, dann Jahre. Es gab kein Zeichen, keine Spur, nichts.

Aber an jenem 17. Mai 1956, mein Großvater war auf dem Weg nach Bernau, um auf dem Markt Bonbons zu verkaufen, traf er sie, auf einer einsamen, abgelegenen Straße ohne jeglichen Verkehr. Schon an der Art, wie sie Fahrrad fuhr, erkannte er sie. Seit Jahren war er nun von einer Stadt zur anderen gereist, und plötzlich begegnete er der kleinen Postfrau, in die er sich vor so langer Zeit verliebt hatte. In jenem Moment war er sicherlich der glücklichste Mensch der Welt.

Großvater hielt an, und auch sie wartete, vielleicht dachte sie, jemand wolle sie nach dem Weg fragen. Dann erkannte sie ihn. Obwohl die Freude einseitig schien, nahm mein Großvater all seinen Mut zusammen und gestand jene Liebe, die er vor Jahren nicht hatte gestehen können.

Doch statt sich zu freuen, lachte Anneliese Kröger. Ein erstauntes, ungläubiges Lachen. Sie konnte gar nicht aufhören, zu lachen.

Es gab kein Happy End. Sie hatte inzwischen einen anderen Mann kennengelernt, mit dem sie glücklich war. Ihn wolle sie demnächst heiraten. Einen richtigen Mann, nicht so einen Träumer wie ihn.

Sie hat meinen Großvater einfach ausgelacht. Nichts habe er begriffen. Dabei lag die Antwort in seinen Händen.

Er wollte nicht glauben, nicht akzeptieren, dass es zu spät war. Auf Knien hat er sie angefleht, ihm eine Chance zu geben. Er weinte. Er war verzweifelt. Vielleicht hat sie auch aus Angst gelacht. Mein Großvater hielt sich die Ohren zu. Aber es half nichts. Ihr Lachen schmerzte. Alles in ihm starb in jenem Moment. Und plötzlich konnte er ihr Lachen nicht mehr ertragen. Es fraß sich in ihn hinein, und er verlor die Kontrolle. Nach Jahren des Suchens und der Sehnsucht sah er keine andere Möglichkeit, als sie mit seinen Händen zum Schweigen zu bringen. Die Frau, die er liebte, erwürgte er an jenem Tag. Niemand sah es. Es war eine einsame Straße mit altem Kopfsteinpflaster und großen Löchern. Lediglich die Postfrau fuhr manchmal hier entlang, um Briefe zu den abgelegenen Häusern zu bringen. Als kein Wort mehr aus ihrem Mund kam, verstaute er ihre Leiche und das Fahrrad in seinem Auto und fuhr zurück. Er hat sie im Garten seines Vierseitenhofes vergraben.

Später hat Großvater doch noch geheiratet. In seinem Garten gibt es eine Stelle, an der er einen Rosenstrauch gepflanzt hat. Davor steht eine Bank, auf die er sich regelmäßig zurückzog, wenn er für sich sein wollte. Selbst meine Großmutter hat das respektiert.«

Monika Bellmann holte einen Briefumschlag, auf dem mein Name stand, aus ihrer Tasche und gab ihn mir. Es war das Geständnis ihres Großvaters. Ich konnte ihr ansehen, dass sie erleichtert war, mit dem Wissen um das Verbrechen ihres

Großvaters nicht mehr allein zu sein. Dennoch würde für immer eine Narbe bleiben.

Ich war müde und innerlich aufgewühlt. Schon lange hatte ich nicht mehr daran geglaubt, jemals die Wahrheit in diesem Fall herauszufinden. Ich brachte Monika Bellmann zu ihrem Auto und verabschiedete mich.

»Es war sein letzter Wunsch, dass nur Sie die Wahrheit erfahren«, sagte sie. »Ich weiß nicht, warum.«

»Ich danke Ihnen für Ihre Offenheit. Ich wusste immer, dass Anneliese Kröger nicht einfach so verschwunden ist. Sie haben mir die Antwort gegeben, die ich ein Leben lang gesucht habe.«

Ohne ein weiteres Wort zu sagen, stieg sie in ihr Auto und fuhr los. Ich ging ins Haus, öffnete den Brief und las ihn langsam. Es war ein förmliches und detailliertes Geständnis. Müde setzte ich mich an meinen Sekretär und betrachtete den Stapel jener Fälle, die ich während meiner Zeit als Kommissar nicht hatte lösen können. Die Akte Anneliese Kröger lag ganz unten. Einen Augenblick lang zögerte ich, bevor ich sie öffnete. Obenauf lag ein Foto von ihr. Sie lächelte, so wie ich sie in Erinnerung hatte. Ich war gerade Kommissar geworden, als man mich gebeten hatte, ihrem plötzlichen Verschwinden nachzugehen.

Keiner meiner Kollegen wusste damals, dass Anneliese und ich vorhatten, Ende des Sommers zu heiraten.

DIE KULINARISCHE OFFENBARUNG

In all den Jahren seiner Dienstzeit hatte es zu den unumstößlichen Regeln von Comisario Francisco de Silva gehört, sich seinen Appetit weder durch ein Verbrechen noch durch eine Leiche vermiesen zu lassen. Egal, in welch schrecklichem Zustand sich ein Opfer befand, sobald er in einem gediegenen Restaurant saß, ein Glas Rotwein trank und sich über die Empfehlung des Hauses hermachte, verschwendete er keinen Gedanken mehr an seine Arbeit.

Gut zu speisen, war nach seiner Ansicht die beste Garantie, nicht an der Seele zu erkranken. Nach seiner Einschätzung würde es deutlich weniger Verbrechen geben, nähmen sich die Menschen mehr Zeit mit der Zubereitung und dem Genießen guter Gerichte.

Wie erwartet brachten seine deutschen Kollegen wenig Verständnis für eine derartige Haltung auf, zumal die Entscheidung, einen spanischen Comisario zu diesem Fall hinzuzuziehen, nicht gerade Begeisterung ausgelöst hatte. Die Tatsache, dass der Mord an einer jungen Frau Parallelen zu einem Fall in Kastilien aufwies, hatte eine Anforderung seiner Person von oberster Stelle bewirkt.

Gerhard Schlüssler, Kriminalhauptkommissar, jenseits der ein Meter neunzig, drahtig, der klassische Marathontyp, mit zwanzig Jahren Berufserfahrung, diszipliniert, pedantisch, ein Arbeitstier durch und durch, war die undankbare Aufgabe der Fürsorge für den spanischen Kollegen übertragen worden.

»Ist das Ihr Ernst? Ich soll ihn an die Hand nehmen?«, hatte er erfolglos versucht, zu protestieren.

»Sie kümmern sich darum. Der Mann verfügt über ausgezeichnete Referenzen«, war das Einzige, was sein Chef ihm mit auf den Weg gegeben hatte.

Die Aufgabe war klar definiert. Schlüssler sollte dem Beamten der *Cuerpo Nacional de Policía* so weit wie möglich unter die Arme greifen und, was natürlich nicht offiziell gesagt wurde, darauf achten, dass die Torte im eigenen Land verspeist werden würde. Zusammenarbeit hin und her, auch Deutsche haben ihren Stolz oder doch zumindest sportlichen Ehrgeiz.

Die Maschine landete mit etwas Verspätung kurz nach 11 Uhr. Fängt ja gut an, dachte Kriminalhauptkommissar Schlüssler. Er hatte keinerlei Vorstellung, wie der Kollege aus Spanien aussehen würde. Als ihn ein Mann um die fünfzig am Jackett zog, musste er einiges an Beherrschung aufbringen, um nicht laut loszulachen.

»Buenos Dias! Mein Name ist Comisario Francisco de Silva«, stellte der Mann sich vor und strahlte dabei über das ganze Gesicht.

Mit den Jahren hatte es Schlüssler perfekt gelernt, Größe und Gewicht eines Menschen einzuschätzen. Er zweifelte keinen Moment daran, dass der Mann in dem viel zu eng bemessenen Anzug nur einen Meter sechzig groß war, aber dafür nicht unter achtzig Kilo auf die Waage brachte. Zum Glück sprach der Comisario deutsch.

Schlüssler begrüßte ihn offiziell im Namen der Polizeidirektion, der Kollegen und seiner eigenen Person, wobei er sich kaum Mühe gab, einen herzlichen Ton anzuschlagen. Anschließend griff er nach dem Koffer des Kollegen, weniger aus Höflichkeit als vielmehr aus der Befürchtung heraus, der Comisario könne bei dieser Last erheblich ins Schwitzen geraten. Erst letzte Woche hatte Schlüssler seinem Wagen eine Innenreinigung spendiert. Die Vorstellung, aus den Polstern könne unangenehmer Duft steigen, war ihm zuwider.

Langsam, damit der Kollege auch folgen konnte, bewegte er sich in Richtung Ausgang. »Wie lange bleiben Sie?«

»Ich werde nicht länger bleiben als nötig«, antwortete de Silva fast akzentfrei.

Kriminalhauptkommissar Schlüssler nickte und schwieg den Rest des Weges, den sie bis zu seinem Wagen zu gehen hatten. Erst im Auto sprach er wieder. »Dass Sie hier sind, ist eine dieser neumodischen Ideen unserer Führungsriege. Ich denke, wir helfen uns am besten, indem wir uns nicht gegenseitig auf den Füßen stehen.«

De Silva betrachtete seinen Kollegen erstaunt. Vorerst würde er sich nicht dazu äußern. Als Gast schickte sich das nicht. Zwanzig Minuten später saß der Spanier im Beratungsraum des Polizeipräsidiums zur offiziellen Begrüßung bei Kaffee und Keksen.

Comisario Francisco de Silva entnahm dem Koffer eine Tüte, in der sich einige halbe Wurstringel befanden, ein Stück Schinken und ein Stückchen Käse. Anschließend holte er aus der Hosentasche ein Klappmesser, das mindestens schon drei Generationen benutzt hatten und bei dessen Anblick sich Schlüssler sofort fragte, wie ein derartiges Mordinstrument unbemerkt am Zoll hatte vorbeigeschmuggelt werden können. Lächelnd begann der Comisario, das Mitgebrachte aufzuschneiden.

»Auf eine gute Zusammenarbeit! Chorizo und Jamón Serrano von meinen Kollegen aus Toro. Selbst geschlachtet. Alles selbst gemacht! Schade nur, dass ich keinen Vino Tinto mitbringen konnte. Persönlich halte ich das mit den Flüssigkeiten im Flugzeug für überzogen.«

Alle schauten auf die paprikarote Wurst, dann auf den Schinken und wechselten anschließend missbilligende Blicke. Nicht nur, dass der spanische Kollege die Gesetze des eigenen Landes missachtete, auch seine grundsätzliche Haltung ließ einiges zu wünschen übrig. Die Frage, ob die Wurst jemals einer fachlichen Begutachtung unterzogen worden war, würde man jedoch in diesem Raum nicht diskutieren.

Nachdem die deutschen Ermittler sich mit Keksen und Waffeln gesättigt und den spanischen Spezialitäten keinerlei Beachtung geschenkt hatten, begann Kriminalhauptkommissar Schlüssler, eine Zusammenfassung aller Erkenntnisse vorzutragen.

»Es gibt keinen Zweifel, die Frau ist das Opfer eines Serienmörders. Dank der spanischen Kollegen«, dabei schaute er Comisario Francisco de Silva direkt an, der stolz ein leichtes Nicken andeutete, »wissen wir, dass der Täter europaweit sein Unwesen treibt. Sieben Morde in fünf Jahren.«

Es folgte eine kurze Pause, in der Schlüssler vorbereitete Mappen mit Fotos, Berichten, Zeugenaussagen und anderen polizeilichen Papieren diverser Fachabteilungen in die Runde gab.

»Glücklicherweise hat der Täter sich bisher nicht die Mühe gemacht, seine Morde zu verschleiern. Den Frauen wird die Kehle durchgeschnitten. Wie wir wissen, markiert er seine Opfer mit einem weiteren Schnitt unterhalb des Nackens. Genau genommen sind es zwei Schnitte, zwei Flügel einer stilisierten Möwe. Dieses Detail wurde der Presse vorenthalten, sowohl in Spanien als auch bei uns, um mögliche Nachahmungstäter auszuschließen.«

De Silva las das Gutachten, während er genüsslich eine Scheibe Chorizo kaute. Dann hob er den Arm und meldete sich wie ein Schüler.

»Entschuldigung. Gestatten Sie mir eine Frage. Haben Sie vielleicht ein wenig Baguette und ein Glas Wasser für mich?«

Einen Augenblick lang dachte Schlüssler verwirrt nach, war sich dann aber sicher, dass sich im Schrank über der Kaffeemaschine höchstens Knäckebrot befand. Auch hielt er es für denkbar, dass dessen Verfallsdatum schon in einem historischen Bereich lag.

»Wasser ist da. Leitungswasser. Mit Brot sieht es schlecht aus«, antwortete er wahrheitsgemäß. Nachdem der Wunsch nach einem Glas Wasser erfüllt war, konzentrierte sich Schlüssler wieder auf seine Ausführungen.

»Die letzte ermordete Frau war Anfang zwanzig und studierte Romanistik. Nebenher hat sie sich ihr Geld als Servicekraft eines Cateringunternehmens verdient. Alle Zeugen beschreiben sie als offen, lebenslustig, jedoch auf keinen Fall leichtsinnig. Sie war weder liiert, noch gab es in der Vergangenheit eine feste Beziehung. Ermordet wurde sie, nachdem sie einen Job für eine Firma erledigt hatte, die ihr 10-jähriges Bestehen mit einem Hoffest beging. Die letzten Gäste feierten noch, als sie sich schon auf dem Heimweg befand. Allein. Eine detaillierte zeitliche Auflistung ihres Tagesablaufes finden Sie in den Unterlagen. Nichts deutet darauf hin, dass Opfer und Täter sich kannten.«

Am Tisch entstand Unruhe. Alle blätterten in den Mappen, und nahmen das Foto der jungen Frau heraus, unterzogen es einer genauen Begutachtung und legten es zu den Unterlagen zurück. Nicht so Comisario Francisco de Silva. Er betrachtete das Foto eingehend, schüttelte den Kopf, seufzte bedauernd und schlug dann wütend mit der flachen Hand auf den Tisch.

»Madre mia. Eine Schande vor dem Herrn!«, jammerte er theatralisch und ließ seinen Worten einen deftigen spanischen Fluch folgen.

»El cabrón. La madre que te parió!«

Zwar verstand niemand, was er sagte, aber seine blitzenden Augen und die Art, wie die Worte über seine Lippen kamen, machten deutlich, dass er dem Täter alles erdenklich Schlechte wünschte.

Schließlich war Schlüssler mit seinen Ausführungen fertig. Blieb noch die Frage nach dem weiteren Tagesverlauf. »Comisario de Silva und meine Person«, informierte er die anderen Kollegen, die sich ein Grinsen nicht verkneifen konnten, »werden nochmals den Tatort besuchen, in der Gerichtsmedizin vorbeischauen und einzelne Zeugen noch einmal bitten, uns ihre Beobachtungen zu schildern. Ob das etwas bringt, mag dahingestellt sein. Ich denke, wir machen uns sofort auf den Weg«, verkündete Schlüssler.

Wieder hatte de Silva den Eindruck, dass man ihn nicht ernst nahm. Mit ungläubigem Gesichtsausdruck schaute er auf seine Uhr, um sich zu vergewissern, ob sie vielleicht stehen geblieben war oder ob gar der Flug etwas an seinem Zeitempfinden geändert hatte, bis er schließlich überzeugt war, dass dem nicht so war. Verlegen räusperte er sich und hob erneut den Arm.

»Entschuldigung, es ist Mittagszeit. Die nächsten drei Stunden ist Siesta.«

Schlagartig war es ruhig. Eine Mischung aus Ungläubigkeit und Erstaunen spiegelte sich in allen Gesichtern. Die Worte des Comisario hatten keinen Zweifeln daran gelassen, dass er es ernst meinte und nicht vorhatte, daran etwas zu ändern.

»Üblicherweise beginnt die Siesta bei uns um vierzehn Uhr«, erklärte er den Anwesenden. »Selbstverständlich bin ich pünktlich wieder hier. Können Sie mir vielleicht ein Restaurant empfehlen?«, fragte er höflich.

Die deutschen Ermittler wechselten nachdenkliche Blicke. Auf dem kulinarischen Terrain kannten sie sich nicht besonders gut aus. Welche Dönerbude den besten Ruf in der Gegend besaß, wo es die beste Currywurst mit Pommes frites gab oder welcher Thailänder günstig doppelt cross gebackene Ente to go anbot, hätten sie beantworten können. Aber danach hatte de Silva nicht gefragt. Zumeist verzichteten die Kollegen ohnehin auf ihre Pause. Auch Kriminalhauptkommissar Schlüssler aß höchstens nebenbei ein Vollkornbrot mit vegetarischem Aufstrich, ergänzt durch Kohlrabi oder Möhrchen, während er gleichzeitig die Berichte der einzelnen Fachabteilungen las. Verständnislos schaute er zum Platz des Comisario.

»Ich dachte, Sie wären zum Arbeiten hier«, gab er zu bedenken.

De Silva quittierte die Worte nur mit einem charmanten Lächeln.

»Ohne Verpflegung keine Bewegung«, erwiderte er. »Sagte das nicht schon einer ihrer Philosophen? Friedrich Engels, glaube ich.«

Schlüssler fühlte sich in seinen Erwartungen bestätigt. Schon im Vorfeld hatte er hinsichtlich der südländischen Arbeitsweise, die er mit wenig schmeichelnden Adjektiven umschrieb, mehr als einmal seinem Unmut Luft gemacht. Mit solch einer Einstellung war für ihn völlig klar, dass der spanische Kollege mit dem Fall mehr als überfordert sein würde. Nach einiger Überlegung empfahl ein junger Kollege das Restaurant *Freiraum* in einer nahe gelegenen Seitenstraße.

Der äußere Eindruck der Gaststätte war vielversprechend. Ohne lange zu überlegen, bestellte de Silva das Tagesgericht. Als er Fleischklößchen, gewürzt mit Kreuzkümmel, Rosinen, gehackten Pinienkernen und einer Honig-Feta-Füllung serviert bekam, war er angenehm überrascht. Ein einziger Bissen genügte und ein zufriedenes Lächeln breitete sich auf seinem Gesicht aus. Ein außergewöhnliches Gericht. Vor ein paar Jahren hatte er es schon einmal genießen dürfen, unnachahmlich im Geschmack, eine einzige kulinarische Offenbarung. Dass ihm hier in Berlin eine derartige Köstlichkeit kredenzt wurde, freute de Silva außerordentlich. Er genoss sein Essen, bestellte gegen seine Gewohnheit ein zweites Glas Rotwein und ließ die Seele baumeln. Nachdem er die Rechnung bezahlt und sich auch beim Trinkgeld nicht hatte lumpen lassen, bat er darum, den Koch nach dem Rezept fragen zu dürfen.

Dieser erschien auch sogleich. Er war Ende dreißig, machte einen gepflegten und aufmerksamen Eindruck, fühlte sich geschmeichelt und ließ sich nicht lange bitten, die Zutaten des Rezeptes auf die Rückseite der Rechnung zu schreiben.

Darüber, dass er schon einmal in den Genuss dieser außergewöhnlichen Gaumenfreude gekommen war, verlor Comisario de Silva kein Wort. Er nahm das Rezept dankend entgegen und verließ zufrieden sowie gut gesättigt das Restaurant. Anschließend machte er einen kleinen Spaziergang, studierte erneut aufmerksam die Zutaten auf dem Zettel und ließ sich alles nochmals durch den Kopf gehen.

Ein wenig müde setzte er sich auf eine Bank im Schatten eines Baumes und beschloss, seine Kollegen in Toro anzurufen. Er fragte den Diensthabenden, wie es der Familie gehe, ließ freundliche Grüße an alle bestellen und bat darum, dass die Kollegen ein paar Erkundigungen für ihn einholten.

»Natürlich ist jetzt Siesta«, entschuldigte er sich. »Aber es ist wichtig, sehr wichtig.«

Schließlich schrieb sein Kollege, wenn auch etwas murrend, alles auf und versprach, sich sofort zu melden, sobald er Genaueres wüsste.

»Und noch etwas«, bat der Comisario. »Kannst du bitte veranlassen, dass mein Rückflug umgebucht wird? Ich komme schon heute Abend.«

Dann begab er sich zurück ins Polizeipräsidium, wo Schlüssler ihm mit unverhohlenem Missmut deutlich machte, was er von dieser Art zu arbeiten hielt. Ohne zu fragen, setzte sich de Silva auf einen Stuhl und gab sich nicht einmal Mühe, sein Jackett auszuziehen. Nur einmal, als jemand den Telefonapparat auf dem Schreibtisch nutzen wollte, ersuchte er höflich darum, davon Abstand zu nehmen. Er erwarte einen wichtigen Anruf. Schlüssler zog die Augenbrauen hoch. Jetzt blockierte der Mann auch noch den Apparat.

Kurz darauf klingelte es. Aufmerksam hörte de Silva zu, ohne eine Frage zu stellen. Dann legte er auf. Plötzlich klatschte er laut in die Hände.

»Es wäre überaus freundlich, wenn Sie mir ein Taxi bestellen würden«, bat er. »Ich denke, den Rest schaffen Sie auch ohne meine Unterstützung.«

Comisario Francisco de Silva lächelte, griff in die Tasche seines Jacketts und schob die Rechnung aus dem *Freiraum* über den Tisch.

»Ich sagte Ihnen ja, ich bleibe nicht länger als nötig.«

Ungläubig starrte Kriminalhauptkommissar Schlüssler auf die Rechnung. Dass de Silva jetzt auch noch seinen Restaurantbesuch bezahlt haben wollte, war an Dreistigkeit kaum noch zu überbieten. Diese Witzfigur von einem Comisario würde sich nicht noch einmal in laufende Ermittlungen einmischen, schwor er sich in Gedanken, dafür würde er persönlich sorgen. Wütend griff er nach seiner Brieftasche, nahm ein paar Scheine heraus und warf sie über den Tisch.

Comisario de Silva beachtete das Geld gar nicht, stand auf und sprach, ohne Schlüssler eines Blickes zu würdigen: »Sie verstehen mich nicht. Alles, was Sie wissen müssen, um den Täter zu überführen, steht auf diesem Papier.«

Verwirrt nahm Schlüssler die Rechnung in die Hand. »Wie meinen Sie das?«

»Der Mann, den Sie suchen, ist Koch. Ein Genie. Brillant. Ich habe erst zweimal derart ungewöhnlich zubereitete Albondigas gegessen, einmal in Toro am Ufer des Duero und heute hier in Berlin. Ich bin sicher, dass Sie an den anderen Tatorten Restaurants finden, bei denen genau dieses Gericht zum Tatzeitpunkt ebenfalls auf der Speisekarte gestanden hat. Das Rezept finden Sie auf der Rückseite. Es lohnt sich wirklich, es einmal auszuprobieren.«

Es dauerte den Bruchteil einer Sekunde, dann sackte Kriminalhauptkommissar Schlüssler unter den erstaunten Blicken seiner Kollegen in sich zusammen.

Comisario Francisco de Silva nahm seinen Koffer mit einer Leichtigkeit, die ihm niemand zugetraut hätte und war im Begriff zu gehen, blieb dann aber doch stehen.

»Übrigens, mein Schwager Antonio ist Veterinär. Er liebt Chorizo. Er ist bei jedem Schlachten dabei.«

EIN EDLER TROPFEN

Es war angenehm kühl in der Bodega. Der Sommer in Spaniens Norden hatte seinen Höhepunkt erreicht. Die Sonne strahlte gnadenlos auf Kastilien herab. Comisario Paciano Panadero war froh, zumindest für eine Weile der unerträglichen Hitze entfliehen zu können, auch wenn der Grund seines Besuches eher unangenehm war. Vielleicht hatte er sich auch deswegen auf ein Glas Wein eingelassen. Immerhin war er im Dienst. Sein Hauptgrund war allerdings, dass er Rafaela Sanchez heute zum letzen Mal besuchen würde. Still hielt er sein Glas schräg gegen das Licht und überlegte, wie er beginnen sollte. Ihr Wein war wie immer ein ausgesprochen edler Tropfen. Sie selbst bevorzugte allerdings bei diesen Temperaturen ein Glas kühles Wasser.

Die Familie Sanchez, genauer gesagt Rafaela Sanchez, verstand es vorzüglich, jedes Jahr einen ausgezeichneten Rotwein zu produzieren. Der Vino Tinto, den Paciano Panadero heute trank, war drei Jahre alt und geschmacklich voll ausgereift. In jenem Spätsommer, als ihr Mann verschwand, hatte Rafaela Sanchez ihn zum ersten Mal selbst angesetzt.

Nachdenklich beobachtete er, wie sie mit einem ausgeschliffenen Messer geschickt ein paar Scheiben Jamón Serrano von einer geräucherten Keule abschnitt. Trotz der schweren Jahre hatte sie die Arbeit stets allein geschafft und jegliche Hilfe abgelehnt. Auch seine. Ihr Stolz hatte es ihr verboten.

»Es ist drei Jahre her«, begann der Comisario, räusperte sich, legte eine Kunstpause ein, als würde er darauf warten, dass ein stechender Schmerz verging und fuhr fort: »Seit drei Jahren hat sich Ihr Mann, aus welchen Gründen auch immer de facto in Luft aufgelöst. Señora, was soll ich sagen. Ich musste die Ermittlungen einstellen.«

Rafaela Sanchez schaute ihn prüfend an, setzte sich auf einen Stuhl ihm gegenüber und stellte den Teller mit dem frisch geschnittenen Schinken in die Mitte des Tisches. Wenn er erwartet hatte, dass sie seine Mitteilung kommentieren würde, wurde er enttäuscht. Sie nahm es gelassen auf, ohne eine Regung, die Unverständnis oder Erleichterung erkennen ließ, zu zeigen.

Auch wenn Comisario Paciano Panadero sich keine wirklichen Hoffnungen machte, er mochte diese Frau. Sie war der Grund dafür, dass er die Vermisstenmeldung so lange wie möglich auf dem Schreibtisch behalten hatte. Die Kollegen amüsierten sich schon seit Langem darüber und zogen ihn fast täglich mit seinem Interesse an der jungen Frau auf. Nachdrücklich hatte sein Chef ihn nun angewiesen, die Sache zu beenden. Es gab genug andere Fälle, die bearbeitet werden mussten.

»Ich möchte Ihnen nichts vormachen. Würde Ihr Mann noch leben, hätten wir irgendeine Spur von ihm gefunden. Heutzutage hinterlässt jeder Spuren, zumindest elektronische. Kreditkarten, Krankenkasse, Steuererklärungen.«

Paciano Panadero nahm sich ein Stück Jamón Serrano und musterte den Schinken, als würde er Spuren darauf suchen. Als seine Fahndung erfolglos blieb, ließ er es sich schmecken. Anfänglich hatte er Rafaela Sanchez sogar im Verdacht gehabt, ein Verbrechen begangen zu haben, jedoch keinen Hinweis, geschweige denn ein Motiv gefunden, das seine Befürchtungen bestätigen konnte. Ihr Mann war von einem auf den anderen Tag verschwunden. So etwas kam vor.

»Nach seiner Magenoperation hätte er auf alle Fälle noch einmal zur Nachkontrolle gehen müssen, Fäden ziehen, Klammern entfernen. Aber selbst das hat er nicht getan. Alles spricht für ein Verbrechen. Señora, mir sind die Hände gebunden. Ich kann nichts mehr für Sie tun.«

Einen Augenblick lang war es still in der Bodega. Rafaela Sanchez starrte in ihr Glas, als ob stilles Wasser eine Antwort geben könnte.

»Ich habe mich längst damit abgefunden«, antwortete sie, und zum ersten Mal huschte ein Hauch von Erleichterung über ihr Gesicht.

»Mag seine Seele in Frieden ruhen. Sie haben mehr getan, als üblicherweise vorgeschrieben. Ich bin froh, dass es jetzt vorbei ist.«

Er hob sein Glas, ließ den Duft in die Nase steigen und nahm einen Schluck. Der Wein hatte eine besondere Note, die er bisher nirgends wiedergefunden hatte. Paciano Panadero konnte, obwohl er ein Weinkenner war, mit Worten nicht beschreiben, was diesen Tropfen so einzigartig machte.

»Señora, wir kennen uns nun schon seit drei Jahren. Sie waren immer so freundlich, mir ein Glas anzubieten. Verraten Sie mir das Geheimnis Ihres Weines«, bat er und trank einen kräftigen Schluck aus seinem Glas, als würde er damit das Rätsel der Einmaligkeit des edlen Tropfens lösen können.

Sie musterte den Wein in seinem Glas und schaute dann den Kommissar belustigt an. Tatsächlich hatte er mehr Interesse an ihrer Person gezeigt, als der Vermisstenmeldung nachzugehen. Anfänglich schien sie irritiert zu sein, später hatte seine Anwesenheit, so glaubte er, ihr ein Gefühl von Sicherheit gegeben.

»Es ist ein altes Familiengeheimnis. Der Geschmack kommt vom Schinken«, erklärte sie und schien sich dabei über sein ratloses Gesicht zu amüsieren.

»Während der Gärung legt man den Knochen eines Serrano-Schinkens mit ins Fass. Dieser wird vollständig vergoren. Der Wein bekommt dadurch seine unverwechselbare Note.«

Erstaunt nahm der Comisario einen letzten Schluck aus seinem Glas, um das Gesagte zu prüfen. Er bewegte die Flüssigkeit in seinem Mund von rechts nach links und von vorn nach hinten. Es stimmte, der Wein schmeckte rau und dennoch ein bisschen weich.

Plötzlich hielt er inne, sortierte etwas in seinem Mund und nahm vorsichtig ein kleines Stück Metall von der Zunge. Verwundert erkannte er eine winzige chirurgische Klammer. Es dauerte eine Weile, bis Comisario Paciano Panadero begriff, dass er den einzigen Beweis der Existenz des Vermissten entdeckt hatte.

SEIN LETZTER WUNSCH

Ernesto Montoya Gomez war nach einem erfüllten Leben friedlich und ohne Reue verstorben. Sein letzter Wunsch war es gewesen, in Tones del Carrizal, jenem spanischen Dorf begraben zu werden, in dem er vor über achtzig Jahren geboren worden war und von dem er in Argentinien ein Leben lang geträumt hatte. Seine Frau, eine gebürtige Argentinierin, war schon vor Jahren gestorben und für den Rest ihrer argentinischen Familie war Ernesto bedeutungslos. Und so respektierten sie Ernestos letzten Wunsch, seiner spanischen Familie möglichst nahe zu sein. Doch die Überführung der Urne bereitete den argentinischen Verwandten erhebliche Kopfschmerzen, denn die amtlichen Anforderungen und finanziellen Belastungen überforderten ihre Möglichkeiten.

Schließlich versandten sie Ernesto gut getarnt, zwischen diversen Bohnen-, Rindfleisch- und Kaffeedosen, Gewürzmischungen und Keksen per Post. Sie schrieben ein paar freundliche Grüße, frankierten das Paket ausreichend und brachten es auf den Weg. Darüber, dass sie dem Paket keine Zeile über den Verstorbenen beilegen würden, um den Zoll nicht auf den rechtswidrigen Versand Ernestos aufmerksam zu machen, waren alle einer Meinung. Man würde zur Information einen separaten Brief schreiben. Nur wer ihn verfassen sollte, darüber waren sie sich noch nicht einig.

In dem kleinen spanischen Dorf konnte sich niemand aus der Familie Gomez erinnern, jemals ein Paket aus Argentinien bekommen zu haben. Dennoch – selbst die entferntesten

Angehörigen waren den Spaniern heilig, Dankbarkeit etwas Selbstverständliches.

Die Familie organisierte eine kleine Fiesta, trank auf das Wohl der lieben Verwandten, auf ihre Großzügigkeit und dass Gott sie beschützen möge, auch wenn die Geschenke nicht unbedingt ihren Erwartungen entsprachen. Das Rindfleisch war fad, die Bohnen geschmacklos, die Gewürzmischung überlagert, und die Kekse hatten ihre beste Zeit längst hinter sich. Auch der Kaffee war selbst mit viel Zucker und Milch kaum zu ertragen. Aber da es sich um Geschenke der Verwandten handelte, waren alle dankbar und fanden nur Worte des Lobes.

Wenige Tage später, Maria Montoya Gomez hatte sich mit ihrem *café con leche* wie jeden Tag zur Siesta zurückgezogen, erreichte sie der Brief aus Argentinien. Erstaunt holte sie ihre Brille, trank noch schnell den letzten Schluck Kaffee und setzte sich in den Schatten der Weinreben.

Nachdenklich las sie vom Tod des fernen Verwandten und seinem Wunsch, der Familie möglichst nahe zu sein. Auf die Wurzeln seiner Familie und auf die Heimat sei er immer sehr stolz gewesen. An der Stelle, an der mitgeteilt wurde, dass aus pragmatischen Gründen der Verstorbene – *Gott schütze ihn* – in einer Kaffeedose versendet worden war, starrte sie entsetzt auf ihre leere Tasse.

Fassungslos wischte sich Maria Montoya Gomez den letzten Schaum von der Oberlippe. Für Ernesto hatte sich sein letzter Wunsch erfüllt. Allerdings war er seiner Familie näher, als er es sich jemals erträumt hatte.

GIESST DU MEINE PFLANZEN, ENTSORGE ICH DEINE FRAU

Früher gab es eine klare Arbeitsteilung zwischen meiner Frau und mir. Sie gestaltete den Balkon mit weihnachtlichem Schnickschnack, ließ grelle bunte Lichterketten leuchten und verzierte die Fenster mit selbst gebastelten Weihnachtssternen.

Ich dagegen interessiere mich neben meiner aufreibenden Tätigkeit als Kriminalschriftsteller für Balkonblumen und erfreue mich jedes Jahr an ihrer Pracht. Mein Wissen habe ich einer umfassenden Bibliothek über die Gestaltung von Kübelpflanzen sowie Blumenkästen zu verdanken. Außerdem lese ich regelmäßig Gartenzeitschriften. Für mich ist die Gestaltung und Pflege meiner Balkonpflanzen ein beglückender Ausgleich nach Stunden der Beschäftigung mit menschlichem Versagen.

Meine Frau nutzte unsere kleine grüne Oase, auch wenn sie ständig über ein Zuviel an Schatten protestierte. Zuweilen nannte sie mich abfällig einen Kleinstgärtner, der mit seinem Grünzeug verheiratet sei. Dennoch, sie ließ mich gewähren. Im Gegenzug duldete ich ihre weihnachtliche Geschmacklosigkeit, zumal die Wochen der Besinnung außerhalb der Pflanzzeit lagen.

Zu den Bewohnern des Hauses halte ich freundlich aber gebührend Abstand. Ich vermeide alles, um nicht vom kollegialen Nachbarschaftsbewusstsein assimiliert zu werden.

Meine Frau ist jetzt ein halbes Jahr tot und nicht ganz schuldlos an ihrem plötzlichen Ableben. Den finalen Unfall hatte sie leichtfertig provoziert. Genau betrachtet, kam der Absturz aus dem vierten Stock für sie völlig unerwartet.

Unser, oder besser gesagt, mein Balkon gehört bei aller Bescheidenheit zu den schönsten des Wohnblocks und findet bei den Nachbarn Lob und Anerkennung. Die Seitenfronten sind mit Scherengittern versehen und blickdicht mit einer Vielzahl blühender Rankenpflanzen zugewachsen. Die Vorderfront, die nach Süden zeigt, wird von einer Reihe spanischer Terrakotta-Blumenkästen geschmückt. Abgerundet wird das Ganze durch hängende Pflanzschalen, deren üppige Blütenpracht das Herz jedes Betrachters erfreut.

Dass meine Frau nicht schuldlos an dem Drama war, erklärt sich mit der Leichtfertigkeit, die sie nach sieben Jahren Ehe unachtsam werden ließ.

Einer meiner Nachbarn, der regelmäßig an Fotowettbewerben teilnimmt, hatte für seine Einsendung einen Ehrenpreis erhalten. Ich entdeckte das Bild zufällig beim Durchblättern einer renommierten Gartenzeitung. Es zeigte meinen Balkon und ein sich innig umarmendes Liebespaar im goldenen Licht der Abendsonne.

Romantic Moments hatte er sein Werk betitelt.

Dass es sich bei den Liebenden um meine Frau und einen Fremden handelte, konnte der Fotograf natürlich nicht wissen.

In unserem Ehevertrag stand sinngemäß, dass sie bei einer Trennung die Wohnung erhalte und ich alle Spareinlagen. Aus heutiger Sicht war das mehr als naiv, denn die vorhandenen Geldmittel deckten nicht ansatzweise die noch zu zahlende Restsumme für den Kauf unserer Wohnung.

Eine Scheidung kam logischerweise nicht infrage. Ich musste eine andere Lösung finden.

Geduld ist eine meiner Stärken. Ich wartete, bis das kommende Weihnachtsfest vorbereitet werden wollte und meine Balkonpflanzen durch die kitschige Weihnachtsdekoration abgelöst werden würden.

Bei dem Versuch meiner Frau, auf einem wenig vertrauenerweckenden Hocker stehend, ein albernes Rentier mit blinkender Nase an einem Haken zu befestigen, nutzte ich die Gelegenheit, ihr Gleichgewicht zu meinen Gunsten zu verlagern.

Sekunden später war sie tot, ich Witwer und Besitzer einer großzügigen Eigentumswohnung mit Südbalkon. Ich beantwortete angemessen betroffen die Fragen der Polizei, übte mich tagelang in sichtbarer Verzweiflung und trauerte überzeugend die üblichen Monate.

Was ich nicht bedacht hatte, war, dass ich mich mehrmals im Jahr auf eine Geschäftsreise begeben musste. Während meiner Abwesenheit hatte ich mich bisher darauf verlassen können, dass meine Frau sich, wenn auch leidenschaftslos, um den Balkon kümmerte. Jetzt bestand jedoch die Gefahr, dass die Blumenkästen austrockneten und die Pflanzen eingingen.

Auf meine Anzeige am Schwarzen Brett der Wohnungsbaugesellschaft reagierte niemand, obwohl ich eine großzügige Bezahlung anbot. Zwar wunderte mich das, aber vorerst schenkte ich dem keine Beachtung. Unglücklicherweise stand die nächste Reise an und sie sollte drei Wochen dauern. Ich musste eine Lösung finden.

Selbst meine direkten Nachbarn lehnten höflich, aber mit Bestimmtheit ab. Ihre Gründe schienen fast lächerlich zu sein. Der eine besaß einen Hang zur Vergesslichkeit, ein anderer hatte Angst, etwas falsch zu machen und bei einem dritten neigten Pflanzen grundsätzlich dazu, Suizid zu begehen. Schließlich schob ich ihre Bedenken auf jenes Unbehagen, das Wohnungen ausstrahlen, in denen ein Leben geendet hatte.

Drei Tage vor meiner Abfahrt fand ich einen anonymen Brief im Postkasten. Jemand versuchte mich zu erpressen. Geld erwarte er nicht, dafür aber eine gewisse Unterstützung, um den *Irrtum seines Lebens* zu korrigieren. Meine Idee, die zur Last gewordene Ehefrau wie einen Weihnachtsbaum vom Balkon zu entsorgen, fand er grandios. Ein Unfall, der glaubhaft, überzeugend und existenzsichernd war. Wirklich genial! Ein ähnlich perfektes Szenarium schwebe ihm auch vor. Allerdings fehle es ihm an Fantasie. Daher die Bitte, ihm bei der Korrektur seiner damaligen Fehlentscheidung zu helfen. Wenn ich einverstanden sei, sollte ich ein kleines Windrad in meinen linken Blumenkasten stecken.

Ich war mir nicht sicher, ob einer meiner lieben Nachbarn nur die Fakten addiert hatte oder ob er tatsächlich Zeuge der Tat geworden war. Die Polizei zu informieren, verbot sich von selbst. Egal, wie ich den Brief bewertete, die delikate Anfrage einfach zu ignorieren, war nicht möglich.

Ich entschied mich für ein Windspiel in Regenbogenfarben. Es passte vorzüglich zu den Geranien.

Am Abend vor meiner Abreise klingelte es an meiner Tür. Ich kannte den Mann. Einer der besonders höflichen Nachbarn. Er wohnte einen Aufgang entfernt. Sofort war mir klar, dass er jener Briefschreiber sein musste, der den *Irrtum seines Lebens* beseitigt haben wollte. Ich muss zugeben, dass der Wunsch nachvollziehbar war. Die zänkische Art seiner Frau und die Boshaftigkeit, mit der sie ihn behandelte, überschritten oft jede Verhältnismäßigkeit. Wenn sie einen ihrer Wutanfälle bekam, bestand das einzige Mittel, nicht Zeuge ihrer absurden Vorhaltungen werden zu müssen darin, die eigenen Fenster zu schließen.

Der Mann wirkte freundlich, fast ein wenig verlegen, und statt einer Begrüßung hielt er mir eine Flasche Rotwein entgegen.

Wortlos winkte ich ihn herein, nahm zwei Gläser aus dem Schrank und überließ es ihm, den *Tempranillo* zu entkorken. Er tat es bedächtig, mit sicheren Händen, was ihn als Weinkenner verriet. Wir setzten uns auf den Balkon. Einen Moment lang beobachtete er das Windspiel und bewunderte schweigend meine Pflanzen. Schließlich prostete er mir mit einem Lächeln zu. Dann trank er einen Schluck und stellte das Glas auf den Tisch.

»Können Sie sich an den Kerl erinnern, der sonntags immer Klarinette geübt hat?«, fragte er nachdenklich.

»Ist der nicht im letzten Jahr ausgezogen?«, entgegnete ich verwundert über die Frage, obwohl ich die Antwort bereits kannte.

»Das wird allgemein so gesehen. Tatsache ist, mit gebrochenen Fingern lässt sich schlecht eine Tonleiter spielen.«

Ich schaute mein Gegenüber erstaunt an. Aber er zeigte keinerlei Regung.

»Oder nehmen wir den Alkoholiker, der nachts immer rumgegrölt hat.«

Den armen Kerl hatte ich schon aus meinem Gedächtnis gestrichen. Noch vor Monaten war fast jede Nacht die Polizei gekommen, um ihn zu beruhigen. Ein unangenehmer Mitbürger. Seine Sucht bezahlte er mit dem Verlust seines Augenlichtes, nachdem er ein paar Flaschen Selbstgebrannten getrunken hatte, Methylalkohol hieß es später. Woher er den Schnaps hatte, ließ sich nicht klären. Der Mann wurde in ein Heim verfrachtet und bedurfte permanenter Betreuung. Ein wirklich trauriges Schicksal.

»Ich kann mich erinnern«, erwiderte ich. »Wie geht es ihm?«

Das leichte Schulterzucken meines Nachbarn konnte bedeuten, dass er es nicht wusste oder dass es ihm egal war. Vielleicht auch beides.

»Es ist schön bei Ihnen! Ich selbst habe, was Pflanzen angeht, gar kein Talent. Ich kann sie am Leben erhalten. Mehr nicht. Jeder hat so seine Stärken. Haben Sie schon jemanden zum Gießen gefunden?«

Ich schüttelte den Kopf und trank einen Schluck. Der Wein war ein wenig zu warm und brauchte noch Luft. Aber es war ein guter Wein.

»Sie haben sich hier wirklich ein kleines Paradies geschaffen. Allein die Ruhe ist unbezahlbar«, stellte der Mann respektvoll fest. Dann schaute er mich mit einem neugierigen Blick an.

»Sie lieben doch Ruhe, oder?«

»Ich glaube nicht, dass Sie gekommen sind, um sich mit mir über den neuesten Nachbarschaftsklatsch auszutauschen«, erwiderte ich etwas ungehalten.

Der Mann nickte, nahm sein Glas, hielt es schräg und betrachtete die Flüssigkeit.

»Lassen Sie es mich so sagen. Erinnern Sie sich noch an diesen Hund aus dem ersten Stock? Eine miese Mischung aus Spitz und Foxterrier, der den ganzen Tag jaulte, wenn sein Frauchen zur Arbeit gegangen war. Der Köter lebte direkt in der Wohnung unter mir. Nicht auszuhalten.«

Er legte eine kurze Kunstpause ein und ergänzte, ohne mich dabei anzuschauen: »Sie glauben nicht, wie dankbar ich bin, dass jemand aus der Nachbarschaft sich des Problems angenommen hat.«

Tatsächlich genoss ich die Ruhe auf meinem Balkon und war froh, dass das Jaulen aufgehört hatte. Nur, dass nachgeholfen worden war, wusste ich nicht.

»Was wollen Sie eigentlich von mir?«, fragte ich ungehalten.

»Es gibt einiges, das wir gemeinsam haben. Wir mögen beide schöne Dinge. Ich liebe gute Weine, Sie einen gemütlich arrangierten Balkon. Die meisten Nachbarn sind uns …«

»Sie beantworten meine Frage nicht«, unterbrach ich ihn unwirsch. »Wollen Sie Geld?«

Der Mann schien enttäuscht. Er schüttelte den Kopf und sackte ein wenig in sich zu zusammen. Dann massierte er seine Schläfen. Resigniert ließ er die Hände sinken und starrte in den Abendhimmel. Inzwischen war es dunkel geworden.

»Ich will ehrlich sein. Fünfzehn Jahre Altersunterschied rächen sich irgendwann. Das ewige Streiten meiner Frau und ihre dümmlichen Vorhaltungen machen mich krank. Ich ertrage das keinen Tag länger. Ohne Ihre Hilfe schaffe ich das nicht.«

Fassungslos schaute ich ihn an.

»Sie möchten, dass ich Ihre Frau …?«

»Nein! Sie verstehen mich falsch. Das ist anders organisiert.«

»Anders organisiert? Ich begreife nicht.«

»Das ist ganz einfach. Die meisten unserer Nachbarn sind Mitglieder einer Art Tauschbörse. Gibt es ein Problem, wird es gelöst und dafür wird cin Wert gegengerechnet. Jedes Mitglied der Börse hat das Recht, Leistungen in Anspruch zu nehmen, gleichzeitig aber auch die Pflicht, sein Punktekonto in einer angemessenen Zeitspanne auszugleichen.«

»Das ist nicht Ihr Ernst?«, protestierte ich, mehr weil es mich amüsierte, als dass ich seinen Worte Glauben schenkte.

»Wir haben mit Interesse alle ihre Kriminalgeschichten gelesen. Glauben Sie mir, wenn Sie ihr Talent in die Gemeinschaft einbringen würden, wäre das eine unglaubliche Erweiterung unseres Angebotes. Stellen Sie sich doch einmal vor, welche Optionen plötzlich denkbar wären!«

»Sie sind absolut verrückt!«

»Alles hat seinen Preis. Der eine bietet Nachhilfeunterricht an, ein anderer bügelt Ihre Hemden oder gießt Ihre Pflanzen. Es gibt einen Katalog. Der Freund Ihrer Tochter gefällt Ihnen nicht? Nachbarn klären das für Sie.«

»Ich habe keine Tochter!«

»Ist ja nur ein Beispiel. Vielleicht ärgern Sie sich über einen Ordnungsamtsmitarbeiter. Unser Punktesystem ist äußerst detailliert. Ein Alibi oder ein überzeugendes Schweigen wird mit einer beachtlichen Punktezahl gutgeschrieben. Nehmen wir dieses Foto in der Gartenzeitschrift. Wie hieß es doch gleich, *Romantic Moments*? Es hätte bei der Polizei mit Sicherheit berechtigte Zweifel an dem Unfall ihrer Frau aufkommen lassen. Keiner der Nachbarn hat die Beamten darauf hingewiesen. So gesehen sind Sie seit ihrem Tod Mitglied unserer Tauschbörse. Finden Sie nicht, dass es an der Zeit ist, Ihr Punktekonto auszugleichen?«

Fassungslos schaute ich den Kerl an. Die eigene untreue Frau in einem unbeachteten Moment vom Hocker zu stoßen, war zu meinem Vorteil gewesen. Ein perfektes Verbrechen, das wie ein Unfall aussah und meine Existenz sicherte. Allein die Witwerrente deckte die monatlichen Fixkosten. Aber eine fremde Person zu ermorden, sei sie auch noch so unangenehm, überstieg meine Vorstellungskraft.

»Sie erwarten Unmögliches von mir. Ich kann Ihre Frau nicht töten!«

Der Mann winkte lässig ab, stand auf, lächelte zufrieden und machte Anstalten zu gehen. Dann räusperte er sich und sagte: »Das müssen Sie nicht. Um meine Frau kümmert sich gerade ein anderer Nachbar. Es geht nur darum, Ihren Punktestand auszugleichen. Sie sind mein Alibi und Ihre Aufgabe ist es, die Leiche auf Ihrer Lesereise zu entsorgen. Ich denke, inzwischen müsste sie schon in Ihrem Kofferraum liegen. Und was die Balkonpflanzen angeht, selbstverständlich kümmere ich mich um Ihr Wohlbefinden.«

VON PERFEKTEN GASTGEBERN UND PERFEKTEN MORDEN

Ich denke gerne an diese Abende zurück. Im Nachhinein erscheinen sie mir ein wenig unwirklich. Sie hatten etwas Antiquiertes, als würde ihre Inspiration direkt aus einem der verstaubten englischen Romane genährt werden, die in den raumhohen Regalen des Kaminzimmers dem Vergessen anheim gefallen waren. An eines dieser Treffen erinnere ich mich besonders deutlich, denn jener Abend veränderte mein Leben. Doch ich will nicht vorgreifen.

Wie jedes Mal saßen *die üblichen Verdächtigen* in einem Halbkreis um den lodernden Kamin. Eine Formulierung, die mir meine Frau stets übel nahm und die ich schon deswegen nicht aus meinem Sprachwortschatz streichen würde. Bei den Gästen handelte es sich um die Honoratioren unserer Stadt.

Vervollständigt wurde die Runde regelmäßig durch Hauptkommissar Bröcker, einen kleinen, stets nachdenklichem Mann und seine herrschsüchtige Frau, die ihn um einen Kopf überragte. Bröcker hatte mir in einer schwachen Stunde einmal Gedichte zu lesen gegeben, die, einmal abgesehen von den Rechtschreibfehlern, derart gestelzt und konstruiert wirkten, dass ich mich nur mit Abscheu daran erinnerte. Außerdem war ich überzeugt davon, dass er schwul war und einen Faible für unseren Gastgeber hatte. Ich wusste, dass ich mit dieser Meinung nicht allein stand. Aber gebildet und kultiviert wie wir waren, übten wir uns selbstverständlich in Toleranz. Blieben noch meine Gemahlin Anna und ich. Mir verzieh man meine Marotten und eigenbrötlerischen Eigenheiten wohl nur deswegen, weil ich mich einen Schriftsteller nannte.

Die besagten Kaminabende fanden in regelmäßiger Selbstverständlichkeit bei unserem Gastgeber Artur Lopez und seiner zauberhaften jungen Frau Isabel statt. Lopez wollte die Treffen als intellektuell und künstlerisch engagierte Gespräche in der Tradition der frühbürgerlichen Salons verstehen.

Wenn es einen Grund gab, an diesem langweiligen Beisammensein teilzunehmen, dann war es Isabel. Isabel war Arturs dritte Frau, die Seele dieser Kaminabende und hatte sich in kürzester Zeit den Ruf einer ausgezeichneten Köchin und Gastgeberin erworben. Grob geschätzt war sie zwanzig Jahre jünger als Artur Lopez. Eine wirkliche Schönheit, mit einer atemberaubenden Figur, jung an Jahren und stets geschmackvoll gekleidet. Ihr größter Trumpf allerdings war ihre stille, ernste Art, die immer ein wenig geheimnisvoll wirkte. Wenn ich mich unbeobachtet fühlte, konnte ich meine Augen nicht von ihr lassen. Ich war klug genug zu wissen, dass mich meine Frau stets aus den Augenwinkeln beobachtete.

Wie immer hatte es vor unserem Besuch wegen meiner Unfähigkeit, mich dem Anlass passend zu kleiden, Streit gegeben. Anna hatte mich verärgert einen *Urmenschen* genannt, und ich hatte mir darauf hin ewig Zeit gelassen, mich umzuziehen. Ein wirkungsvolles Mittel, um sie zu ärgern.

Wir waren zu spät eingetroffen, und nun blieb mir nur der undankbare Platz neben Gertrud, der Frau unseres Zahnarztes, die mir, egal ob sie aufgeregt oder begeistert war, regelmäßig vertrauensvoll ihre Hand auf den Oberschenkel schlug. Es gibt Dinge, an die gewöhnt man sich nie. Ich bin sicher, meine Frau hatte diesen Platz bewusst ausgesucht, als Rache für mein kleines Vergehen.

Ich trank mein Bier und starrte voller Resignation abwechselnd in die lodernden Flammen und auf die Zeiger der Kaminuhr. Artur gab wie immer den charmanten Gastgeber.

Einen Augenblick lang gelang es mir, meine Gedanken mit der Gestaltung von Frühjahrsbeeten abzulenken, als einer dieser gefürchteten Schläge Gertruds meine Aufmerksamkeit zurück auf das Gespräch lenkte.

»Wirklich! Jemanden zu töten, ist eine simple Angelegenheit. Es gehören nur eine geringe Portion Überwindung und die Bereitschaft dazu, vollendete Tatsachen zu schaffen.«

Ich hatte Artur Lopez noch nie leiden können. Seine trivialen Verallgemeinerungen dienten nur einem Zweck: sie sollten provozieren. Wieder einmal fragte ich mich, warum ich mir diese so genannten Kaminabende antat. Natürlich wusste ich, dass es jener Teil des Tributs war, den ich an Anna zu zahlen hatte, um mir ein Leben als Autor leisten zu können. Ein Mann, der sein Geld aus den Händen seiner Frau erhält, ist in seiner Widerstandskraft erheblich eingeschränkt. Doch dies war einfach der Weg des geringsten Widerstandes, um unsere inzwischen sehr dünnhäutig gewordene Beziehung nicht vollständig zu zerstören.

»Aber das ist Mord! Und Mord ist ein Verbrechen«, bemerkte Gertrud neben mir leicht lispelnd. Die Frau unseres rumänischen Zahnarztes stellte ihr Glas mit einer Geste erzwungener Eleganz auf den Klubtisch. Etwas unsicher betrachtete sie dann die Runde der Zuhörer. Weil niemand sich veranlasst sah, etwas zu sagen, hielt sie es für angebracht, ihren Kommentar noch einmal zusammenzufassen. »Mord ist doch strafbar! Oder?«

Artur nickte dankbar und schenkte ihr ein Lächeln, von dem meine Frau behauptete, es lege sich wie wärmende Hände auf das Gesicht. Die Kombination aus sportlicher, eleganter Männlichkeit und erfolgreichem Geschäftsmann, gepaart mit Reichtum und Lebensstil gab ihm unweigerlich einen charismatischen Anstrich. Egal, wie man es wendete, Erfolg machte offensichtlich doch erotisch.

Artur sog nachdenklich Luft zwischen die Zähne, ein eindeutiger Hinweis darauf, dass er es heute nicht bei einfachen Provokationen bewenden lassen würde. Sein Hemd begann sich über seiner kräftigen Brust zu spannen, ehe er antwortete: »Ja, es ist Mord, wenn man es unter moralischen Gesichtspunkten betrachtet!«

Dabei wandte er sich mit einer allumfassenden Geste an uns Zuhörer, die wir gebannt lauschten.

»Ich bin mir sicher, bestünde nicht die Gefahr, für eine derartige Tat bestraft zu werden, würde mindestens die Hälfte der hier Anwesenden ernsthaft eine derartige Lösung ihrer Probleme in Betracht ziehen!«

Seine kühne Behauptung blieb nicht wirkungslos. Mit hektischem, übertriebenem Protest erhoben sich die Stimmen der Gäste, während ich einen protestierenden Schlag auf den Oberschenkel bekam.

»Nein, so ist das nicht! Um Gottes willen! Ein vollständig inakzeptables Gedankenexperiment. Solche Hirngespinste liegen mir fern. Also nein, wirklich!«

Mein Blick traf sich mit dem meiner Frau, die leicht errötet offensichtlich versuchte, ihre Gedanken zu verbergen. Sie ist noch immer eine aparte Frau, ging es mir durch den Kopf. Nach dem Tod ihres Vaters, der ihr nicht nur eine beträchtliche Summe Geld, sondern auch den alles zusammenhaltenden Geiz vererbt hatte, war sie jedoch härter und unnachgiebiger geworden.

Anna schien zu bemerken, dass ich sie beobachtete. Ein nervöses Lächeln huschte über ihr Gesicht. Sie nahm einen gierigen Schluck aus ihrem Bowlenglas und hing wieder wie gebannt an den Lippen unseres Gastgebers.

Hauptkommissar Bröcker lächelte Artur Lopez süßlich zu und reichte anschließend seiner Frau teilnahmslos einen Teller mit Gebäck. Er erklärte halbherzig in die Runde, dass er sich bei einem derartigen Thema für befangen halte. Aber niemand hörte ihm zu.

Unser Gastgeber räusperte sich, um die Aufmerksamkeit erneut auf sich zu ziehen.

»Ich gehe sogar noch weiter. Nehmen wir einmal an, jemand hat vor, einen Mord zu begehen. Ich behaupte nun, wenn dieser Jemand einen Plan für den *perfekten Mord* hätte, eine Art idiotensichere Gebrauchsanweisung, die Fehler ausschließt, so würde er nicht zögern, diese Tat zu begehen.«

Die Mischung aus unfassbarem Abscheu und grenzenloser Neugier schien langsam ihren Höhepunkt zu erreichen. Mit einem vorzüglich gespielten Entsetzen schien das Lehrerehepaar ernsthaft zu überlegen, ob sie den Heimweg antreten sollten. Der Apotheker grinste dümmlich, aber verständnisvoll. Der Pfarrer bekreuzigte sich lässig. Der Zahnarzt ließ sich von seiner Frau Gertrud das Gesagte nochmals erklären und schien amüsiert zu sein. Einzig Hauptkommissar Bröcker schwieg.

»Der Mord an sich ist nur ein technischer Vorgang. Was jeden von uns hemmt, ist die Angst vor Schuld. Aber was ist Schuld anderes als Angst vor Ausgrenzung. Schuld entsteht im Kopf und nur deswegen, weil sie eine moralische Kategorie ist.«

Hauptkommissar Bröcker hielt es nun doch für angebracht, den theoretischen Exkurs auf den Boden der Tatsachen zu stellen.

»Ich behaupte, es ist noch niemandem gelungen, den perfekten Mord zu begehen. Die Summe aller Faktoren, die zu beachten sind, übersteigt die geistigen Möglichkeiten eines Einzelnen beträchtlich. Dem gegenüber stehen die summierten Erfahrungen und wissenschaftlichen Methoden der Ermittler.«

Artur schüttelte den Kopf. Er war keineswegs mit dem einverstanden, was der Fachmann von sich gab.

»Bitte verzeiht mir! Aber jeder halbwegs begabte Kriminalautor sollte in der Lage sein, ein Prozedere zu entwickeln, das bei Beachtung der üblichen polizeilichen Vorgehensweise die Aufklärung eines Mordes verhindert!«

Dabei schaute er mich mit jener Art abstoßender Ironie an, die mich seine Behauptung, jeder könne zum Mörder werden, zumindest geistig umsetzen ließ.

»Derartige Gedankenspiele liegen mir nicht besonders«, antwortete ich unschuldig und versuchte, seine ironische Art nachzuahmen. Ein Versuch, der wenig beeindruckend war und mir nur die Neugier der anderen einbrachte.

»Warum so bescheiden?«, fragte Artur heuchlerisch. »Hast nicht auch du zuweilen den Wunsch, einen Menschen, der dir zutiefst verhasst ist, einfach aus deinem Leben zu streichen? Gerade eben, als ich von einem halbwegs begabten Autor sprach, hatte ich das Gefühl, du würdest mir liebend gern die Hände um den Hals legen.«

Er hatte die Lacher auf seiner Seite. Ein Leichtes für ihn. Noch schlimmer, er hatte recht. Meine Bücher waren Ladenhüter. Ich war ein erfolgloser Autor ohne Aussicht auf Besserung. Zwar konnte ich strukturell denken, aber eine ansprechende sprachliche Umsetzung wollte mir nie gelingen. Wütend wandte ich mich meinem Bier zu und trank es in einem Zug aus.

»Es ist äußerst geschmacklos, was du von dir gibst!«

Isabel stand in der Küchentür und hatte die ganze Zeit zugehört. Es kam nicht oft vor, dass sie ihrem Mann widersprach oder ihn gar zurechtwies.

»Wenn du weiterhin so mit unseren Gästen umspringst, werden sie eines Tages ausbleiben.«

Artur Lopez betrachtete seine Frau mit deutlichem Missfallen. Er war es nicht gewöhnt, von ihr kritisiert zu werden. Seine Irritation war aber nur von kurzer Dauer.

»Schatz, du bist ein hoffnungsloser Fall. Spaß ist etwas zutiefst Menschliches, etwas, dessen sich niemand verwehren sollte. Auch du nicht«, versuchte Artur ihre Bemerkung zu seinen Gunsten zu nutzen.

Die Zurechtweisung seiner Frau löste ein beklemmendes Schweigen aus. Dennoch konnten sich einige ein leises Lachen nicht verkneifen. Unbeeindruckt davon räumte Isabel die leeren Gläser vom Klubtisch, ohne ihren Mann eines Blickes zu würdigen. Fast nebenbei parierte sie seine Worte.

»Deine Art, *Spaß* zu definieren, erinnert mich zuweilen an die politischen Schauprozesse der Fünfzigerjahre. Die wurden auch nur auf Kosten der Angeklagten geführt.«

Geschickt sortierte sie ein paar Naschereien und nahm mir anschließend mein leeres Glas aus der Hand.

»Noch ein Bier?«

Während Artur seine Rolle als liebenswerter und über den Dingen stehender Gastgeber durch höfliches Nachdenken zu wahren versuchte, spürte ich eine sanfte Berührung meiner Hand. In jenem Moment war ich mir nicht sicher, ob die Berührung bewusst oder ob sie Isabels innerer Aufregung geschuldet war. Jedenfalls fühlte ich mich auf eine sehr wohltuende Art elektrisiert.

Doch Artur wäre nicht Artur gewesen, wenn er nicht versucht hätte, die Situation zu seinen Gunsten zu beeinflussen. Er wartete, bis Isabel die Dekoration geordnet hatte und legte in jenem Moment seine Hände um ihre Hüften, als sie neben ihm stand.

»Natürlich hat meine Frau recht. Nehmen wir zum Beispiel mich. In gewissem Maße bin ich paranoid. Also sorge ich vor und schließe alle Eventualitäten aus. Bekanntermaßen habe ich mir den Luxus geleistet, mehrfach zu heiraten. Die erste Ehe diente dazu, mich finanziell unabhängig zu machen, die zweite hätte mich fast ruiniert. Einmal war ich Täter und einmal Opfer. Glauben Sie mir, jede Scheidung ist wie ein kleiner Mord. Und würde nicht der Arm des Gesetzes dies verhindern, dann wäre es schon möglich, dass ich heute nicht Ihr Gastgeber wäre.«

Artur legte eine Kunstpause ein und betrachtete Isabel unverfroren mit den Augen eines stolzen Besitzers.

»Ist es wirklich so abstrus, dass ich das, was ich mir selbst zutraue, auch anderen zutraue? Zwischen Isabel und mir steht kein Geld. Sie erhält einen großzügigen monatlichen Obolus, über den sie frei verfügen kann. Nicht mehr und nicht weniger. Ließe sie sich scheiden, bekäme sie nichts. Würde ich eines unnatürlichen Todes sterben, käme mein gesamtes Vermögen einer rührend agierenden Tierschutzorganisation zu. Frei von jeglichen Versuchungen kann das, was unsere Beziehung am besten beschreibt, also nur Liebe sein. Habe ich recht, mein Schatz?«

Mit einer geschickten Bewegung konnte sich Isabel aus seinen Händen befreien. Sie lehnte sich verführerisch an Artur und neigte sich lächelnd an sein Ohr. Dennoch sprach sie laut genug, damit es alle hören konnten.

»Eine Frau wie ich, von deren Klasse und Körper nicht nur deine männlichen Gäste träumen, hat sicherlich andere Gründe als Geld und Wohlstand, wenn sie einen Mann heiratet, der mehr als zwanzig Jahre älter ist.«

Sie hauchte ihm einen sanften Kuss auf die Wange und brachte anschließend das Tablett mit den leeren Gläsern und Schälchen in die Küche. Zwischen uns Männern bestand einen Augenblick lang so etwas wie schweigsame Einmütigkeit über den brillanten Abgang unserer Gastgeberin.

Der Abend war gelaufen. Dennoch blieb Artur charmant. Isabel verwöhnte uns mit allerlei Gebäck. Gertrud schlug mir noch mehrere Male aus nichtigem Grund auf den Oberschenkel. Als der Apotheker, vom Alkohol müde geworden, einzuschlafen drohte, löste sich die Gesellschaft mit den üblichen Höflichkeitsfloskeln auf. Die Frau des Hauptkommissars stopfte sich schnell noch die restlichen Krümel in den Mund und schob anschließend ihren Mann unnachgiebig zum Ausgang.

»Ja, ein wirklich interessanter Abend. Wie immer ein Höhepunkt in diesen traurigen Tagen. Und auf alle Fälle muss man sich wiedersehen. Einen kleinen Schwips kann doch niemand ernsthaft übel nehmen. Ja, ja! Man sieht sich!«

Isabel schüttelte jedem Gast zum Abschied höflich die Hand. Schließlich waren Anna und ich dran.

Ich hatte mir vorgenommen, Isabels Hand möglichst freundlich zu drücken. Doch als ich etwas Glattes an meiner Handfläche spürte, schloss ich schnell meine Faust und hoffte, dass meine Aufregung nicht durch Leuchtsignale auf der Stirn erkennbar war. Schnell ließ ich den Zettel in meiner Tasche verschwinden und nickte ihr nur einen verlegenen Abschiedsgruß zu.

Artur sagte noch: »Nichts für ungut alter Freund. Jeder ist mal dran.«

Isabels kleinen Brief las ich noch am selben Abend. Sie bat mich um ein Treffen, allein. Auch wenn ich mir keinerlei Hoffnungen auf ein amouröses Abenteuer machen konnte, ließ mich dieser Gedanke die nächsten Nächte schlechter schlafen.

Wir trafen uns an einem Parkplatz, der am Ende eines Waldweges lag. Ich war aufgeregt wie ein kleiner Schuljunge und fragte mich, in welchen Belangen ich ihr wohl helfen könne.

Isabels BMW stand fast verdeckt unter den Bäumen. Sie öffnete mir die Tür, und ich setzte mich auf den mit weichem Leder gepolsterten Beifahrersitz. Isabel trug einen kurzen Rock und einen eng anliegenden Pullover, der ihre Formen vorzüglich betonte.

»Danke, dass du gekommen bist!«

»Aber das ist doch selbstverständlich.«

Sie legte ihre Hand auf meine, ließ sie dort liegen und schaute mich forschend an.

»Bist du glücklich?«

Die Frage kam ohne Vorankündigung. Es war eine jener Fragen, auf die ich verzichten konnte. Natürlich war ich *nicht* glücklich. Ich lebte ein trostloses und von Erfolgen freies Leben. Meine Ehe war am Ende. Als Schriftsteller hatte ich versagt. Von allen Träumen war nichts als Asche geblieben. Ohne auf meine Antwort zu warten, sprach sie weiter.

»Ich bin auch nicht glücklich. Mein Mann ist ein Tyrann. Er hat mich in der Hand.«

Etwas verwundert schaute ich sie an und fragte mich, warum so viel Aufwand für einen simplen Rat betrieben wurde.

»Verlass ihn!«, schlug ich vor. »Verzichte auf Geld und Wohlstand.«

»Es ist mir nicht möglich. Er würde sich rächen. Ich kann nicht zurück.«

Ich versuchte, aus ihren Gesichtszügen schlau zu werden.

»Ich bin mir nicht sicher, ob ich dir helfen kann.«

»Du bist der Einzige, dem ich vertraue. Ich habe dich beobachtet. Du konntest deine Augen nicht von mir lassen.«

»Entschuldige. Ich wusste nicht …«

Sanft legte sie mir ihren Finger auf den Mund, sodass ich kein Wort mehr von mir geben konnte.

»Du bist ein Mann. Es gibt nichts, was ich nicht über Männer weiß. Erspare mir deine Entschuldigungen.«

Isabel zog ihre Hand langsam weg und schaute aus dem Fenster. In Gedanken schien sie ihren Entschluss noch einmal zu prüfen. Dann begann sie zu sprechen.

»Ich bin nicht das, für was du mich hältst. Ich habe als Professionelle in einem Klub gearbeitet, anfänglich als Tänzerin, später im Softbereich, letztendlich habe ich für Geld fast alles getan, egal ob mit Männern oder Frauen. Ich habe Talent darin, andere Menschen glücklich zu machen. Nur für mich selbst gilt das nicht.«

»Du hast als Prostituierte gearbeitet?«, fragte ich nun doch ein wenig erstaunt.

»Hast du ein Problem damit, dass ich anschaffen war?«

»Nein! Nein, es erinnert mich nur an das, was ich tue. Jeder prostituiert sich auf seiner Art. Du mit deinem Körper, ich mit meinem Kopf. Wo ist der Unterschied?«

Ohne mich anzuschauen, nickte sie, holte ihre Zigaretten aus der Tasche und bot mir eine an. Obwohl ich seit Jahren nicht mehr rauchte, war ich ihr dankbar dafür.

»Artur hat mich gekauft. Er hat meinem Zuhälter den noch ausstehenden Kredit zurückgezahlt. Ich war so verdammt naiv und hoffte, dass er es ehrlich meinte. Geheiratet habe ich ihn, weil ich mir ernsthaft einbildete, er würde mich lieben. Verstehst du, ich habe geglaubt, das große Los gezogen zu haben.«

Ich verstand sie sehr gut. Solange ich als Autor so etwas Ähnliches wie Erfolg gehabt hatte, war meine Ehe ein gut geschmiertes Uhrwerk gewesen. Doch inzwischen hielt Anna und mich nur noch das Gehäuse zusammen. Jedes Rädchen hatte seinen Rhythmus verloren, und wir waren bemüht, möglichst jeden Berührungspunkt zu vermeiden.

»Von dem Tag an, an dem ich erfuhr, dass er sich auch weiterhin der professionellen Dienste meiner ehemaligen Kolleginnen bediente, habe ich mich ihm verweigert.«

Ich schaute sie an. Von Artur wusste ich, dass er seine Erfolge als Geschäftsmann kleinen Subunternehmern zu verdanken hatte, mit denen er Verträge abschloss, die an der Grenze zur Skrupellosigkeit lagen. Er galt als hart und unnachgiebig. Widerspruch duldete er nicht. Dass sich die eigene Frau seinem körperlichen Begehren widersetzte, musste ihn zutiefst verletzt haben.

Isabel schien meine Gedanken lesen zu können.

»So wenig, wie ich in der Lage bin, mich von ihm zu trennen, so wenig ist er in der Lage, die Scheidung einzureichen. Die Angst vor einem Skandal hält ihn davon ab. Dass er eine Prostituierte geheiratet hat, würde ihn gesellschaftlich unmöglich machen. Er würde mehr verlieren, als ihm lieb ist.«

»Patt! Beim Schach nennt man eine derartige Situation ein unentschiedenes Spiel. Niemand kann gewinnen! Niemand verlieren!«, presste ich hervor. »Und was willst du jetzt machen?«

Mit prüfendem Blick schaute sie mir tief in die Augen, als suche sie eine Antwort darin.

»Als Artur neulich davon sprach, dass es für dich ein Leichtes sein müsse, einen Mord derart zu planen, dass die Polizei den Täter unmöglich finden würde, habe ich mich gefragt, ob du das wirklich tun könntest.«

Es gibt im Leben eine Liste von Fragen, auf die man nicht vorbereitet ist. Und dennoch weiß man in jenem Moment, dass von ihrer Beantwortung alles abhängen wird. Neben mir saß die faszinierendste Frau, die mir im Leben über den Weg gelaufen war, und nun lag es an mir, Schicksal zu spielen.

»Nehmen wir einmal an, rein hypothetisch, wie es so schön heißt, ich könnte dir wirklich behilflich sein? Was hätte ich davon?«

Isabel drückte ihre Zigarette aus und schaute mich neugierig an. Sie schenkte mir ein Lächeln, das mich erschauern ließ.

»Du könntest dir deinen größten Wunsch erfüllen.«

Ich drückte meine Zigarette ebenfalls in den Aschenbecher und überdachte die Situation.

»Wenn du Artur tötest, verlierst du alles«, resümierte ich.

Isabel verzog keine Miene.

»Nein! Ihn zu töten bringt mir gar nichts. Bei einem unnatürlichem Tod würde nur die Tierschutzorganisation profitieren.«

Die Art, wie sie es sagte, ließ mich aufhorchen. Sie hatte recht. Artur durfte nichts geschehen. Ohne ein weiteres Wort der Erklärung verstand ich sie. Der Schlüssel dazu war ihre anfängliche Frage, ob ich glücklich sei. Es war ein teuflischer Plan. Ungewöhnlich und simpel zugleich.

»Du bist eine gefährliche Frau. Ich werde auf der Hut sein müssen«, stellte ich voller Hochachtung fest.

»Sind wir uns einig?«, fragte sie und schenkte mir erneut ihr bezauberndstes Lächeln.

Ich legte meinen Arm um ihre Schulter und spürte die warme, samtene Haut.

»Ja! Wir sind einig.«

In der Eingangshalle des Flughafens warteten Hauptkommissar Bröcker und sein Assistent. Ich grüßte ihn freundlich und hielt Ausschau nach einer Person, von der ich wusste, dass sie nicht kommen würde.

Offiziell war ich zu einem Verlagsgespräch in München eingeladen gewesen. Dort hatte ich ein kurzes und hoffnungsloses Geplänkel mit einem viel zu jungen und von sich überzeugtem Lektor gehabt. Selbstverständlich diente dieses Gespräch einzig und allein dazu, mir ein unumstößliches Alibi zu verschaffen.

Isabel hatte ich seit dem Nachmittag im Auto nicht mehr gesehen oder gesprochen. Es war mit Abstand die aufregendste Stunde meines Lebens gewesen, und es fiel mir schwer zu akzeptieren, dass es eine Wiederholung nicht geben würde. Weitere Schäferstündchen hätten unser Vorhaben nur unnötig gefährdet. Es galt, jeglichen Verdacht zu vermeiden. Einen Mordplan zu erarbeiten, bedurfte eines klaren Kopfes.

Wenige Wochen später übergab ich Isabel einen maschinengeschriebenen Brief. Wir trafen uns auf dem selben Waldparkplatz.

Ich hatte dafür gesorgt, weder Umschlag noch Papier zu berühren, hatte den Brief auf einer alten Schreibmaschine geschrieben, die ich anschließend in ihre Bestandteile zerlegt und sorgsam beseitigt hatte. Das Gleiche tat ich mit den Briefumschlägen und den restlichen 490 Blatt Papier. Ich hatte darauf geachtet, keinerlei stilistische Ansatzpunkte zu bieten. Darüber hinaus enthielt das zehnseitige Schreiben einige charakteristische Rechtschreibfehler, die bei einer genaueren Analyse auffallen würden. Das Geschriebene glich einer Bedienungsanleitung. Alles war bis ins Kleinste geplant. Isabel öffnete nur kurz das Autofenster, nahm den Brief entgegen und überflog ihn.

»Bist du dir sicher?«, fragte sie, ohne den Blick vom Geschriebenen zu wenden.

»Nur so lassen sich die Probleme lösen!«, antwortete ich. Es waren die einzigen Worte, die wir wechselten.

❁

Ich gebe zu, dass ich doch aufgeregter war, als ich erwartet hatte. Ich stellte mein Fluggepäck auf den Boden, nahm das Handy heraus, wählte die Nummer meiner Frau und tat so, als hätte sie mich versetzt. Ich hatte diese Situation in Gedanken mehrfach durchgespielt und war mir sicher, dass alles von den wenigen Worten und dem Duktus, wie ich mein

Erstaunen und Entsetzen zum Ausdruck bringen würde, abhing. Doch jetzt erfüllten mich Zweifel und eine beunruhigende Nervosität. Es war nur meiner Selbstdisziplin zu verdanken, dass ich den beiden Herren von der Polizei keinerlei Beachtung schenkte. Erst als die beiden Männer direkt auf mich zukamen, reagierte ich.

»Hauptkommissar Bröcker? Was …«

An dieser Stelle legte ich eine Kunstpause ein und beendete dann meinen Satz. »… kann ich für Sie tun?«

Die erste Hürde hatte ich genommen. Der Eindruck eines ahnungslosen Mannes war mir perfekt gelungen.

Sie geleiteten mich in ein kleines Büro. Bröcker tat sich schwer, mich von dem Schicksalsschlag zu informieren.

»Es tut mir leid. Wir müssen Ihnen mitteilen, dass Ihre Frau tot ist. Sie wurde ermordet!«

Ich hatte lange überlegt, ob ich nach dieser Mitteilung nur um Fassung ringen oder mit Hysterie reagieren sollte. Schlussendlich hatte ich mich zu einer Kombination entschlossen.

»Wie bitte? Das muss ein Irrtum sein!?«

»Sie ist erschossen worden!«, berichtete Bröcker und legte mir freundschaftlich die Hand auf die Schulter.

Ich wußte, deutlicher als die bloße Mitteilung über den Tod sollte die Information über die Todesart bei mir Bestürzung auslösen. Einen leichten Schwindelanfall vortäuschend, hielt ich mich am Tisch fest und schwieg eine Weile. Mit einer Stimme, die sich erst von ganz unten ihren Weg nach oben bahnen musste, stellte ich die nächste Frage.

»Hat sie gelitten?«

»Nein! Sie war gleich tot. Der erste Schuss traf direkt ins Herz, der zweite wurde aus nächster Nähe auf ihren Kopf abgegeben. Sehr professionell.«

Von einem Kopfschuss war nie die Rede gewesen. Eine Abweichung vom ursprünglichen Plan. Dies sollte mir Warnung genug sein. Die beiden Männer beobachteten mich genau, und ich wusste es. Ich durfte mir nichts anmerken lassen.

»Haben Sie den Täter?«

Kommissar Bröcker und sein Assistent schauten sich an. Schließlich sprach der Assistent, als würde er ein Staatsgeheimnis verraten: »Nein, leider nicht.«

Dann bat er höflich: »Würden Sie uns bitte aufs Revier begleiten? Wir brauchten noch ein paar Angaben von Ihnen. Routinesachen.«

Kommissar Bröcker beherrschte sein Fach. Obwohl es ihm wahrscheinlich egal war, vermittelte er mir ein Gefühl von Verständnis und Mitleid.

Wenig später war ich glücklich, meine Hände an einem Kaffee wärmen zu können. Hauptkommissar Bröckers Schreibtisch entsprach nicht meinen Erwartungen. Er war aufgeräumt. Einzig ein karierter Block mit einigen Notizen verriet, dass hier überhaupt gearbeitet wurde.

»Die Spurensicherung tut alles, was sie kann. Momentan haben wir noch keinen konkreten Verdacht. Hatte Ihre Frau Feinde?«

Ich ließ mir Zeit, die Frage zu verstehen. Auch diese Frage hatte ich erwartet und würde nun den ersten Anhaltspunkt geben, der zur Lösung des Falles notwendig war.

»Feinde? Anna? Das kann ich mir nicht vorstellen. Sie war sehr beliebt und überall ein gern gesehener Gast. Ich denke, Sie können das bestätigen.«

Bröcker nickte und notierte sich etwas auf seinem Block. Bevor er seine nächste Frage stellte, musterte er mich genau.

»Können Sie sich vorstellen, dass Ihre Frau ein Verhältnis hatte?«

Die Beziehungsfrage hatte ich etwas später erwartet, reagierte aber darauf, wie ich es vorab für sinnvoll erachtete hatte. Eine derartige Frage muss bei einem ahnungslosen Mann sowohl Fassungslosigkeit als auch besitzverteidigende Aggressivität und verletzte Männlichkeit auslösen.

»Wie können Sie es wagen, meiner Frau etwas Derartiges zu unterstellen! Wir sind im nächsten Monat vierundzwanzig Jahre glücklich verheiratet und hatten einen Urlaub auf Korfu geplant. Korfu ist der Traum meiner Frau.«

Ich sprach nicht weiter. Einerseits musste mich dieser Gedanke an einen Urlaub, der nicht mehr stattfinden konnte, erschrecken, als würde mir in diesem Moment erst klar werden, welche Tragweite ihr Tod hatte. Andererseits war es wichtig, diese Informationen und das Bild einer glücklichen Ehe möglichst glaubhaft zu vermitteln.

»Ich muss Sie das fragen. Offensichtlich hat Ihre Frau kurz vor ihrem Tod Männerbesuch gehabt. Sie hatte nur einen Hauch von einem Nichts an.«

Bröcker vermied es, mich anzuschauen. Betrogene Ehemänner wirken auf andere Männer zutiefst peinlich.

»Der Täter hat versucht, alle Spuren zu beseitigen. Aber er war nicht gründlich genug. Er hat zwar alle Fingerabdrücke verwischt, auf dem Teppich jedoch konnten wir Schuhabdrücke nachweisen. Außerdem haben wir ein Schamhaar im Negligé Ihrer Frau gefunden. Sollte dieses nicht mit Ihrer DNA übereinstimmen, hätten wir einen eindeutigen Beweis.« Zufrieden lächelte er mich an.

»Es gibt kein perfektes Verbrechen!«, sagte der Kommissar.

Alles war vorzüglich gelaufen. Isabel hatte ganze Arbeit geleistet. Ich stellte die Tasse Kaffee, die inzwischen kalt geworden war, auf den Schreibtisch. Hauptkommissar Bröcker kreiste nachdenklich ein paar Worte auf seinem Block ein. Endlich sprach er.

»Artur Lopez muss Ihre Frau als Letzter lebend gesehen haben.«

»Das glaube ich nicht! Artur und meine Frau?«

»In der letzten Nacht hat es einen kleinen Unfall auf dem Parkplatz gegeben. Der Verursacher hat es nicht für nötig gehalten, die Polizei zu informieren. Fahrerflucht. Auch wenn die genaue Analyse der Farbsplitter noch nicht da ist, können wir schon mit ziemlicher Bestimmtheit sagen, dass es der Wagen von Artur Lopez war.«

»Wie können Sie da so sicher sein?«

»In unserer Stadt gibt nur einen Porsche mit Goldlack-Design.«

❁

Alles verlief wie geplant. Artur Lopez wurde vierundzwanzig Stunden nach dem Tod meiner Frau festgenommen. Zwar beteuerte Isabel, dass ihr Ehemann in jener Nacht das Haus nicht verlassen habe, aber die gefundenen Indizien und Beweise waren erdrückend.

An Arturs Auto wurde eine Beule festgestellt. Ein Unbeteiligter, der an seinem geliebten Auto am nächsten Tag einen Blechschaden entdeckt und bei der Polizei einen Unfall mit Fahrerflucht gemeldet hatte, wohnte nur eine Querstraße von meiner Wohnung entfernt. Auch die Fußspuren auf dem Teppich in unserem Schlafzimmer stammten von Arturs Schuhen. An den Sohlen konnte Annas Blut nachgewiesen werden. Allein der Gedanke, wie Isabel mit den viel zu großen Schuhen und mit weit ausladenden Schritten durch mein Schlafzimmer gestapft sein musste, amüsierte mich.

Hauptkommissar Bröcker arbeitete gewissenhaft. Er nahm die Aussagen der sogenannten Freunde auf, die sich selbstverständlich alle daran erinnerten, wie Artur Lopez von einem perfekten Mord geschwärmt hatte. Der Apotheker erinnerte sich, dass Artur Lopez vor wenigen Tagen nach einem kräftigen Schlafmittel für seine Frau verlangt hatte. Isabel hatte entsprechend meinem Plan vorgetäuscht, seit Wochen unter Schlafstörungen zu leiden. Die DNA-Analyse des Schamhaares schloss einen anderen Täter als Artur Lopez aus. Einzig Isabel schien noch zu ihm zu halten. Doch unter der Last der Beweise und Indizien gab sie zu, nachts Schlafmittel nehmen zu müssen und somit nicht eindeutig sagen zu können, ob ihr Mann die Nacht bei ihr verbracht hatte.

Die Polizei arbeitete so, wie ich es von ihr erwartetet hatte und die Beweise für ein Verhältnis zwischen meiner Frau und Artur Lopez waren erdrückend. Hauptkommissar Bröcker ermittelte einen Rechtsanwalt, bei dem Anna sich angeblich nach den Formalitäten einer Scheidung telefonisch erkundigt hatte. Auffällig viele Rechnungen über sündhaft teure Unterwäsche wurden in meiner Wohnung gefunden und passten in das Bild einer über beide Ohren verliebten Frau.

Für die Polizei war das Motiv eindeutig: Anna hatte mehr gewollt als eine kleine Liebelei. Sie wünschte sich, dass Artur sich scheiden ließ, um mit ihr zusammenzuleben. Aber offensichtlich wollte er das nicht. Anna musste daraufhin damit gedroht haben, die Affäre an die große Glocke zu hängen. Von ihr unter Druck gesetzt, hatte er nur noch einen Weg gesehen, die Angelegenheit aus der Welt zu schaffen. Sie musste sterben.

Artur Lopez hatte recht behalten. Selbst für mich, einen nur halbwegs begabten Autor, war es ein Leichtes, einen Mord zu konstruieren. Ich war stolz auf meine Arbeit.

Ich wurde von allen bemitleidet. Lediglich Artur Lopez verstand die Welt nicht mehr. Er wurde für ein Verbrechen verurteilt, das er nicht begangen hatte. Trotz aller Unschuldsbekundungen konnte er die Behauptung, seine Frau Isabel habe den Mord begangen, nicht beweisen.

Isabel würde für mindestens zwanzig Jahre finanziell gut gestellt sein. Ich genoss die kleine Erbschaft meiner Frau, verkaufte das Haus und mietete mich in einem kleinen Appartement auf Korfu ein.

Manchmal abends, wenn ich bei einem trockenen Glas Rotwein saß, stellte ich mir das Entsetzen in den Augen meiner Frau vor, als sie feststellen musste, dass ausgerechnet Isabel ihre Mörderin sein würde. Isabel hatte Annas gleichgeschlechtliche Vorliebe schon nach wenigen Kaminabenden durchschaut gehabt. Diese Vorliebe war das Kernstück meines Planes gewesen.

Ich verbrachte die folgenden Tage und Wochen mit Nichtstun und Warten. Noch war nicht alles so, wie ich es in meinem Plan vorgesehen hatte. Auch wenn dieser Teil des Plans Isabel unbekannt war, so war ich mir sicher, dass er über kurz oder lang doch zum Tragen kommen würde.

Letztendlich dauerte es doch länger, als ich erwartet hatte. Eines Abends jedoch standen Isabel und Hauptkommissar Bröcker vor meiner Tür. Ich hatte geahnt, dass Bröcker meinen Plan irgendwann durchschauen würde. Nur, dass es solange dauern würde, damit hatte ich nicht gerechnet.

Isabel sah wie immer zauberhaft aus. Allerdings lag um ihre Augen jener gekünstelte Zug, der mir verriet, dass Bröcker sie offensichtlich in der Hand hatte. Obwohl ich ihr dringend ans Herz gelegt hatte, die zehnseitige Vorgabe für den Mord an meiner Frau auf jeden Fall zu beseitigen, musste sie die Beschreibung, wie erwartet aufgehoben haben.

Eine Zeit lang hatte ich befürchtet, mich geirrt zu haben, aber letzten Endes hatte der Kommissar die Unterlagen doch gefunden und Isabel damit erpresst. Auch wenn er nicht beweisen konnte, dass der Plan aus meiner Feder stammte, genügte es, Isabel zu zwingen ihm die Wahrheit zu sagen.

»Ich habe jeden Punkt Ihres genialen Planes studiert. Glauben Sie mir, ich ziehe den Hut vor Ihrer Arbeit. Ein perfekter Mord. Nicht einmal Ihre Fingerabdrücke konnte ich auf der Liste nachweisen. Na gut, fast perfekt. Entschuldigen Sie! Aber leider passt er nicht für mein eigenes Vorhaben.«

Ich bemühte mich, ihn erstaunt anzusehen und wusste, was kommen würde.

Bröcker räusperte sich, bevor er sein Anliegen vortrug.

»Ich bin auch verheiratet. Sie kennen meine Frau! Eine Scheidung würde mir nur Nachteile bringen. Sie werden mir helfen!«

Isabels Körper zeichnete sich verführerisch unter dem Laken ab, das ihren Körper nur notdürftig bedeckte. Jede Anspannung war aus ihrem Gesicht gewichen. Ich hatte frische Brötchen geholt, dazu ein wenig Obst, eine herrlich duftende Rose und die Tageszeitung, die hier auf Korfu immer mit zwei Tagen Verspätung eintraf. Gleich auf der ersten Seite fand ich den Artikel, den ich erwartet hatte.

Polizist erschießt seine Frau, um den Mann seiner Träume heiraten zu können!

Hauptkommissar Bröcker, der mit den Ermittlungen im Fall Lopez betraut war, hat sich offensichtlich in den Mörder Artur Lopez verliebt. Gemeinsam mit ihm versuchte er, nicht nur nachträglich Artur Lopez' Ehefrau Isabel den Mord an Anna H. unterzuschieben, sondern sie auch noch für den Mord an seiner eigenen Frau verantwortlich zu machen. Doch aus dem perfekten Verbrechen und dem Happy End der beiden Verliebten wurde nichts.

Die Staatsanwaltschaft gab bekannt, dass eindeutige Beweise die Schuld Bröckers belegen. Eine zehnseitige detaillierte Liste, die einer Bedienungsanleitung für einen perfekten Mord gleichkommt, konnte durch Schriftsachverständige sowohl stilistisch wie auch durch charakteristische Rechtschreibfehler dem Angeklagten Bröcker zugeordnet werden. Bröcker bestreitet alles und spricht von einem Komplott. Für Artur Lopez reduziert die erneute Verstrickung in einen Mordfall die Chance, sein Leben noch einmal in Freiheit genießen zu können.

Zufrieden faltete ich die Zeitung zusammen, steckte die Rose in eine kleine Vase und stellte das Frühstückstablett auf den Nachtschrank. Bröckers Gedichte hatten mich auf die Idee mit den Rechtschreibfehlern gebracht. Seine lyrischen Ergüsse waren zwar grottenschlecht, aber um einen perfekten Mord zu planen, taugten sie allemal.

Ich gab Isabel einen Kuss auf die Stirn. Sie lächelte, überflog die Schlagzeile und zog mich an sich. Ich spürte die Wärme ihres Körpers und genoss den Duft ihrer Haut.

»Du bist ein wirklich gefährlicher Mann. Bilde dir nicht ein, dass ich dich liebe«, flüsterte sie mir zärtlich ins Ohr.

MORGENDLICHE ÜBUNGEN

Schmock zählte es zu seinen Stärken, egal in welchem Zustand sich sein inneres Gleichgewicht befand, den Tag mit einem Lauf und ein paar Tai Chi-Übungen zu beginnen. Kein Ereignis konnte ihn davon abbringen, jeden Morgen seinen Rhythmus beizubehalten. Diese eine Stunde gehörte ihm, und mit den Jahren hatte sie sich zu einem beinahe heiligen Ritual entwickelt.

An diesem Morgen jedoch erkannte er schon von Weitem, dass der Mann, der bäuchlings und quer auf dem Weg lag, sein Leben ändern würde.

Natürlich war sich Schmock bewusst, dass man einem Toten nicht das Messer aus dem Rücken ziehen durfte, selbst dann nicht, wenn es sich um den besten Freund handelte und schon gar nicht, wenn der am Tag davor mit der eigenen Frau in unmissverständlicher Position auf dem Ledersofa erwischt worden war. Das galt umso mehr, wenn man im Anschluss nicht nur die Kleidung jenes Freundes aus dem Fenster geworfen, sondern ihm auch, für die ganze Nachbarschaft vernehmbar, einen gewaltsamen Tod prophezeit hatte.

Schmock war sich dessen bewusst, dennoch blieb ihm nichts anderes übrig. Das prächtige Kücheninstrument, ein japanisches Messer aus Damaszener Stahl, das sich nicht nur zum Filetieren feinsten Fleisches eignete, stammte aus seiner Küche und hatte ein kleines Vermögen gekostet. Von welchem Blickwinkel aus er es auch betrachtete, alles sprach gegen ihn, zumal er in der letzten Nacht kaum hatte schlafen können und mehrere Stunden lang allein durch die Nacht spaziert war. Als begabter Hobbykoch wollte er aus naheliegenden Gründen auch nicht auf das wertvolle Messer verzichten.

Es dauerte eine Weile, bis sich sein Puls beruhigt hatte. Aus welchem Grund auch immer den Morgenlauf zu unterbrechen, empfand Schmock selbst in diesem Moment als Verrat. Das Prinzip mentaler Kontinuität und seelischer Fitness konnte schon, da war er sich absolut sicher, durch kleinste Einflüsse aus dem Gleichgewicht geraten.

Mit dieser Überzeugung wusste er sich allein. Abgesehen vielleicht von jenem Nachbarn, der seinen Lauf pünktlich in dem Moment startete, in dem er selbst die Treppen hinauf eilte, um seine Frau unter der Dusche abzulösen. Dieser Nachbar war stets in ein übertrieben sportliches Outfit gekleidet und wirkte wie immer frisch geduscht. Es hätte Schmock nicht gewundert, wenn der andere dazu noch nach einem teuren Eau de Toilette geduftet hätte. Mit einem übertriebenen Lächeln und der stereotypen Begrüßungsformel: »Dann werde ich mal« begann der Nachbar sein Training.

Trotz aller Bemühungen war es Schmock nie gelungen, seine Frau von der belebenden Wirkung eines Morgenlaufes und asiatischer Körperübungen zu überzeugen. Sie bevorzugte es, sich wieder umzudrehen, die Decke über die Schultern zu ziehen und noch ein Stündchen für sich zu haben. Nichts hatte darauf gedeutet, dass sich daran jemals etwas ändern würde.

Als Schmock nun den Toten betrachtete und seine eingravierten Initialen auf dem Messer entdeckte, war ihm schlagartig klargeworden, dass der Mörder nur jemand sein konnte, der Zugang zu seiner Wohnung gehabt haben musste. Außerdem schien derjenige Schmocks Gewohnheiten bis ins kleinste Detail zu kennen.

Schmock gehörte nicht zu denjenigen, die ihre Freizeit mit oberflächlichen Freundschaften verbrachten. Er genoss die wenigen Stunden mit seiner Frau, ging frühzeitig ins Bett und pflegte an den Wochenenden an Orientierungslauf-Wettbewerben teilzunehmen. Da sich sein einziger Freund, genauer gesagt, sein ehemaliger Freund, das Messer unmöglich selbst in den Rücken gerammt haben konnte, musste es ein Bekannter seiner Frau gewesen sein.

Die Tatsache, dass er selbst nicht den Hauch eines Alibis, dafür um so mehr ein vortreffliches Motiv, die Gelegenheit und die Tatwaffe besaß, würde ihn problemlos überführen. Hatte Schmock anfänglich geglaubt, unbeobachtet zu sein, so verrieten ein leiser werdendes Rascheln und Zerbrechen trockenen Unterholzes, dass diese Hoffnung falsch war. Jemand musste auf ihn gewartet haben, nur um sicher zu sein, dass Schmock zur richtigen Zeit am falschen Ort war. Er war sich inzwischen sicher, Opfer eines perfiden Planes zu sein.

Er würde Zeit brauchen, um den Kopf aus der Schlinge zu ziehen. Zumindest bis zur nächsten Nacht durfte niemand die Leiche entdecken. Die Büsche, aus denen noch vor wenigen Sekunden die verräterischen Geräusche gekommen waren, schienen passend zu sein. Ohne Mühe zog er die Leiche ins dichte Unterholz, bedeckte sie mit Gestrüpp und zog ihr das Messer aus dem Rücken. Notdürftig wickelte er es dann in eine vergilbte Zeitung ein, die er am Wegrand fand.

Anschließend lief er wieder los, um wenigstens noch den Rest seiner Runde zu absolvieren. Er war mittlerweile spät dran. Verärgert beschloss er, auf seine Tai Chi-Übungen zu verzichten und öffnete pünktlich die Haustür. Wie immer begegnete er dem Nachbarn auf der Treppe. Und wie immer grüßte dieser ihn lächelnd mit dem Satz: »Dann werde ich mal!«

Die Haustür fiel ins Schloss, und Schmock blieb nachdenklich stehen. Etwas war anders als sonst. Da stimmte etwas nicht. Dass der Mann kein Interesse an Konversation besaß, empfand Schmock durchaus als sympathisch. Auch er legte keinen Wert darauf. Dass sein Nachbar es vorzog, sein Training allein zu absolvieren, konnte er ebenfalls nachvollziehen. Nein, etwas war in der Luft, das er vorher noch nie wahrgenommen hatte.

Leise öffnete er seine Wohnungstür, und zum ersten Mal seit Monaten begrüßte ihn nicht das Rauschen der Dusche. Seine Frau schien noch zu schlafen. Es war still in der Wohnung, verräterisch still.

In seinem Kopf fanden die Fragen plötzlich ihre Antworten. Alles passte zusammen. Schmock betrat das Schlafzimmer und betrachtete seine Frau. Fast hatte er vergessen, wie schön sie war. Doch jetzt stieg Wut in ihm auf. Verbittert starrte er sie an. Viel Zeit würde ihm nicht bleiben, wenn er dem Lauf der Dinge eine andere Richtung geben wollte.

»Ich wusste, dass Sie hier sind. Ich dachte mir gleich, dass Sie es waren.«

Der Mann in dem viel zu engen T-Shirt und der albernen Jogginghose schreckte hoch. Augenblicklich ließ er das Gestrüpp fallen, das die Leiche notdürftig bedeckt hatte. Erstaunen stand in seinem Gesicht und er versuchte deutlich bemüht, eine Erwiderung zu finden. Schmock winkte ab.

»Ihr Schweißgeruch im Hausflur hat Sie verraten. Als meine Frau noch im Bett lag und so tat, als schliefe sie, brauchte ich nur noch eins und eins addieren. Vor dem Training zu duschen kam mir schon immer ziemlich albern vor.«

Der Mann brauchte nur einen Augenblick, um seine Fassung wiederzufinden. Sie waren allein. Niemand konnte sie sehen oder hören. Er lächelte zynisch, als er antwortete: »Was wollen Sie tun? Alles spricht gegen Sie.«

»Die Polizei wird die Wahrheit herausfinden«, antwortete Schmock, obwohl er innerlich zweifelte, dass dem so war.

Der andere hielt es nicht einmal für nötig, darauf zu antworten.

»Wie lange geht das schon mit meiner Frau?«

Schmock vermied es, irgendeine Emotion in seine Stimme zu legen. Er war selbst erstaunt darüber, wie leicht ihm das fiel.

»Ihre Frau und ich lieben uns. Glück braucht zuweilen Opfer. Sie würden sie ja doch nicht gehen lassen.«

Schmock schüttelte den Kopf und dachte darüber nach, dass er nie etwas mitbekommen hatte. Während er morgens seinem Training zur Stärkung der Konstitution und Gesundheit nachgegangen war, hatten sich die beiden vergnügt. Der Kerl hatte sogar die Unverschämtheit besessen, anschließend seine Dusche zu nutzen.

Schmock suchte im Gesicht des Nachbarn nach einer Regung, die nicht Berechnung oder Kalkül war. Doch jede Faser des Gesichts strahlte Selbstherrlichkeit aus. Nicht der Funke eines Zweifels war erkennbar. Alles schien der andere bis ins kleinste Detail durchdacht zu haben.

»Und nach dem gestrigen Streit sahen Sie Ihre Chance«, resümierte Schmock.

»Sie töteten meinen Freund und legten die Leiche hier auf den Weg. Jeder würde denken, zwischen ihm und mir sei es erneut zum Streit gekommen und ich hätte ihn erstochen. Ein Motiv hatte ich ja. Den Rest würde die Polizei erledigen. Das haben Sie sich ja schön ausgedacht!«

Der Mann nickte stolz. Er genoss es, wie Schmock scheinbar verzweifelt nach einer Lösung suchte. »Es war eine wirklich grandiose Idee von Ihnen, die Sachen des Liebhabers aus dem Fenster zu werfen. Ich bin mir sicher, dass das Gesprächsstoff für die nächsten Jahre gibt.«

Fast mitleidig legte er Schmock seine Hand auf die Schulter.

»Es wäre besser, wenn Sie sich gleich der Polizei stellen würden. Das erspart Ihnen bestimmt ein paar Jahre.«

Er schaute kurz auf seine Uhr. »Ich muss. Sie verstehen sicher, ich war nie hier!«

Über Schmocks Gesicht huschte ein Lächeln. Blitzschnell zog er das Messer aus der Zeitung, um dem Mann mit einer flinken Bewegung einen Schnitt zu verpassen. Er war nicht tief, und dennoch tropfte sofort Blut auf die Leiche. Erschrocken wich der Mann zurück, bemüht, nicht laut aufzuschreien. Zu viele Besucher flanierten schon durch den Park.

»Sind Sie sich sicher, dass Sie nie hier waren?«

Schmock näherte sich langsam dem Mann. Entsetzt versuchte dieser auszuweichen, stolperte und stürzte rücklings ins Unterholz. An Flucht war nicht mehr zu denken.

»Was wollen Sie tun? Mich umbringen?«

Ängstlich starrte er auf das Messer. Schmock beugte sich über ihn und strich ihm mit der freien Hand über die Halsschlagader.

»Ein einziger Schnitt würde genügen. Anschließend müsste ich Sie in Stücke zerteilen. Keine schöne Arbeit.«

Schmocks Augen blitzten. Es waren kalte Blicke. Er wusste, dass er überzeugend war. Dann richtete sich Schmock auf, wickelte das Messer wieder in die Zeitung und trat einen Schritt zurück. Noch immer wagte es sein Nachbar nicht, sich zu bewegen. Es dauerte eine Weile, bis er begriff, dass Schmock ihn durchaus töten könnte, aber eine andere Lösung bevorzugte.

Fast freundschaftlich riet Schmock: »Wenn du am Leben bleiben willst, wirst du die Leiche verschwinden lassen, die Liaison mit meiner Frau beenden und deinen Lebensmittelpunkt möglichst zeitnah in eine andere Stadt verlagern.«

In den ersten Wochen klagte seine Frau noch über Muskelkater, Atemlosigkeit und Gelenkschmerzen. Früh aufzustehen, fiel ihr schwer, aber sie gewöhnte sich daran. Allerdings fand sie es nach wie vor ausgesprochen lächerlich, auf einer Wiese zu stehen und klassische Tai Chi-Formen zu üben.

Auch wenn es Schmock sehr schwer fiel, bei der Ausübung seiner Kochkunst auf das Messer mit der Damaszener-Klinge zu verzichten, respektierte er die Abneigung seiner Frau, mit einer Mordwaffe Delikates zu tranchieren. Ihre Überzeugung, dass er ihretwegen einen Doppelmord begangen hatte, machte sie schon nach wenigen Monaten zu einer respektablen Läuferin. Ob das nun aus Liebe geschah oder aus Angst, … Schmock war es egal.

DAS ERBE

»Wenn morgen die Welt unterginge, würde ich heute noch ein Apfelbäumchen pflanzen.«

Martin Luther

Eine Testamentseröffnung hatte sich Gerd Stiller anders vorgestellt. Irgendwie feierlicher. Immerhin ging es offensichtlich um den letzten Willen seines Vaters. Stattdessen malträtierte der Notar ungeschickt und fluchend ein paar Tasten auf dem Computer, wobei er sich ständig dafür entschuldigte, dass es so lange dauerte. Seine Sekretärin wäre krank, schon das zweite Mal in diesem Jahr.

Gerd Stiller hatte mit Verwunderung reagiert, als ihn der Notar angerufen hatte, um ihm mitzuteilen, dass sein Vater ein Testament hinterlassen habe, welches ausschließlich für ihn gedacht sei.

Es sei der ausdrückliche Wille seines Vaters, dass weder die beiden Geschwister, geschweige denn die Mutter etwas davon erführen. Gerd Stiller mochte derartige Geheimniskrämereien nicht. Aber er respektierte den Wunsch seines Vaters.

Auch wenn seine Frau nicht zu den betreffenden Personen gehörte, erwähnte er ihr gegenüber nichts von diesem Termin. Was immer sein Vater ihm zugedacht hatte, vorerst ging es sie nichts an.

In den letzten Jahren hatte sich ihre Liebe längst aufgebraucht und war zu einem mühsamen Nebenher verkommen. Einzig ihre Drohung, den Kontakt zu seiner dreijährigen Tochter verbieten zu lassen, hinderte ihn daran, sofort die

Scheidung einzureichen. Gerd Stiller liebte seine Tochter und hatte deshalb resignierend den Gedanken an eine Trennung verworfen.

Genau betrachtet war es gar keine Testamentseröffnung, denn Stiller sollte lediglich bestätigen, dass er einen großen versiegelten Briefumschlag, einen Schlüsselbund und die Adresse eines Grundstückes erhalten hatte. Er reichte dem Notar seinen Ausweis zum Kopieren und unterschrieb kommentarlos die Formulare.

»Ihr Vater bittet Sie, sich erst dieses Grundstück anzuschauen und dann diesen Brief zu lesen«, belehrte ihn der Notar ohne aufzublicken und ergänzte: »Für ein Pachtgrundstück ist das ein etwas ungewöhnliches Verfahren. Offensichtlich soll es eine Überraschung sein.«

Dass sein Vater ein Grundstück besessen hatte, war Gerd Stiller völlig neu. Erstaunt und ohne etwas darauf zu erwidern, stopfte er die Unterlagen achtlos in seine Tasche und machte sich dann schnell auf den Weg.

Es war kein besonderes Grundstück, zumindest was die Lage anging. Der Notar hatte ihn schon darauf vorbereitet, dass es sich nur um ein durchschnittliches Pachtgrundstück handelte, allerdings für die nächsten fünfzig Jahre bezahlt. Es lag hinter einem Industriegebiet und befand sich in unmittelbarer Nähe einer Bahntrasse. Im Zwanzig-Minuten-Takt fuhren Personen- oder Güterzüge vorbei. Stiller schätzte die Größe auf etwa tausend Quadratmeter. Im hinteren Teil befand sich ein kleines Gartenhaus aus den Dreißigerjahren, an dem der Zahn der Zeit tüchtig genagt hatte. Es gab weder einen Wasser- noch einen Stromanschluss. Einzig eine altmodische Pumpe stand vor dem Haus.

Wenn das Grundstück einen Wert besaß, dann lag das an den wunderbaren Obstbäumen, die prächtig gewachsen und gepflegt worden waren und akkurat ausgerichtet, dem Garten etwas Paradiesisches gaben. Die Bäume standen in voller Blütenpracht und die Luft war erfüllt vom Summen

Hunderter Bienen. Ein warmer Maiwind ließ Blütenblätter wie Schneeflocken durch die Luft tanzen. Gerd Stiller lächelte. Er hatte sofort erkannt, dass es sich bei diesen Bäumen um seltene oder wertvolle Apfelsorten handelte.

Wenn sein Vater von einer seiner Dienstreisen wiedergekommen war, hatte er immer Äpfel in seinem Gepäck gehabt. Äpfel, die man auf keinem Markt kaufen konnte. Woher er sie hatte, verriet er nie.

»Das ist mein Geheimnis!«, pflegte er dann mit einem Schmunzeln zu sagen. Als Kind hatte Gerd sich immer darauf gefreut, wenn sein Vater einen Apfel mit einem Geschirrtuch polierte, um ihn anschließend in gleich große Stücke zu teilen.

Gerd Stiller spürte, wie tief in seinem Inneren eine Wärme aufstieg, die ihm seinen Vater auf eine fast körperliche Art in Erinnerung brachte. Erst jetzt begriff er, wie schwer der Verlust für ihn wog.

Trotz vieler persönlicher Niederlagen hatte es sein Vater nie aufgegeben, das Leben lebenswert zu finden.

Seine erste Frau war auf tragische Weise bei einem Gewitter von einem Sturzbach erfasst worden. Ihre Leiche wurde nie gefunden. Sie hinterließ die gemeinsame dreijährige Tochter. Sein Vater hatte sich liebevoll um das Mädchen gekümmert und alles getan, um ihr die Mutter zu ersetzen. Mit der Zeit hatte er erkennen müssen, dass er Sophie zwar ein liebender Vater sein konnte, ihr aber eine Mutter immer fehlen würde. Zu oft hatte er berufliche Verpflichtungen und zu oft musste er sie in die Hände einer Pflegefamilie geben.

Sophie war sehr sensibel, immer ein bisschen verträumt und machte auf jeden einen zerbrechlichen Eindruck. Und sie neigte zu Depressionen. Nur die tägliche Einnahme von Tabletten verhinderte, dass sie in ihrer Traurigkeit ertrank. Eigentlich hatte sie sich nie so richtig von dem Verlust ihrer Mutter erholt. Daran war sicherlich auch die Ehe des Vaters mit seiner zweiten Frau schuld, aus der Gerds Bruder Dennis stammte.

Dennis war ein Macher. Was er anfasste, wurde ein Erfolg. Er hatte es bis in die oberste Riege eines renommierten Unternehmens geschafft und arbeitete als Technischer Direktor. Nichts deutete daraufhin, dass seine Karriere bereits den Endpunkt erreicht hatte.

Die zweite Ehe des Vaters, die anfänglich so glücklich und harmonisch begonnen hatte, entwickelte sich schnell zur Katastrophe. Dennis' Mutter hatte Sophie nie wirklich als Tochter angenommen. Selbst ihr Interesse am eigenen Sohn war nur oberflächlich. Sie war ständig genervt und hatte ihre Überforderung auch an den Kindern ausgelassen.

Gerd Stiller kannte diese Zeit nur aus wenigen Andeutungen seines Vaters, der nur zögerlich bereit gewesen war, darüber zu reden. Nur, dass es damals viel Streit gegeben hatte, ließ er durchblicken. Die Unzufriedenheit seiner zweiten Frau und die täglichen Einschränkungen, die zwei Kinder nun einmal bedeuteten, hatten dazu geführt, dass sie irgendwann ihre Koffer packte, um für immer zu verschwinden.

Sein Vater hatte nie wieder geheiratet. Und doch fand er mit seiner dritten Frau, Gerds Mutter, jenes Glück, das ihm so lange verwehrt geblieben war. Sie verfügte über ein großes Herz, und liebte seine Geschwister genauso wie ihn selbst. Gerd war immer stolz auf die Harmonie in seiner Familie gewesen. Nur wenige seiner Schulkameraden hatten eine so glückliche Kindheit gehabt.

Gerd Stiller stand auf der Obstwiese und schaute sich um. Was immer sein Vater für einen Grund gehabt hatte, dieses Paradies ein Leben lang zu hüten, ein wenig konnte er ihn verstehen.

Mitten zwischen den Bäumen stand eine grob gearbeitete Bank. Gerd Stiller war sich sicher, dass sein Vater hier gesessen hatte, um einfach nur für sich zu sein. Er setzte sich, atmete durch und betrachte den versiegelten Brief. Dann öffnete er ihn und fand mehrere handschriftlich verfasste Seiten, die letzten Worte seines Vaters.

Lieber Gerd!

Es fällt mir unendlich schwer, Dir diesen Brief zu schreiben. Wenn Du meinen Wunsch erfüllt hast, sitzt Du jetzt auf der kleinen Bank im Garten unter jenem ersten Apfelbaum, den ich vor fast vierzig Jahren gepflanzt habe. Es ist ein Boskoop. Ich musste die Äpfel stets schälen, weil Du den Schorf nicht mochtest. Jedes Mal hast Du Dir dann eine Spirale gewünscht und versucht, die Schale wieder so zusammenzubringen, dass sie wie ein vollständiger Apfel aussah. Wir hatten viel Spaß daran. Erinnerst Du Dich?

Mein lieber Sohn! Ich habe Dich immer sehr geliebt. Ich habe all meine Kinder geliebt. Ich habe da keinen Unterschied gemacht. Dennoch wirst Du es sein, dem ich mein Geheimnis offenbare. Ich weiß, dass es Dir wehtun wird, und dennoch bitte ich Dich, nicht an der Liebe zu zweifeln, die ich für Dich und Deine Geschwister empfand.

Versprich mir, diesen Brief zu Ende zu lesen! Nachdem Du diese Zeilen gelesen hast, wirst Du eine Entscheidung fällen müssen. Ich bin sicher, Du wirst alles genau abwägen.

Als Sophie geboren wurde, war ich der glücklichste Mann der Welt. Aber Sophie ist ein Kuckuckskind. Ihre Mutter hatte sie mir untergeschoben. Ich bin also nicht ihr Vater und dennoch habe ich mich ein Leben lang so verhalten. Ich habe immer sehr darunter gelitten, dass Sophies Mutter meine Liebe nie erwidert hat. Als Vater war ich ihr offensichtlich gut genug, nur geliebt hat sie mich nicht. Als sie mir in jenem Urlaub die Wahrheit beichtete, brach für mich die Welt zusammen. Es war eine Affekthandlung. Ich konnte nichts dagegen tun. Als ich wieder zu mir kam, war sie tot. Ich hatte sie mit einem Stein erschlagen. Du musst mir glauben, dass ich das nicht wollte. Etwas hatte sich in mir verselbstständigt und mich dazu gebracht, das zu tun, was ich getan hatte. Ich war zum Mörder geworden. Das nachfolgende Gewitter war ein Glücksfall für mich. An dem Unfall mit dem Sturzbach hatten die Behörden keinen Zweifel.

Gerd Stiller sprang auf. Er konnte nicht glauben, was er da las. Sein Vater ein Mörder? Ihm war schwindlig, und er spürte sein Herz rasen. Nichts hatte seinen Vater aus dem Gleichgewicht bringen können. Niemals war er aufbrausend gewesen oder hatte sich zu unkontrollierten Aktionen hinreißen lassen. Weder er noch seine Geschwister hatten jemals die Hand des Vaters spüren müssen. Wie tief musste der Schmerz damals in ihm gewütet haben, dass er die Frau, die er so sehr liebte, in einem unsäglichen Moment der Enttäuschung getötet hatte.

Unsicher blieb Gerd Stiller stehen. Er würde den Brief zu Ende lesen.

Meine zweite Frau, die Mutter von Dennis, war eine wirkliche Schönheit, die einen Mann um den Verstand bringen konnte. Von allen Frauen, die ich je kennengelernt habe, war sie die erotischste. Eine Femme fatale, die geborene Mätresse, eine Frau, die niemals nur einem Mann gehören konnte. Ich wusste, dass sie mich eines Tages verlassen würde. Das war ihr Naturell.

Es war ein Irrtum des Schicksals. Dass sie ein Kind bekam, hatten wir weder geplant noch beabsichtigt. Es passierte einfach. Sie hat eine Weile ernsthaft versucht, Dennis und Sophie eine gute Mutter zu sein, aber sie konnte es nicht. Ich habe diese Frau geliebt, so sehr geliebt, dass ich fast den Verstand verlor. Ich konnte doch unmöglich zulassen, dass sie mich verließ. Ich vergoss Tränen, als ich sie in jener Nacht erwürgte. Es waren Tränen der Trauer, aber auch der Dankbarkeit. Was für eine Verschwendung von weiblicher Perfektion. Ich musste es tun. Dies war ein unbegreiflich befreiender Moment. Jetzt würde sie für immer bei mir bleiben.

Gerd Stiller fiel auf die Knie. Seine Beine hatten versagt. Er kam sich wie betäubt vor, und der Wunsch, dass dies nur ein böser Traum sein möge, war Hoffnung und Lächerlichkeit zugleich. Es war kein böser Traum. Sein Vater hatte ihm sein Geständnis überantwortet und ihm damit jene Last aufgebürdet, die ihn das Gleichgewicht verlieren ließ. Sein Vater hatte die Mütter seiner Geschwister getötet.

Stiller wurde schlecht. Er versuchte zu würgen, aber es gelang ihm nicht.

Versprich mir, diesen Brief zu Ende zu lesen!, hatte sein Vater von ihm verlangt. Eine unbändige Angst versuchte, ihn davon abzuhalten, doch er hatte es versprochen. Gerd Stiller zwang sich weiterzulesen.

Von diesem Moment an war mir klar geworden, worin meine eigentliche Berufung bestand: Es galt auszuwählen und zu wandeln. Liebe ist wie Energie. Sie geht nicht verloren. Es ist ganz einfach. Du musst dieser Energie nur eine Bestimmung geben.

Die anderen Frauen habe ich getötet, weil ihre Aura Liebe ausstrahlte. Ich konnte es sehen, ein vibrierendes Licht, wie ein Streicheln, ich war süchtig danach und wollte nicht teilen.

Auf eine für Dich sicherlich unbegreifliche Art habe ich all diese Frauen geliebt. Ich habe sie vergöttert. Sie waren etwas Besonderes, Einmaliges.

Stell Dir vor, in der Presse ist ihr Verschwinden jeweils nur wenige Tage beklagt worden, bevor man wieder zur Tagesordnung überging.

Sie wurden einfach vergessen. Das konnte ich unmöglich zulassen. Nur wenn ich der Polizei wieder ein paar Apfelkerne und eine Strähne ihres Haares geschickt hatte, wussten die Beamten, dass ich die Frau nicht vergessen würde.

Sie für die Ewigkeit aufzubewahren war meine Aufgabe.

Mit jedem Apfel, den ich Dir kleingeschnitten habe, hast auch Du ein Stück dieser Liebe in Dir aufgenommen.

Stiller brauchte einen Augenblick, bis er den letzten Satz verstand. Eine Sekunde lang schien sein Hirn sich zu verkrampfen. Er starrte zu den prächtig blühenden Bäumen. So sehr er sich auch bemühte, es gelang ihm nicht, sie zu zählen. Er starrte sie nur an, unfähig, sich zu bewegen. Auch wenn er es nicht wollte, plötzlich spürte er den Geschmack jeder einzelnen Sorte auf der Zunge.

Boskoop, Golden Delicious, Jonathan, Elstar, Ingrid-Marie, Gloster, Maigold, Rubinette, Gravensteiner.

Es waren neun Bäume. Neun Frauen waren getötet worden. Stiller blätterte um. Seine Hände zitterten. Namen und Daten jeder einzelnen Person tauchten auf. Er überflog die Abstrusitäten seines Vaters, die hilflosen Liebeserklärungen. Ohne zu wissen, was er suchte, blieb Stiller am letzten Absatz hängen.

Du wirst Dich fragen, warum ich Deine Mutter nicht auserwählt habe, warum nicht auch sie in diesem Garten ihren Platz gefunden hat. Ich gebe zu, ich habe immer gehofft, meine Liebe zu ihr würde sich mit den Jahren einstellen. Aber es war nicht an dem. Ich konnte ihre Liebe nicht erwidern und habe das immer sehr bedauert. Auch wenn sie es euch nie hat spüren lassen, sie hat darunter gelitten.

Mein lieber Sohn, es ist an Dir, zu entscheiden, ob Du mein Geständnis der Polizei übergibst oder mein Werk dem Vergessen überlässt. Ich mache mir keine Illusionen. Die Menschen werden das Paradies, das ich geschaffen habe, nicht erkennen.

Ich weiß, ich bürde Dir eine schwere Last auf. Ich bin mir dessen bewusst. Bedenke, die Last, die Du jetzt trägst, wird nicht nur Dein Leben, sondern auch das Leben Deiner Halbgeschwister und Deiner Mutter ändern.

Gerd Stiller kam an diesem Abend sehr spät nach Hause. Er hatte ein paar Gläser getrunken, nicht zu viele, aber doch genug, um seine Ratlosigkeit zu betäuben. Krampfhaft suchte er nach einer Antwort. Er war unendlich einsam mit seinem Wissen. Es gab niemanden, dem er davon erzählen konnte, schon gar nicht seiner Frau. Niemand würde ihm sagen können, was er tun sollte.

Gerd Stiller war sich sicher, dass die Wahrheit seiner Schwester Sophie den jetzt schon so dünnen Boden unter den Füßen entziehen würde und dass für Dennis die aufstrebenden Karrierepläne beendet wären. Er hatte keine Antwort. Aber gab es eine andere Alternative als die Wahrheit?

Er versuchte, die Tür leise zu öffnen, aber seine Frau erwartete ihn schon. Wortlos hielt sie seinen Ausweis in der Hand, den der Notar in seiner Hektik auf dem Kopierer hatte liegen lassen. Sofort war Gerd Stiller klar, dass die Antwort ihn gefunden hatte.

Wochen später räumten Psychologen seiner Tochter gute Chancen ein, den Verlust der Mutter in den nächsten Monaten vollständig zu kompensieren. Sie war noch jung.

Daran, dass auch ihre Mutter jenem Wahnsinnigen zum Opfer gefallen war, der schon seit Jahrzehnten sein Unwesen trieb, hatte die Polizei keinen Zweifel. Die Apfelkerne und die Haarsträhne wurden mit anderen ungelösten Fällen archiviert.

Nachdem die Öffentlichkeit begonnen hatte zu vergessen, entschied Gerd Stiller sich für einen Charlamowsky, eine Apfelsorte, die ursprünglich aus Russland stammte und Ende des 19. Jahrhunderts erstmals im deutschen Sprachraum angepflanzt worden war. Die Wahl fiel ihm leicht. Seine Tochter mochte das mürbe und saftige Fruchtfleisch dieser seltenen Sorte.

DER RING

Ursula Beuren gehörte zu den anständigen Einwohnern des Ortes. Sie fand es selbstverständlich, die Exkremente ihres Jack-Russel-Terriers mithilfe einer Plastiktüte aufzunehmen. Dazu streifte sie die Tüte über ihre Hand, griff gekonnt nach dem Häufchen und zog anschließend die Tüte über ihre leicht geschlossene Faust zurück. Mit einer gekünstelten Miene tiefster Überzeugung, etwas ganz Normales zu tun, bewegte sie sich zum nächstliegenden Papierkorb.

Diese Selbstverständlichkeit bei der Beseitigung der Hinterlassenschaften ihres Lieblings *Quini vom Charlottenhof* war allerdings der strengen Verwarnung eines Mitarbeiters des Ordnungsamts geschuldet, den sie bei einem ihrer Spaziergänge übersehen hatte. Es war ein ehemaliger Schüler von ihr, von dem sie wusste, dass sie nicht gerade zu seinen Lieblingslehrerinnen gehört hatte.

Norbert – denn wie alle ehemaligen Lehrer sprach auch sie ehemalige Schüler mit ihren Vornamen an, ließ sich allerdings im Umkehrschluss mit einer fast lächerlichen Selbstverständlichkeit mit Frau Beuren anreden – jener Norbert freilich hatte sich kurz geräuspert, um mit belehrender, leicht schnauzender Stimme zu sagen: »Frau Beuren! Haben Sie da nicht etwas vergessen?«

Die Unverfrorenheit, mit der er ihr schließlich angeboten hatte, den Vorfall für ein kleines Taschengeld nicht weiter zu beachten, hatte sie zutiefst getroffen. Von einem derart windigen und nur auf seinen Vorteil bedachten Menschen würde sie sich niemals erpressen lassen. Lieber zahlte sie ordentlich ihre Strafe.

Norbert machte es anscheinend Spaß, jedes Mal akribisch zu kontrollieren, ob auch wirklich der letzte Krümel vom Rasen oder aus dem Gebüsch entfernt wurde. Er wartete förmlich nur auf eine Gelegenheit, um sie erneut zu verwarnen. Dass dieser Kerl im Ordnungsamt Dienst tat, empfand Ursula Beuren als folgerichtige Konsequenz ihrer damaligen Einschätzung, es falle dem Schüler zuweilen schwer, den Sinn einer Aufgabe zu verstehen.

Seit dem ärgerlichen Zwischenfall mit dem Ordnungsgeld pflegte sie immer ein paar Plastiktüten in ihren Taschen zu haben. So auch an diesem Morgen.

Quini hatte ungewöhnliche Probleme bei seiner Entleerung und musste sich ernsthaft bemühen, den beträchtlich harten Pfropfen abzulassen. Ursula Beuren beobachtete es misstrauisch.

Als Quini endlich fertig war, wollte sie den Haufen in der Tüte verschwinden lassen, aber die Sorge um den Zustand ihres Lieblings ließ sie zuerst die Konsistenz der Masse kontrollieren. Sie zerdrückte sie zwischen den Fingern, und als sie einen harten runden Gegestand spürte, legte sich ihre Stirn in Falten. Etwas Goldenes schimmerte durch die Tüte. Plötzlich wurde ihr klar, dass das, was sie gefühlt hatte, ein Fingerring sein musste. Entsetzt schaute sie sich um. Sie war allein. Niemand beobachtete sie. Ohne lange zu überlegen, steckte Ursula Beuren die Tüte in ihre Jackentasche und ging schnellen Schrittes nach Hause.

Es war ein Ehering. Ob es sich um hochwertiges Gold handelte, war nicht zu erkennen. Auch die Gravur war schon etwas abgeschliffen, aber mit etwas Mühe konnte sie zumindest die Jahreszahl erkennen: 1980. Der Ring gehörte demnach einer Person, die wahrscheinlich zwischen 40 und 50 Jahren alt sein musste.

Was immer Quini gefressen hatte, eine genaue Untersuchung der weiteren Reste blieb ergebnislos. Einen Augenblick lang hatte Ursula Beuren geglaubt, einen Fingernagel entdeckt zu haben. Dies schien allerdings ein Streich ihrer Fantasie zu sein, wie sie sich widerwillig überzeugte.

In diesem Moment jedoch brannte sich der Gedanke, dass ihr Hund einen Finger gefressen haben musste, unauslöschlich in ihr Gehirn.

Zumindest war so etwas denkbar, denn Quini gehörte zu den kleinen, aber sehr stolzen Hunden, die dem Duft einer Artgenossin nicht widerstehen konnten. Der niedrige Zaun ihres Grundstücks stellte kein wirkliches Hindernis dar.

Ursula Beuren entschuldigte Quinis Verhalten mit der zweifelhaften Bemerkung, der Hund habe gewissermaßen südländisches Temperament.

Vor zwei Tagen war Quini wieder einmal auf Tour gewesen, und sie hatte eine ganze Weile gebraucht, bis sie ihn gefunden hatte. Müde hatte er gewirkt und irgendwie ein bisschen verstört, fast schuldbewusst, glaubte sie sich zu erinnern.

Ursula Beuren war mit ihren fünfundsiebzig Jahren eine vor Gesundheit strotzende Person. Regelmäßige Spaziergänge und eine sich im Einklang mit der Natur befindliche Lebensweise waren nach ihrer Überzeugung ausschlaggebend für ihre gute geistige und körperliche Konstitution.

Der Schock allerdings, dass ihr Hund ohne jedes Schuldgefühl einen menschlichen Finger verspeist haben könnte, ließ sie an diesem Tag ihre Prinzipien vergessen. Es verlangte sie nach einem Gläschen Alkohol. Da in ihrem Haushalt einzig der selbst zubereitete Petersilien-Honigwein über einen gewissen Alkoholanteil verfügte, beschloss sie, sich davon ein Glas zu gestatten. Was dem Herzen gut tat, würde sicherlich auch für ihr gesamtes Wohlbefinden förderlich sein.

Mit dem Wein setzte sie sich neben Quini aufs Sofa, der ziemlich gelangweilt das Morgenmagazin im Fernsehen verfolgte. Ursula Beuren schaltete das Gerät ab und trank das Glas ohne abzusetzen, aus. Dann schaute sie ihren Hund mit einem scharfen Lehrerblick an, als hätte er wieder einmal seine Hausaufgaben vergessen.

»Mein liebes Freundchen! Was hast du nur wieder angestellt?«, fragte sie in einem Tonfall, der Quini aufhorchen ließ. Mit seinen treuen und unschuldigen Augen schaute er sein Frauchen an, ohne sie wirklich zu verstehen.

Eine Möglichkeit besteht darin, begann Ursula laut zu überlegen, dass jemand sich den Finger bei irgendwelchen Holzarbeiten abgeschnitten oder abgehackt hatte. Oder jemand hatte sich bewusst selbst verstümmelt. Diesen Gedanken verwarf sie allerdings sofort. Er schien ihr zu absurd zu sein. Vielleicht war jemand Opfer einer Explosion geworden. In ihrer Gegend wäre so etwas jedoch sofort aufgefallen und hätte sich zudem tagelang vortrefflich als Gesprächsthema angeboten. Ein Unfall wäre ihr sicherlich auch zu Ohren gekommen. Blieb eigentlich nur ein Verbrechen.

Bei diesem Gedanken goss sie sich erneut ein Gläschen Petersilien-Honigwein ein und entschuldigte sich sogleich bei Quini, dass man auf einem Bein schlecht stehen könne. Ihr wurde wohlig warm, und ein lustiges Rauschen in ihrem Kopf inspirierte sie angenehm.

Also ein Verbrechen, dachte sie mit strenger Miene. Nach dem Durchmesser des Ringes zu urteilen, gehörte er einer zarten Person, sehr wahrscheinlich einer Frau. Wenn man den üblichen Radius von Quinis von Sehnsucht geprägten Ausflügen als Grundlage nahm, konnte der Mord maximal wenige Straßen von hier entfernt geschehen sein. Ursula Beuren fand sich grandios und sah sich selbst als deutsche Antwort auf Margaret Rutherford, die die schrullige Amateurdetektivin Miss Marple so einzigartig dargestellt hatte.

Der Täter musste versucht haben, sein Opfer zu beseitigen, und beim Zerteilen des Körpers war ihm wahrscheinlich jenes Missgeschick mit dem Finger passiert. Und Quini hatte sich die Gelegenheit nicht entgehen lassen.

Den Mörder so nah zu wissen, ließ Ursula Beuren schlagartig erblassen. Was, wenn der Täter Quini gesehen hatte?

Was, wenn er gesehen hatte, wie der Hund mit Finger und Ring geflohen war? Würde er nicht alles tun, den verräterischen Beweis wieder zurückzubekommen?

Ängstlich schaute sie sich um. Es war längst dunkel. Noch immer war die Haustür nicht verschlossen und im Bad stand das Fenster offen. Quini verstand die aufkommende Hektik als Spiel und rannte seiner Herrin begeistert hinterher. Aber er wurde enttäuscht. Es war kein Spiel.

Später saßen beide auf dem Sofa und lauschten auf die Geräusche des Hauses. Ursula Beuren hatte sich mit einer gusseisernen Pfanne bewaffnet, flüsterte nur noch mit Quini und ließ sich die beiden letzten Tage durch den Kopf gehen.

Sie war morgens, mittags und abends für jeweils eine Stunde mit dem Hund unterwegs gewesen, ohne dabei jemandem begegnet zu sein, der als Mörder infrage kam. Sie hatte in dem kleinen Laden am Stadttor ihre Tageszeitung und im Bio-Laden ein bisschen frisches Gemüse gekauft und war anschließend in ihrem Lieblingsrestaurant auf ein Stück Schwarzwälder Torte und einen koffeinfreien Landkaffee eingekehrt. Doch niemand war ihr verdächtig vorgekommen.

Gestern Nachmittag hatte sie für zwei Stunden den Handarbeitszirkel der Volkssolidarität besucht, um Taschentücher zu umhäkeln und den neuesten Kleinstadtklatsch zu erfahren. Sie hatten die üblichen Berichte ausgetauscht: über Zipperlein, wer sich mit wem wann und worüber gestritten hatte und dass einer ihrer ehemaligen Schüler zurückgekehrt sei und jetzt im alten Haus der Eltern wohne.

Ursula Beuren erinnerte sich, sein Name war Werner Roßberg. Ein angenehmer und intelligenter Schüler, der es beruflich zu etwas gebracht hatte. Nur das Glück schien ihm nicht wohlgesonnen zu sein. Seine Frau hatte ihn verlassen, über Nacht, einfach so.

Ursula Beuren musste nicht weiter überlegen. Werners Vater war im Frühjahr gestorben und lag neben seiner Frau auf dem Friedhof. Sie hatte Werners Eltern sehr gut gekannt.

Oft war sie im Sommer bei ihnen im Garten gewesen und hatte frische Hühnereier und zuweilen auch ein geschlachtetes Huhn geholt.

Der nächste Morgen begann mit leichten Kopfschmerzen und der Erkenntnis, dass auch Petersilien-Honigwein nicht frei von Nebenwirkungen war. Dennoch war Ursula guten Mutes, denn in der Nacht hatte sie sich einen Plan zurechtgelegt.

Fein säuberlich wischte sie den Ring mit einem Taschentuch ab und wickelte ihn anschließend darin ein. Sie nahm die Leine und streichelte Quini, der wie immer ein wenig verrückt spielte, und begann ihren täglichen Rundgang durch den Park.

Eine Zeit lang befürchtete sie, dass Norbert gerade heute seinem täglichen Kontrollgang nicht nachgehen würde. Als sie ihn endlich entdeckte, huschte der Hauch eines Lächelns über ihr Gesicht. Quini suchte seinen Lieblingsplatz neben der Kastanie und erledigte, was er so lange an diesem Morgen nicht hatte erledigen dürfen. Ursula Beuren räumte etwas lustlos und wenig sorgfältig den Unrat ihres Hundes weg und ging ihres Weges.

Natürlich kontrollierte Norbert die Stelle, und obwohl sie nicht den Vorgaben des Amtes entsprach, verlor er kein Wort darüber.

Gegen 12 Uhr des gleichen Tages verzeichnete dann das Polizeiprotokoll die Nachricht einer anonymen Anruferin, wonach ein *Norbert vom Ordnungsamt* eine gewisse *Frau Roßberg* umgebracht hätte. Die Anruferin selbst könne bezeugen, dass der Mitarbeiter der Leiche den Ring vom Finger gezogen hatte.

Norberts Erklärung, den Ring gefunden zu haben, wurde dadurch bestätigt, dass die vermisste Frau im Haus der Schwiegereltern in mehreren Plastiktüten portioniert in einer Tiefkühltruhe, die sonst nur für Hühner gedacht war, entdeckt wurde. Angesichts der erdrückenden Beweislage legte Werner Roßberg sofort ein umfassendes Geständnis ab.

Dennoch verlor Norbert seinen Job, denn eine der unumstößlichen Regeln der Gemeindeordnung schreibt vor, dass Amtspersonen gefundene Wertgegenstände abzugeben haben.

Für Quinis Plastiktüten, die Ursula Beuren in einer beträchtlichen Anzahl auf Lager liegen hatte, gab es nun keine wirkliche Verwendung mehr. Aber, so dachte die alte Dame einen Augenblick lang, wer weiß, vielleicht werde ich sie eines Tages anderweitig gebrauchen können.

VERBRECHEN MIT VIER BUCHSTABEN

Ein Brief kann kein Gespräch ersetzen und ein Gespräch keinen Brief.

Irmgard Blettenberg liebte derartige Weisheiten und klemmte den Kalenderspruch vom 17. April zu den anderen Sinnsprüchen an die Pinnwand neben die Eingangstür. Glücklich legte sie ein halbes Dutzend Zeitschriften, die sie sich aus der Bibliothek geliehen hatte, auf die Kommode. Endlich würde sie wieder einmal die begehrten Kreuzworträtsel als Erste lösen können. Irmgard Blettenberg betrachtete dies als eine Art persönlichen Triumph, denn Frau Kuszinski verstand es hervorragend, ihr regelmäßig die Zeitschriften vor der Nase wegzuschnappen. Viel schwerer wog aber, dass die andere die Rätsel jedes Mal fast vollständig löste.

Ein klärendes Gespräch, das eine Einigung über die Aufteilung der Zeitschriften erzielen sollte, scheiterte schon im Ansatz. Dass diese Person Mister Stringer einen albernen Köter genannt und mit heftigem Niesen und tränenden Augen das Weite gesucht hatte, würde Irmgard ihr niemals verzeihen.

Mister Stringer, ein Yorkshire-Terrier, der schon bei geringstem Anlass zu zittern begann, musste nach dem Vorfall auf den Arm genommen und ausgiebig beruhigt werden. Erst dann hatte er sich getraut, der in der Ferne längst entschwundenen Person mit einem leichten Bellen seinen Unmut kundzutun.

Irmgard Blettenberg gehörte zu dem kleinen aber wackeren Verein des *Agatha-Christie-Freundeskreises Barnim.* Als Vorsitzende des gleichnamigen Kuratoriums, dem sie seit seiner Gründung vor fast zwanzig Jahren vorstand, achtete sie peinlich darauf, das Ansehen der Namenspatronin in Ehren zu halten. Dass sich das auch in den folgenden zwanzig Jahren nicht änderte, würde allein von den biologischen Faktoren der beiden anderen Mitglieder abhängen, die schon Mitte sechzig waren und nicht gerade den Eindruck blühenden Lebens erweckten. Dagegen fühlte sich Irmgard Blettenberg mit ihren zweiundsiebzig Jahren regelrecht jung und dynamisch. Aber solange bei den wöchentlichen Treffen der drei Aufrechten des guten kriminalistischen Geschmacks selbstgebackener Kuchen und koffeinreduzierter Kaffee gereicht wurden, bestand Hoffnung für das Andenken der wohl bekanntesten Kriminalautorin aller Zeiten.

Irmgards größtes Ärgernis war die Tatsache, dass es in ihrem Ort seit fast einem Jahrhundert kein anständiges Verbrechen mehr gegeben hatte, geschweige denn einen Mord. Selbstverständlich wünschte sich Frau Blettenberg ein derartiges Vergehen nicht herbei, aber schön wäre solch ein Vorfall schon.

Als wichtigste Aufgabe des Kuratoriums verstand Irmgard Blettenberg den wöchentlichen Besuch der Gemeindebibliothek, um den Bestand an Agatha-Christie-Werken auf Vollständigkeit zu prüfen und gegebenenfalls durch eine Schenkung zu ergänzen. Des Weiteren führte sie penibel Statistik darüber, welche Bücher wie lange ausgeliehen wurden. Zwar war sie sich durchaus im Klaren darüber, dass sie einen Großteil dieser Ausleihzeiten selbst in Anspruch nahm, da sie aber den jeweiligen Roman jedes Mal aufs Neue las, hatte sie kein schlechtes Gewissen, der katastrophalen Statistik so ein wenig den Rücken zu stärken.

Bevor Irmgard ihren wöchentlichen Rapport beendete, ermahnte sie die Bibliothekarin noch freundlich, ihre Besucher stets an die umfangreiche und fast vollständige

Agatha-Christie-Edition zu erinnern. Anschließend versah sie sich mit den neuesten Zeitschriften, um einen Blick in die bunte Welt zu werfen und um die Kreuzworträtsel lösen zu können. Seit Frau Kuszinski Leserin der Gemeindebibliothek geworden war, standen die beiden Damen in stillem, erbittertem Wettstreit um die neuesten Publikationen.

Heute war ein guter Tag. Mister Stringer lag in seinem Körbchen und träumte von Heldentaten. Irmgard Blettenberg war glücklich, zumal der Frühling überall sichtbar wurde. Fast fühlte sie sich ein wenig berauscht von der Vorfreude auf die warmen Sonnenstrahlen. Sie würde ihren Tee auf dem Balkon einnehmen, die Beine mit einer Decke zudecken und in aller Ruhe ihre geliebten Kreuzworträtsel lösen.

Das Haus, in dem die alte Dame lebte, befand sich am Rande des alten Ortskerns und erlaubte es ihr, ein geruhsames und stilles Leben zu führen. Zumindest war das so gewesen, bis auf der Wiese vor ihrem Balkon vor vier Jahren ein Bauunternehmen eine Vielzahl hässlicher, dicht an dicht gedrängter Einfamilienhäuser gebaut hatte. Lärmende Großstädter waren eingezogen, um sich gegenseitig das Leben schwer zu machen. Irmgards anfängliche Hoffnung, dass sich unter den neuen Gemeindemitgliedern Gefährten für den *Agatha-Christie-Freundeskreis Barnim* rekrutieren lassen würden, erwies sich schnell als Irrtum.

Weder wurden erkennbar mehr Bücher ausgeliehen, noch antwortete jemand auf ihren Aushang. Für derart verpflichtende Aufgaben war niemand bereit, Zeit zu opfern. So blickte Irmgard Blettenberg, wenn sie an sonnigen Tagen ihren Fünfuhrtee auf ihrem Balkon zu sich nahm, mit einer Mischung von Verachtung und Enttäuschung auf das Treiben der Neusiedler. Selbst in den vier Jahren war es ihnen nicht gelungen, sich von der Hektik und dem Gefühl permanenten Zeitmangels zu verabschieden.

Einzig die Bewohner eines kleinen Einfamilienhauses am Rande der Siedlung schienen eine Ausnahme zu machen. Ein älteres Ehepaar lebte dort und verbrachte viel Zeit mit der Gestaltung von Gartenrabatten, Blumenkästen und verschiedenster Pflanzenkübel. Es war eine Freude zu sehen, mit welchem Geschick die kräftige Frau ihrer Gartenarbeit nachging. Dass ihr Mann diese Leidenschaft nicht teilte, hielt sie dennoch nicht davon ab, ihm diverse Aufgaben zu übertragen. Offensichtlich war es ihm nicht gegeben, sich gegen die ständige Bevormundung seiner Frau zu wehren. So erledigte er die Aufgaben langsam und leidend.

Neugierig auf das ungleiche Paar hatte Irmgard Blettenberg einige unauffällige Recherchen angestellt und herausgefunden, dass in dem kleinen Haus am Rande der Siedlung Frau Kuszinski lebte, jene Widersacherin also, die ihr regelmäßig die Kreuzworträtsel streitig machte und die ihren Mister Stringer so herzlos behandelt hatte.

Irmgard Blettenbergs Balkon lag auf der Südseite und hatte Platz für einen Lehnsessel und einen Beistelltisch, auf dem ein kleiner Primeltopf stand. Sie hatte kein Glück mit Pflanzen. Obwohl sie Topfpflanzen sehr schätzte, hielten die wenigsten sich länger als eine Jahreszeit. Dennoch leistete sie sich zuweilen einen kleinen Topf. Irmgard Blettenberg legte die Zeitschriften aus der Bibliothek auf den Beistelltisch und setzte sich in ihren Sessel. Sie wickelte ihre Beine ordentlich in eine Decke, rührte sorgsam ihren Tee um und schaute triumphierend zu dem kleinen Haus am Rande der Siedlung hinüber.

Mit Erstaunen stellte sie fest, dass weder die Blumenkästen noch die Rabatten von den Tannenzweigen befreit worden waren. Es war bereits Mitte April, und die wichtigsten Arbeiten im Garten hätten längst getan sein müssen. Womöglich war Frau Kuszinski krank und lag im Bett oder war verreist, ging es ihr durch den Kopf. Irmgard beschloss, dass ihr das egal sein durfte.

Nachdenklich begann sie, ihr Kreuzworträtsel zu lösen, zugegeben mit erheblich weniger Freude als noch vor wenigen Minuten angenommen. Eine innere Unruhe ließ sie kurz darauf erneut über das Geländer schauen. Etwas stimmte da nicht.

Herr Kuszinski schlenderte durch den Garten und trampelte achtlos auf den Blumenrabatten herum. Er schien es regelrecht zu genießen.

Irmgard Blettenberg ging in ihr Wohnzimmer und kramte aus dem untersten Schubfach der Kommode ein antiquiertes Opernglas heraus. Mit dieser seit mindestens zehn Jahren nicht mehr benutzten Waffe setzte sie sich wieder in ihren Lehnstuhl und musterte aufmerksam das kleine Grundstück, welches kaum mehr als fünfhundert Quadratmeter maß. Das, was sie sah, erfüllte sie mit Besorgnis. Herr Kuszinski kniete auf allen vieren und war bemüht, einen Labradorwelpen zum Verscharren eines Knochens zu animieren. Ein Hund bei den Kuszinskis schien Irmgard ein Ding der Unmöglichkeit, zudem würde sein Vorhandensein die allergiegeplagte Frau über kurz oder lang töten. Es sei denn …

Erschrocken über ihre Gedanken legte Irmgard Blettenberg ihr Opernglas auf den Beistelltisch und holte sich aus der Küche einen Kräuterschnaps. Entgegen ihrer Gewohnheit goss sie sich einen Doppelten ein und trank diesen zum Erstaunen von Mister Stringer ansatzlos in einem Zug. Mutig setzte sie sich erneut auf den Balkon, setzte ihr Fernglas an und begann wieder, den ahnungslosen Verdächtigen zu beobachten.

Das Gewächshaus im hinteren Teil des Gartens hatte einem Hundezwinger weichen müssen, der auf einer erstaunlich dicken Betonplatte stand. All die schönen Töpfe und Blumenkästen stapelten sich lieblos auf einem Haufen. Der Hund schaute fragend einem Ball nach, den Herr Kuszinski geworfen hatte. Dann rannte er voller Freude seinem Herrchen hinterher.

Für Irmgard Blettenberg war alles klar. Schlurfend ging sie ins Wohnzimmer und griff zum Telefon, kehrte dann zurück auf den Balkon. Eine Weile schaute sie dem albernen, aber durchaus liebenswerten Mann beim Spielen zu. Dass

Frau Kuszinski krank im Bett lag oder zu Besuch bei irgendeiner Verwandtschaft war, konnte wohl ausgeschlossen werden. Die Frau musste in den letzten vierzehn Tagen ermordet worden sein. Jedenfalls war keine der Zeitschriften, die Irmgard Blettenberg aus der Bibliothek ausgeliehen hatte, älter als eine Woche. Die vorhergehenden Ausgaben mussten demnach noch bei den Kuszinskis herumliegen.

Nachdenklich betrachtete sie das Telefon. Dann rief sie die Auskunft an und notierte sich eine Telefonnummer. Aufgeregt tippte sie die Ziffern nacheinander ein und schaute danach wieder mit ihrem Fernglas zu Herrn Kuszinski, der plötzlich wie angewurzelt stehengeblieben war und dem Läuten des Telefons lauschte. Vielleicht ist es ja noch nicht zu spät, überlegte Irmgard. Vielleicht hatte sie ja Glück. Erst nach dem fünften Klingeln ging Herr Kuszinski ins Haus, nahm den Hörer ab und lauschte.

»Wenn Sie nicht wollen, dass man Ihnen auf die Schliche kommt, bringen Sie die Zeitschriften Ihrer verschwundenen Frau zurück in die Bibliothek, bevor die Ausleihfrist überschritten ist.«

Mehr sagte Irmgard Blettenberg nicht. Zufrieden legte sie das Telefon auf den Beistelltisch und trank einen Schluck von dem inzwischen fast kalt gewordenen Tee. Sie kraulte Mister Stringer den Nacken und dachte mit einem Schmunzeln, dass ein Mord durchaus auch seine guten Seiten hatte.

NOUGATTÖRTCHEN

Sofie Klingelhöfer bemerkte sofort, dass ein Fremder in ihrer Wohnung gewesen war oder noch sein musste. Ihr Erstaunen war mindestens genauso groß wie ihr Entsetzen. Die Tatsache, dass ein Mann nicht nur ihre Toilette benutzt, sondern es auch noch unterlassen hatte, den Deckel wieder zu schließen, empörte sie zutiefst.

Die fast Achtzigjährige war in einer beneidenswerten körperlichen Verfassung und konnte sich dank ihrer und der Rente ihres Mannes einen bescheidenen Luxus leisten. Nur für eine Kreuzfahrt auf dem Mittelmeer, von der sie seit Jahren träumte, reichte das Geld leider nicht.

Sofie gehörte zu den Frauen, die es gewohnt waren, die Dinge selbst in die Hand zu nehmen. Mut und Entschlossenheit waren nur einige ihrer Stärken. Bewaffnet mit einem Besen durchsuchte sie die Wohnung.

Mehrere Schubfächer waren aufgezogen, Schränke geöffnet und durchwühlt worden. Ein paar Kleidungsstücke lagen auf dem Boden. Die Geldkassette hinter der Bügelwäsche hatte der Eindringling dagegen nicht entdeckt. Selbst die Küche war durchsucht worden. Der Kühlschrank stand weit offen. Leise schloss Sofie die Tür, schaute sich dann sorgenvoll um, betrachtete nachdenklich die Tiefkühltruhe, konnte aber an ihr keine Veränderungen feststellen.

Im Wohnzimmer entdeckte sie dann den ungewollten Besucher, einen Mann mittleren Alters, der sich, etwas albern wirkend, hinter einem Schrank versteckte. Unerschrocken hob sie den Besen, gegen alle Eventualitäten gewappnet. Es dauerte einen kurzen Augenblick, ehe sie den Mann erkannte.

»Uwe? Was soll denn das? Willst du deiner Mutter schon wieder Sorgen machen?«

Der Angesprochene sackte in sich zusammen. Sofie nahm den Besen herunter und stampfte wütend auf den Boden.

»Ich dachte …«, druckste der Eindringling herum.

»Sei nicht albern. Setz dich da hin!«

Uwe gehorchte sofort. Ohne ein weiteres Wort nahm er auf dem ihm zugewiesenen Sessel Platz, wobei er wie ein Häufchen Elend wirkte und nicht zu wissen schien, was er tun oder lassen sollte.

»Das hätte ich nicht von dir gedacht, dass gerade du bei mir einbrichst!«

»Ich wollte doch nur Ihren Mann besuchen. Die Tür stand offen, und als keiner antwortete, bin ich einfach hineingegangen. Es war niemand da. Wo ist Ihr Mann eigentlich?«

Als Kind hatte Uwe mit Sofies Mann stundenlang Briefmarken getauscht, sortiert und nach Kriterien zusammengestellt, die ihr unverständlich geblieben waren. Was ihr Mann an dem Jungen gefunden hatte, war ihr immer ein Rätsel geblieben. Später war Uwe auf die schiefe Bahn geraten, und niemand im Haus, auch nicht ihr Mann, hatte noch etwas mit ihm zu tun haben wollen.

Sofie betrachtete Uwe. Er trug eine alte Strickjacke, eine ausgebeulte Hose und abgetretene Schuhe. Schon immer war er ihr ein bisschen minderbemittelt vorgekommen. Die Natur hatte ihn nicht gerade bevorzugt und auch die vergangenen Jahre hatten daran nichts ändern können. Er war kleiner als sie, und wog vielleicht sechzig Kilo, eher weniger.

Dass Uwe ihre Wohnung durchsucht hatte, passte Sofie gar nicht. Nicht auszudenken, wenn er fündig geworden wäre. Oder war das doch der Fall, und er spielte jetzt den Ahnungslosen? Sofie konnte ihm unmöglich trauen. Sie konnte es sich nicht leisten, ein Risiko einzugehen. Künftig musste sie unbedingt darauf achten, dass die Tür gut verschlossen war, wenn sie die Wohnung verließ.

»Leg alles, was du in den Taschen hast, auf den Tisch und zwar ein bisschen flott, wenn ich bitten darf«, forderte sie ihn nachdrücklich auf und ließ keinen Zweifel daran, dass es ihr ernst damit war.

Ohne zu widersprechen, legte Uwe ein Sparbuch, ein paar Geldscheine und einen angebissenen Schokoriegel auf den Tisch. Nichts davon war aus ihrem Besitz. Neugierig öffnete Sofie das Sparbuch. Es gehörte seiner Mutter.

»Ich bitte Sie, sagen Sie meiner Mutter nichts. Es würde ihr das Herz brechen.«

»Das hättest du dir vorher überlegen sollen«, entgegnete Sofie aufgebracht und fragte: »Hat dich jemand gesehen?«

»Nein. Niemand.«

Nachdenklich betrachtete sie ihn und hätte fast zu lachen angefangen, wenn die Situation nicht so ernst gewesen wäre.

»Du bist dir also sicher, dass dich niemand gesehen hat?«

Uwe nickte eifrig. »Ganz sicher.«

»Ich werde uns erst einmal einen Kaffee kochen. Danach schauen wir weiter.«

Kopfschüttelnd legte sie das Sparbuch auf den Tisch und verließ das Wohnzimmer. Kurz darauf kehrte sie wieder zurück.

»Du rührst dich nicht vom Fleck! Verstanden? Magst du noch immer Nougattörtchen?«

Uwe setzte sich aufrecht hin und nickte eifrig. Nougattörtchen schien er für sein Leben gern zu essen.

Sofie wusste, dass ihr Kaffee jedes Herz zum Flimmern bringen konnte. Uwe versuchte, ihn mit viel Milch und Zucker halbwegs erträglich zu machen. Ihr war es recht. Sie wusste auch, dass er es nicht wagen würde, den Kaffee abzulehnen. Sie selbst trank um diese Zeit ausschließlich Kräutertee. Wenn Uwe wollte, konnte er die ganze Kanne austrinken. Brav aß er sein Nougattörtchen, verzehrte auch noch ein zweites und schien glücklich zu sein. Die Hoffnung, dass sich alles doch noch zum Guten ändern würde, konnte sie in seinem Gesicht ablesen. Wenig später wurde er schläfrig.

Nachdem Sofie ihre Tasse geleert hatte, war sie sich sicher, dass er tief und fest schlief.

Wie erwartet, hatte die doppelte Dosis K.O.-Tropfen ihre Wirkung nicht verfehlt. Vorsichtshalber rüttelte sie noch einmal kräftig Uwes Oberkörper und ihre Vermutung bestätigte sich, dass nichts und niemand ihn jetzt noch wecken konnte.

Es kostete Sofie einige Mühe, beide Männer nebeneinander unterzubringen. Aber irgendwie gelang es ihr dann doch.

Das Sparbuch und das Geld von Uwes Mutter kamen gerade zur rechten Zeit. Davon würde sie sich eine luxuriöse Außenkabine auf einem Kreuzfahrtschiff leisten. Sie war davon überzeugt, dass es mit ein paar Scheinen mehr dem Reisebüro bestimmt gelang, einen Platz am Tisch des Kapitäns für sie zu reservieren.

Liebevoll strich Sofie ihrem Mann über das Gesicht. Er lächelte. Wie immer.

»Ich wünschte, du könntest mitkommen.«

Einen Augenblick lang betrachtete sie die beiden. Uwe war kleiner als ihr Mann.

»Jetzt bist du wenigstens nicht mehr allein. Drei Jahre ist es jetzt fast her …«, überlegte sie laut und schloss den Deckel der Tiefkühltruhe.

BONSAI

Von dieser Position aus hatte der Mann den Hof noch nie überblickt. Manchmal genügt ein halber Meter Höhenunterschied und die Welt erscheint plötzlich interessanter oder doch zumindest ein wenig anders. Ob es an dem ungewöhnlichen Blickwinkel lag oder daran, dass die Sommersonne ihn gegenüberliegende Wohnungen einsehen ließ, vermochte er nicht mit Bestimmtheit zu sagen. Wie in eine aufgeblätterte Zeitschrift konnte er an diesem Morgen in jeden Raum schauen.

Einige Wohnungen waren geschmackvoll eingerichtet, andere eher langweilig. Er mochte Räume, die sich selbst überlassen blieben. Unordnung war die eigentliche Natur, eine Systematik, deren Struktur den meisten Menschen verschlossen blieb.

Kaum ein Bewohner war um diese Zeit zu Hause. Viele befanden sich im Urlaub, die meisten auf Arbeit. Gelangweilt schwiegen sich Bücher und Fotos an. Getragene Sachen lagen neben Tellern mit Essensresten, leeren Flaschen und überfüllten Aschenbechern vergessen auf dem Boden. Andere Wohnungen glichen Hochglanzfotos namhafter Architekturzeitschriften. Ihre Besitzer schienen ernsthaft zu glauben, dass ein aufgeräumtes Zimmer Ordnung in ihr Leben zu bringen vermochte.

Der Mann beobachtete die fremden Welten mit einer Mischung aus Neugier und kindlichem Erstaunen. Ein paar Pflanzen litten, abgesehen von einigen billigen Kunstblumen, sichtlich unter der Hitze, die seit Tagen über der Stadt lag.

Auf einem der oberen Fensterbretter hatte offensichtlich schon vor Wochen ein Bonsai das Zeitliche gesegnet. Bisher war ihm das nicht aufgefallen. Lag es an seiner heutigen Position oder dem einfallenden Licht der Morgensonne? Egal. Wichtiger war seine darauffolgende Erkenntnis: Im Grunde genommen glich auch er einem Bonsai, verkrüppelt, vom Wachstum ausgeschlossen und auf tägliche Pflege angewiesen.

Der Mann schmunzelte. Ihm gefiel der Gedanke.

Fast erstickt bei der Geburt, hatte er nicht leben wollen. Aber er musste. Es war zu spät zum Sterben. Er musste schreien, ein Reflex, den er nicht verhindern konnte. Die, die sich Ärzte nannten, hatten ihm keine Wahl gelassen. Verfluchte Gefühlsduselei.

Den Rest hatten seine Eltern mit ihrer Liebe und Fürsorge bewirkt. Vielleicht auch aus Angst oder Schuldgefühlen heraus, womöglich aus einem bitteren Gebräu von beidem. Für immer ein Kind. Kleine Hände, kleine Füße, große Augen. Immer ein wenig tapsig. Das perfekte Kindchenschema seit Jahrzehnten. Die Eltern hatten ihm kaum Luft zum Atmen gelassen. Ihm ging es genau wie dem vertrockneten Bonsai auf der anderen Seite des Hofes. Aber der hatte es schon hinter sich.

Wurzeln beschneiden. Zweige auch. So züchtet man einen Baum, der niemandem über den Kopf wächst. Liebe ist ein enges Gefäß.

Er spürte, wie sich die Züge um seinen Mund bei diesen Erinnerungen vertieften.

Diese Gedanken wollte er nicht. Sein Blick fiel in ein anderes Fenster. Gegenüber, auf der gleichen Etage, lag eine junge Frau auf dem Sofa. Sie hieß Saskia. Den Nachnamen hatte er vergessen.

Sein Nachbar hatte ihren Namen auf dem Briefkasten gelesen und gemeint, sie sei ein echtes Sahneschnittchen und dass er sie nicht von der Bettkante stoßen würde. Beide hatten dümmlich gelacht. Als er wieder allein mit seinen Gedanken gewesen war, hatte es einige Zeit gedauert, bis er den Geschmack seines Lachens wieder losgeworden war.

Saskia lag entspannt auf dem Rücken. Arme und Beine gehorchten keiner Ordnung, nicht einmal der Bequemlichkeit. Ein Fuß ruhte auf dem Boden, der andere lehnte an der Wand, ihr rechter Arm lag unter dem Körper und der linke schien fast in der Luft zu schweben. Bekleidet war sie mit einem langen T-Shirt. Frauen, die nicht alles sofort preisgaben, mochte er. Es ließ Platz für Fantasie. Fantasie war ein Luxus, den niemand einengen konnte.

Trug sie einen Slip, einen BH? Zierte Unterwäsche ihren Körper, oder hatte diese nur praktische Bedeutung? Täuschte sie etwas vor, oder schmeichelte sie ihrer Weiblichkeit? Welche Farbe passte zu ihr? Trug sie Dessous? Vielleicht schwarze mit blauer Spitze? Nein, bei einem weißen T-Shirt würde Schwarz durchschimmern. Oder trug sie womöglich nichts darunter? War sie rasiert?

Als hätte ihn jemand bei seinen Gedanken ertappt, zögerte er und schaute die Reihen der Fenster entlang. Alles war still. Urlaubszeit. Arbeitszeit. Er war allein. Niemand interessierte sich für ihn.

Vorsichtig bewegte er ein bisschen die Füße. Der Hocker unter ihm begann, bedrohlich zu wackeln. Es amüsierte ihn, dass er dabei erschrak. Erneut schaute er über den Hof. Ein komisches Gefühl, dachte er, durch eine Schlinge in anderer Leute Wohnung zu schauen.

Saskia lag noch immer auf dem Sofa. Verständlich. Längst war es viel zu warm, um irgendetwas zu tun.

Stell dir vor, sie würde beobachten, wie du dich erhängst und dich in letzter Sekunde retten. Eine Lovestory. Die Schöne und der Bonsai. Der Mann lachte bitter und atmete schwer. Gefühlsduselei.

Retten würde sie ihn sicherlich. Nicht aus Mitgefühl, sondern aus rein pragmatischen Gründen. Unterlassene Hilfeleistung ist strafbar, abgesehen von den psychologischen Aspekten.

Was für eine dumme Idee, sagte er sich und schüttelte leicht den Kopf.

Er prüfte die Schlinge noch einmal. Nach seinem Empfinden war sie perfekt gebunden. Das aufgetragene Graphitfett würde die Gleitfähigkeit des Strickes garantieren. Alles hatte er genau recherchiert. Es gab nichts, was sich nicht in Erfahrung bringen ließ.

Als er mit der Planung seines Todes begonnen hatte, war er davon ausgegangen, dass ein Sprung vom Hocker ausreichen würde, sich das Genick zu brechen. Aber dafür war er wahrscheinlich zu leicht und die Wohnung zu niedrig. Ein Leichtgewicht, ein Zwerg, ein Bonsai. In einigen Internetforen wurde empfohlen, Gewichte an die Beine zu binden oder besser noch, einen anderen Ort als die eigenen vier Wände zu wählen. Das kam für ihn nicht infrage. Seine Wohnung war sein Gefäß. Auch wenn er es nicht mochte, hier fühlte er sich sicher.

Neugierig schaute er zu der Schönen hinüber. Sie lag noch immer da und starrte in einen imaginären Himmel.

»Das Letzte, was ich sehen werde, ist sie, die schöne Saskia«, flüsterte er, als bestünde die Gefahr, dass jemand eingreifen könnte. Das Lächeln auf seinem Gesicht fühlte sich komisch an, und dennoch genoss er es, als er sich die Schlinge um den Hals legte.

Plötzlich hatte er es eilig. Er zog den Strick fest, so dicht es ging. Dass er den Atem anhielt, ärgerte ihn. Ein Reflex seines Körpers, der nicht verstand, dass er gleich ohne Luft sein würde. Einen Augenblick lang überkamen ihn Zweifel, ob er Saskia noch sehen könnte, wenn er am Strick baumelte. Zweifel, die er gleich wieder verwarf. Der Winkel war ideal. Selbst wenn sein Körper ein paar Zentimeter tiefer hängen würde, nichts dürfte den Blick versperren. Nein, er würde sie sehen können, vorausgesetzt, sie kam nicht plötzlich auf den Gedanken, duschen zu gehen oder in die Küche, um etwas Kühles zu trinken. Sicherlich, sein Körper könnte sich drehen. Ganz ausschließen ließ sich das nicht.

Natürlich würde er zappeln. Die üblichen albernen Reflexe. Ratlos schaute er sich um, entdeckte aber nichts, was eine Drehung verhindern konnte. Sich mit Gegebenheiten abzufinden, die man nicht ändern kann, war einer der Grundsätze seiner Erziehung. Also fand er sich damit ab und übergab den Wunsch der Hoffnung.

Der Mann schaute auf, suchte nach Saskia. Sie musste sich bewegt haben. Die Beine lagen nun gekreuzt übereinander, die Hände ruhten in ihrem Schoß. Ein wenig glich sie jetzt der schlummernden Venus von Giorgione.

Es ist Zeit, ermahnte er sich. Er holte noch einmal tief Luft, dann kippelte er mit dem Hocker, der sich wenig widerspenstig zeigte und sofort umfiel.

Schmerzhaft zog sich der Strick zusammen und seine Lunge begann zu rasen. Ein Leerlauf, der nichts transportierte. Kein Molekül fand den Weg durch die Luftröhre. Sein Körper drehte sich nicht, obwohl er wie wild strampelte. Die Hände versuchten, die Entscheidung rückgängig zu machen. Wie mächtig Angst sein konnte! Und dennoch starrte er mit größter Willensanstrengung auf die Frau. Vielleicht würde sie ihn doch retten. In den Lungen, die ihn zum Atmen zwingen wollten, begann ein Brennen. Diesmal nicht. Nichts und niemand würde seinen Tod verhindern. Keine Gefühlsduselei. Keine Ärzte, die nur an ihre Statistiken dachten. Nie wieder atmen.

Er sah, wie ein Mann sich über Saskia beugte. Sie war nicht allein. Wie hatte er nur glauben können, dass sie allein war? Er kannte den Mann. Es war sein Nachbar.

Saskia und dieser Kerl? Er ist doch im Urlaub, brach sich ein Gedanke durch die Angst. Immer, wenn sein Nachbar im Urlaub war, hatte er für ihn die Post entgegengenommen. Die Zeitungen und Briefe lagen sortiert auf dem Küchentisch. Daneben, genauso ordentlich, sein eigener Abschiedsbrief.

Er sah, wie sich der Nachbar über Saskia beugte. Er sah, wie er einen ihrer Arme ergriff und die Frau rücksichtslos auf den Boden zog. Hilflos musste er beobachten, wie sein Nachbar eine Folie über Saskia breitete.

Er wollte schreien. Jetzt wollte er schreien. Aber sein Körper hielt den Schrei fest.

DAS JUBILÄUM

In den letzten neun Jahren war bei ihm neun Mal eingebrochen worden. Günter Wicherts Traum von einem ruhigen Lebensabend schien sich nicht erfüllen zu wollen. Alle Bemühungen, seine geliebte Gartenlaube einbruchssicher zu machen, hatten lediglich zu erheblich größeren Sachschäden und infolgedessen auch zu beträchtlichen Kosten geführt. Sei es eine Tür, die ersetzt werden musste, ein Fenster, von dem nur noch Scherben übrig geblieben waren oder ein Stuhl, der zertrümmert am Boden lag, die Schäden hatten in keinem Verhältnis zu dem Wert der Dinge gestanden, die gestohlen worden waren.

Einmal fehlte ein klappriges Fahrrad. Bei einem anderen Einbruch wurde das Küchenradio gestohlen. Irgendjemand hatte sogar die Dreistigkeit besessen, eine angefangene Packung Jasmintee mitzunehmen. Wichert war sich ziemlich sicher, dass diese höchstens noch vier oder fünf Beutel enthalten hatte. Und die waren wahrscheinlich laut Haltbarkeitsdatum höchstens noch zum Kompostieren geeignet.

Das kleine Haus stand idyllisch, jedoch abseits am Waldrand. Die nächsten Nachbarn wohnten mindestens einen halben Kilometer entfernt, und in all den Jahren hatte Günter Wichert keinerlei Bedürfnis verspürt, näheren Kontakt zu ihnen aufzunehmen. Man grüßte sich höflich, mehr nicht. Das Schrillen einer Alarmanlage hätte keiner der Nachbarn bemerkt.

Wichert liebte sein Stückchen Erde von ganzem Herzen und verbrachte von Mai bis Oktober dort seinen geruhsamen Lebensabend. Er kümmerte sich um die Stauden und Gräser, Koniferen und diverse Blumen, die in all den Jahren prachtvoll gediehen waren. Sobald es kalt wurde, packte er seine Sachen, bestellte ein Taxi und zog zurück in seine Wohnung. Die meiste Zeit im Winter verbrachte Wichert mit dem Studium von Gartenfachbüchern, dem Lesen der Lokalzeitung und dem Warten auf das Frühjahr. Immer um die Weihnachtszeit besuchte er seine Datsche, und die Befürchtung, sie aufgebrochen vorzufinden, bestätigte sich ein ums andere Mal.

Enttäuscht hatte er letztendlich darauf verzichtet, die Einbrüche der Polizei zu melden. Auch wenn die Beamten immer freundlich zu ihm waren, konnte er in ihren Augen lesen, dass sie ihn nicht ernst nahmen und seine Anzeigen als Bagatellfall betrachteten. Es war sinnlos, sie um Hilfe zu bitten. Hatte man erst einmal die Lebensgrenze von siebzig Jahren überschritten, schien man nicht mehr ernst genommen zu werden.

Mit der Zeit war Wichert zu der Überzeugung gekommen, dass es sich um ein und denselben Täter handeln musste. Ein Gefühl, das er nicht begründen konnte und für das es auch keinen Beweis gab.

Erneut wurde es Herbst. Nach langer Überlegung beschloss Wichert, seine Datsche nicht mehr zu verschließen. Vorsichtshalber brachte er sogar einen Zettel mit dem Hinweis an der Tür an, dass alles offen sei. Auf den Küchentisch stellte er eine angefangene Flasche Weinbrand, legte eine Schachtel Pralinen daneben und um die Sache abzurunden, sogar eine Packung Zigaretten. Prüfend schaute er sich noch einmal um, überlegte kurz, ob er auch alles bedacht hatte und stieg dann in das voll beladene Taxi.

Ein paar Tage vor Weihnachten entdeckte Wichert einen kleinen Artikel in der Lokalzeitung, der sich mit dem mysteriösen Tod eines Vagabunden beschäftigte, welcher vergiftet aufgefunden worden war. Darüber, wie der Mann das Gift zu sich genommen hatte, gab es keine Erkenntnisse. Auch das Motiv lag völlig im Dunkeln.

Zufrieden schloss Wichert die Zeitung, bestellte ein Taxi und fuhr zu seiner Gartenlaube. Zum ersten Mal seit zehn Jahren war sie nicht aufgebrochen worden. Schmunzelnd nahm er den Zettel von der Tür und schaute sich im Haus um. Nichts war zu Bruch gegangen, nichts schien zu fehlen. Allerdings waren die Flasche Weinbrand, die Pralinen und die Schachtel Zigaretten verschwunden, genau so, wie er es erwartet hatte.

GELD STINKT NICHT

Albert Scheunemann bevorzugte den klassischen Wecker, um morgens aus dem Bett zu kommen. Sobald das tägliche Martyrium begann, reagierte er mit einer perfekten Inszenierung diverser Schnauf- und Stöhngeräusche, bis es ihm gelungen war, das mechanische Ungetüm zum Stillstand zu bringen.

An diesem Morgen jedoch war er schon früher erwacht und dachte nun darüber nach, warum die Unruhe ihn aus dem Schlaf getrieben hatte. Anfangs gab er dem durchgelegenen Bett die Schuld, dann den undeutlichen Geräuschen in der heruntergekommenen Pension, bis er schließlich begriff, dass es sein Alter sein musste.

Mit seinen fünfundfünfzig Jahren war Albert Scheunemann noch immer Junggeselle. Persönlich bevorzugte er die Bezeichnung *Single*, da sie optimistischer klang. Leider ließ sich kaum noch ignorieren, dass seine Chancen bei den Frauen abnahmen. Doch noch besaß er das gewisse Etwas, was das weibliche Geschlecht mittleren Alters dazu verleitete, ihre Sehnsüchte auf ihn zu projizieren und ihm alles Bare zu überlassen.

Scheunemann war ein vollkommener Vertreter seines Geschlechts, groß, breitschultrig, in guter körperlicher Verfassung, gebildet, mit perfekten Manieren, zudem verstand er es vorzüglich, eloquent Gespräche zu führen. Er gehörte zu jenen Männern, deren Augen schüchtern aber unergründlich sind, und die über die Fähigkeit verfügen, allein durch einen Blick die weibliche Seele schwächeln zu lassen. Mit anderen Worten, er war der perfekte Heiratsschwindler.

Die Vortäuschung eines bescheidenen Vermögens, wie auch die Behauptung, er führte ein kleines erfolgreich international agierendes Handelsunternehmen, gehörten genauso zu seinem Portfolio wie die Antwort auf die Frage nach seiner Herkunft. Aus romantischen Erwägungen und der Tatsache heraus, dass er spanisch und französisch beherrschte, hatte er sich für Andorra entschieden.

Tatsächlich stammte Albert Scheunemann aus einem kleinen Schweizer Ort, aus dem er vertrieben worden war, weil er sich an den Fördermitteln des örtlichen Heimatmuseums bereichert hatte.

Das Interesse der Frauen an verwandtschaftlichen Themen brachte er stets mit feucht schimmernden Augen zum Verstummen. Er habe sich mit seiner Familie nicht mehr versöhnen können. Ein tödlicher Unfall. Beide. Vater und Mutter. Nein, nach Andorra würde er niemals zurückkehren.

Wenn man mit fünfundfünfzig Jahren schon vor dem Weckerklingeln erwacht, Knochen und Gelenke spürt und die Spannkraft der Haut unweigerlich an die Pelle auf der heißen Milch erinnert, weiß man schlagartig, dass es an der Zeit ist, sein Leben zu ändern. An jenem Morgen beschloss Albert Scheunemann, eine liebenswerte Frau zu finden, die seine restlichen Tage versüßen sollte.

Die Heiratsvermittlungsagentur Sascha Lamour war auf wohlsituierte Partner mit ernsthaften Absichten spezialisiert. Der Inhaber, ein engagierter Mann Anfang Dreißig, begrüßte Scheunemann freundlich, aber distanziert. Lamour versuchte, den künftigen Klienten zu katalogisieren und seinen Wert zu bestimmen.

Scheunemann gab nichts darauf. Männer taten sich im Allgemeinen schwer mit ihm.

Nach einem ausgeklügelten wissenschaftlichen Analyseverfahren, das anhand von Persönlichkeitskriterien, Konkordanzen und Polaritäten die Verträglichkeit zweier beziehungswilliger Partner ermittelte, wurden ihm diverse Damen vorgeschlagen. In den meisten Fällen handelte es sich dabei um mehrfach geschiedene, verwitwete oder verbittert wirkende Frauen.

Albert Scheunemann entschied sich aus tiefster Überzeugung, dass Vermögen im Fall eines Falles nicht verloren gehen solle, für mehrere alleinstehende, wohlhabende Witwen.

Lamour schien derartige Argumentationen zur Genüge zu kennen. Aber offensichtlich billigte er sie nicht. Er schaute seinen neuen Klienten nachdenklich und ein bisschen vorwurfsvoll an, bis Scheunemann sich genötigt sah, seine Wahl zu erklären. »Geld stinkt nicht, oder?«

Schließlich nickte der Vermittler und schob einen Vertrag über den Tisch.

Die ersten Begegnungen waren allesamt Enttäuschungen. Entweder schienen die Fotos von fremden Frauen oder doch zumindest aus anderen Zeiten zu stammen oder die Witwen waren nicht wohlhabend. Waren sie es, erklärten sie Scheunemann zweifelsfrei, dass sie ihr Vermögen nicht in eine gemeinsame Beziehung einbringen wollten. Überhaupt gedachten alle, nur aus Liebe zu heiraten.

Selbstverständlich würde er das verstehen, pflegte er dann zu sagen, und drückte gleichzeitig tief seufzend sein Bedauern aus. Egal, wie sehr er in sich hinein hörte, sein Herz habe nicht zu klingeln begonnen. Sie könnten ja Freunde bleiben.

Fast schon hatte Scheunemann die Suche aufgegeben, als die Heiratsagentur Monika Leichtenschlag ins Gespräch brachte.

»Die Malerin hatte in ihrem Leben alles andere als Glück«, begann Lamour seine Ausführungen und legte ein paar Fotos auf den Tisch.

Monika Leichtenschlag war Mitte dreißig, hübsch, schlank, geschmackvoll gekleidet, mit nachdenklichem aber freundlichem Blick. Scheunemann war sofort angetan.

»Ihr erster Mann starb vor zehn Jahren bei einem Autounfall«, erklärte der Heiratsvermittler und beobachtete Scheunemann abwartend aus den Augenwinkeln. Dann ergänzte er: »Ihr zweiter Ehemann starb vor drei Jahren bei dem Versuch, ihren Hund Berny aus der überfluteten Donau in der Nähe von Passau zu retten. Der Mann ertrank, während der Rauhaardackel mit letzter Kraft das Ufer erreichte. Die Leiche des Ehemannes wurde nie gefunden. Eine schreckliche Tragödie, auf diese Art einen Menschen zu verlieren.«

Scheunemann nickte, hielt es aber für angebracht, sich jeden Kommentars zu enthalten.

»Außerdem …«

Sascha Lamour räusperte sich und fingerte an seiner Krawatte herum, als benötigte er für die nachfolgende Information mehr Luft als üblich.

»Ich sollte Ihnen das eigentlich nicht sagen. Aber ich glaube, es ist wichtig, dass Sie es wissen. Frau Leichtenschlag hat vor einem halben Jahr eine vielversprechende Beziehung aufgeben müssen, weil ihr Partner plötzlich Interesse für das gleiche Geschlecht entdeckte. Quasi über Nacht hat er sie verlassen, wobei er sie um den Inhalt ihres Safes erleichterte. Die Polizei fahndet noch immer nach ihm. Seitdem ist sie im Umgang mit Männern unsicher geworden und braucht selbstverständlich Zeit. Eigentlich möchte sie gar nicht mehr vermittelt werden, doch ich finde, sie beide sind irgendwie füreinander geschaffen.«

Nachdenklich nahm Scheunemann das Foto in die Hand und betrachtete es. Er war sich sicher, dass Monika Leichtenschlag die ideale Partnerin für ihn war.

Wenige Tage später erhielt er über die Agentur eine Einladung zu einer Vernissage auf ihrem Atelierhof. Die Ausstellung war gut besucht. Die meisten Gäste kannten einander und begrüßten sich, als hätten sie sich schon seit Ewigkeiten nicht mehr gesehen. Scheunemann verhielt sich still, musterte die Bilder und Keramikskulpturen, ohne auch nur ansatzweise zu verstehen, was sie darstellen sollten, bewunderte den Garten und schämte sich fast, als er sich dabei ertappte, wie er den Wert der Immobilie schätzte. Nachdem er die Lage sondiert hatte, machte sich Scheunemann an die Gestaltung seiner Zukunft.

Berny, der Rauhaardackel, stolzierte durch die Reihen der Gäste und bettelte um Häppchen. Als der Dackel Scheunemann freudig erregt seine Pfote auf den Schuh stellte und ihn mit seinen tieftraurig wirkenden Augen flehend anschaute, hockte der sich nieder und streichelte den Hund ausgiebig. Unauffällig griff er in seine Jackentasche und zog eine Serviette mit einem gebratenen Fleischklößchen heraus. Berny quittierte die Köstlichkeit mit einem eifrigen Schwanzwackeln. Kaum war jedoch die Quelle seiner Freude versiegt, begab er sich erneut auf die Suche.

Scheunemann richtete es so ein, dass er die Künstlerin bei ihrer nächsten Runde am Keramikofen treffen musste. Er ließ sich ein Glas Prosecco reichen und räusperte sich verlegen.

»Ihre Skulpturen sind ungewöhnlich. Ich bin nicht sicher, ob ich verstehe, was sie darstellen.«

Monika Leichtenschlag betrachtete ihre Arbeiten, als würden sie ihr zum ersten Mal gegenwärtig werden. Die urnengroßen, erdfarbenen, unterschiedlich deformierten Gebilde, die ein wenig an gestauchte Urzeiteier erinnerten, lagen scheinbar wahllos auf den Blumenrabatten.

»Das ist materialisiertes Selbst«, antwortete sie und schien über ihre eigenen Worte nachzudenken. »Nicht nur Menschen können versteinern, sondern auch ihre Seelen.«

Scheunemann hatte befürchtet, dass irgendetwas mit dieser Frau nicht stimmte. Die Agentur hätte ihn vorwarnen sollen. Lamour war schließlich ein Verkäufer, kein Priester, der Hostien verschenkte.

»Haben Sie sich schon meine Bilder angeschaut? Ich glaube, die werden Ihnen mehr zusagen.«

»Selbstverständlich! Ich bin tief beeindruckt. Können Sie sich wirklich von Ihren Werken trennen?«, fragte er in einem Ton, als verlange er, sie solle ein Kind zur Adoption freigeben.

»Es stimmt, mit jedem Bild gebe ich auch Stück von mir weg«, antwortete Monika Leichtenschlag erstaunt, fixierte ihn eingehend und schien zu überlegen, ob sie einander kannten.

»Entschuldigen Sie, ich habe mich gar nicht vorgestellt. Scheunemann. Albert Scheunemann.«

»Sehr erfreut. Sie interessieren sich für Kunst?«

»Ich verstehe nicht viel davon«, erwiderte er bedauernd und starrte sie jene Sekunde zu lang an, die aus Höflichkeit Interesse macht. »Aber ich interessiere mich für schöne Dinge. Auch Ihre Bilder gehören dazu.«

Ein leichtes Lächeln huschte über ihr Gesicht, und Scheunemann wusste, dass es jetzt an der Zeit war, den Blick langsam und ein wenig schüchtern zu senken, so als wäre gerade ein Freudscher Versprecher über seine Lippen gestolpert.

»Welche Materialien verwenden Sie eigentlich für Ihre Gemälde?«, erkundigte er sich, Interesse vortäuschend.

»Die Farben mische ich eigenhändig. Als Basis verwende ich Sande, Aschen und zermalmte Schlacken. Das gibt den Bildern etwas Authentisches. Finden Sie nicht auch?«

»Ich würde gerne zwei oder drei Gemälde erwerben. Mir wäre es allerdings lieber, wenn wir das in Ruhe bereden könnten.«

Wieder folgte eine kleine Pause, als gestatte man sich gegenseitig, die Zeit anzuhalten, dazu ein Lächeln und ein vielsagendes Schweigen.

Plötzlich wurde es auf dem Hof unruhig. Ein paar Gäste redeten aufgeregt auf jemanden ein. Als ahne sie eine Katastrophe ging Monika Leichtenschlag schnellen Schrittes zu der aufgeregt diskutierenden Gruppe. Scheunemann folgte ihr, drängte dann mit seinen kräftigen Armen ein paar neugierige Gäste zur Seite und schaffte so den nötigen Platz. Als klar wurde, dass der Rauhaardackel, der apathisch am Boden lag und die Augen verdrehte, die Aufregung verursacht hatte, schien die Gastgeberin einem Zusammenbruch nahe zu sein.

Keiner der Anwesenden machte Anstalten, dem Hund zu helfen.

Nur Scheunemann kniete sich nieder, legte die Hand auf den Hund, als wolle er dessen Puls fühlen, zog prüfend eines der Augenlider hoch und schnupperte abschließend an der Schnauze. Besorgt nahm er den Dackel auf den Arm, fegte mit einer Bewegung Teller und Speisen vom Tisch und bettete ihn auf ein Sitzkissen, das er vorher von einem der Stühle genommen hatte.

»Der Hund muss etwas Giftiges gefressen haben. Ich brauche sofort einen Esslöffel Salz und warmes Wasser.«

Schlagartig starrten die Gäste auf ihre Teller und stellten sie dann möglichst unauffällig irgendwo ab.

»Vergiftet?«, wiederholte Monika Leichtenschlag ungläubig.

»Vielleicht war es Rattengift oder eine Kröte. Der Hund muss sich sofort erbrechen,« antwortete Scheunemann. Er versuchte, ruhig zu bleiben, zweifelte aber zunehmend daran, dass er die richtige Dosis Schlafmittel verabreicht hatte. Wenn der Hund starb, würde sein Plan keinen Cent mehr wert sein.

Nachdem Berny sämtliche mühsam erbettelten Häppchen inklusive des unbekömmlichen Fleischklößchens erbrochen hatte und keinerlei Überreste einer Kröte entdeckt worden waren, einigten sich die Anwesenden auf Rattengift. Die meisten Hunde glichen einem Staubsauger, wenn es um Futter ging, und verschmähten nichts, was Fressbarem auch nur ähnlich sah. Scheunemann wickelte Berny in eine Decke und legte ihn sanft in sein Körbchen.

»Ich empfehle Ihnen, morgen den Tierarzt aufzusuchen. Lassen Sie Berny Laxantien verabreichen. Das reinigt den Darm. Ich denke, das Schlimmste hat er hinter sich.«

»Sind Sie Tierarzt?«, erkundigte sich Monika Leichtenschlag verwundert, und Scheunemann sah förmlich, wie sich der rote Teppich seiner Zukunft vor ihm ausrollte.

»Ich hatte selbst einmal einen Hund«, log er betroffen, legte eine Kunstpause ein und sagte dann mit fester Stimme: »Einen Labrador. Er ist in meinen Armen gestorben.«

Wochen und diverse rote Rosensträuße später war Albert Scheunemann ein gern gesehener Gast auf dem Atelierhof. Allerdings hielt der Rauhaardackel seit dem bedrohlichen Ereignis Abstand zu seinem vermeintlichen Lebensretter. Kamen sie sich doch einmal näher, knurrte Berny und ließ keinen Zweifel daran, dass er gewillt war, seine Zähne einzusetzen.

Ein klarer Fall von Eifersucht, diagnostizierte Scheunemann das Verhalten des Hundes, achtete jedoch penibel darauf, dass er ihn nicht übersah.

Im Grund genommen war alles so gelaufen, wie Albert Scheunemann es geplant hatte. Alles deutete darauf hin, dass Monika ihn liebte. Trotzdem verhielt sie sich noch immer reserviert. Zu mehr als einem stillen Händchenhalten und einem unschuldigen Kuss zur Begrüßung oder zum Abschied kam es nie. Offensichtlich hatte sie die Angst, erneut einen geliebten Menschen zu verlieren, noch nicht überwunden.

Geduld war eine von Alberts Stärken, Warten die effektivste Form, sich einer Beute zu versichern, Ausdauer eine Frage der Motivation. Sascha Lamour hatte durchblicken lassen, dass Monikas Vermögen beträchtlich sei. Auf die Nachfrage, was beträchtlich bedeutete, hatte er sechs Nullen auf einen Notizblock gezeichnet und der Zahlenkolonne ein Fragezeichen vorangestellt. Es handele sich um eine Erbschaft. Ihr zweiter Mann sei vermögend gewesen. Eine Erbschaft war ein äußerst überzeugendes Argument, fand Scheunemann, übte sich in Enthaltsamkeit und begann augenblicklich zu träumen.

Seine romantischen Betrügereien hatten ihm mit den Jahren einen angenehmen Lebensstil finanziert und ein Polster von reichlich hunderttausend Euro geschaffen. Um das Finanzamt nicht neugierig zu machen, behielt er das Geld ständig in seiner Nähe. Die sorgsam gebündelten Scheine befanden sich auf dem Boden einer gebrauchten Sporttasche, die nicht mehr benutzt wurde. Fest überzeugt davon, dass verschwitzte Sportsachen, krustige Socken und getragene Sportschuhe eine ausreichend abschreckende Wirkung auf neugierige Gemüter hatten, platzierte er die Tasche regelmäßig für jeden gut sichtbar in seinen Hotel- oder Pensionszimmern.

Ein halbes Jahr später hielt Scheunemann die Beziehung mit Monika für reif genug, um zu handeln. Seinem Empfinden nach war er mehr als geduldig gewesen und hatte davon abgesehen, inzwischen beträchtliche Summen in die Verbindung investiert. Langsam wurde es Zeit, die Früchte zu ernten.

Der direkte Weg ins Herz einer Frau, besser gesagt, zu ihrem Vermögen, führte nach seiner Erfahrung über den Geschmackssinn. War die Zunge erst einmal benommen, von Speichel zärtlich umspült, war auch der Körper willig, sich anderen Genüssen hinzugeben. Ein gehauchtes »Ja« würde die einzig denkbare Antwort auf seinen romantischen Heiratsantrag sein.

Jakobsmuscheln an Zucchiniblüten auf Hummerschaum hatten mehrfach als bewährtes Ambiente für seine Anträge gedient und würden sicherlich auch diesmal zum Erfolg führen. Den goldenen Ring würde er in das zarte Fleisch der Jakobsmuschel platzieren und nachdem sie serviert worden war, niederknien, Monikas Hand nehmen, tief in ihrem Blick versinken und die obligatorischen Worte sagen: »Ich liebe dich. Willst du meine Frau werden?« Bisher hatte das immer funktioniert.

Sascha Lamour konnte sich ein Grinsen nicht verkneifen, als Scheunemann ihn in seine Pläne einweihte. Er lehnte sich in seinem Bürostuhl zurück, ließ sich die Worte seines Klienten durch den Kopf gehen und benahm sich, als wäre er um die Hand seiner einzigen Tochter gebeten worden.

»Sie sollten sie in ihren eigenen vier Wänden überraschen«, resümierte er fachmännisch. »Ich bin ein mehr als passabler Koch und würde mich freuen, Ihnen zu assistieren.«

Scheunemann fand die Idee großartig und übertrug Lamour das Prozedere mit Freude. Er legte ein paar Geldscheine auf den Tisch und erklärte, dass er für den Abend nur das Allerbeste serviert bekommen wolle.

»Ich werde mich zu Ihrer vollsten Zufriedenheit um alles kümmern. Es wird ein Abend werden, den Sie und Frau Leichtenschlag mit Sicherheit nicht vergessen werden«, weissagte Lamour, während er bereits alle Details gedanklich zu planen schien.

Vier Wochen später, an einem Sonntag, bot sich die passende Gelegenheit. Die Auserwählte war für einen Tag zu einem Kunstsymposium eingeladen und würde erst am Abend zurückkehren.

Berny wartete beleidigt und missmutig in seinem Körbchen auf Frauchens Rückkehr, verweigerte stolz jegliches Fressen, stieß minütlich einen stoischen Seufzer bedeutungsschwerer Weltverdrossenheit aus und beobachtete mit tiefster Verachtung jegliche Aktivitäten.

Scheunemann dekorierte das Wohnzimmer, deckte feierlich den Tisch und stellte Kerzen auf. Pünktlich erschien Lamour, der die Jacobsmuscheln persönlich vom Händler abgeholt hatte und sich sofort in die Küche zurückzog. Scheunemann musste über die Nervosität des jungen Mannes, in dessen Gesicht ein aufgeregtes Lächeln nistete, schmunzeln. Immerhin war er es, der einen Heiratsantrag zu stellen gedachte.

Monika schien die Strapazen des Tages problemlos weggesteckt zu haben, begrüßte Berny ausgiebig und betrachtete Scheunemann erstaunt, der sie in seinem besten Anzug mit einer weißen Rose am Revers begrüßte.

»Was feiern wir denn?«, erkundigte sie sich neugierig.

»Lass dich überraschen«, erwiderte er geheimnisvoll und klatschte in die Hände. Lamour versuchte, angemessen aufzutreten, konnte sich aber ein Grinsen nicht verkneifen. Gekonnt füllte er die Gläser mit Champagner und zog sich wieder zurück.

»Der heutige Abend wird dein Leben verändern«, erklärte Scheunemann. »Aber zuerst lass uns essen.«

Beide stießen an, schauten sich tief in die Augen und ließen den Moment auf sich wirken. Alles schien wie am Schnürchen zu laufen.

Monika berichtete von ihrem Symposium und wie sie fast im Boden versunken war, als der Vorsitzende ihre Kunst als abstrakt bezeichnet hatte. Ihre Bilder seien mitnichten abstrakt und vom künstlerischen Anspruch her gegenstandslos, schon allein deswegen, weil die verwendeten Substanzen aus irdischen Materialien bestanden. Das sollte doch in gelehrten Kreisen bekannt sein.

Scheunemann hörte geduldig zu und gestand sich zum wiederholten Mal ein, dass er mit Monikas Gemälden auch nichts anfangen konnte. Gefärbte Aschen zu Wülsten und schorfigen Flächen zu verkratzen war nicht gerade das, was er unter Kunst verstand. Vor allem die Scheußlichkeit über ihrem Bett versprach unruhige Träume. Sobald er hier eingezogen war, würde das Bild zu den anderen in den Keller kommen und dem Vergessen überantwortet werden. Wenn schon ein Gemälde über dem Bett, dann etwas Farbenfreudiges, Atmosphärisches.

Lamour servierte inzwischen eine Erbsen-Limetten-Suppe mit Safran Croutons und dazu einen lieblichen Weißwein. Die Suppe schmeckte etwas bitter, aber da Monika sie kritiklos aß, ersparte er sich jeglichen Kommentar.

Ansonsten lief alles perfekt. Scheunemann spürte, dass er ein leichtes Spiel haben würde. Alles deutete daraufhin, dass seine Taktik von Erfolg gekrönt sein würde. Frauen waren leicht zu verstehende Bedienungsanleitungen, stellte er wieder einmal fest und stieß in Gedanken mit sich an. Erstaunlicherweise war ihm leicht schwindlig. Offensichtlich sorgte die Anspannung dafür, dass er müde wurde. Sicherlich – es ging um nichts Geringeres als seine Zukunft – dennoch war es ungewöhnlich.

Gewandt servierte Lamour die Jacobsmuscheln. Scheunemann kniete sich wie geplant neben Monikas Stuhl. Allerdings musste er sich dabei am Tisch festhalten, um nicht das Gleichgewicht zu verlieren. Alles drehte sich. Verärgert stellte er fest, dass Lamour am Türrahmen lehnte und frech grinste. Mühsam konzentrierte er sich auf Monikas Gesicht, das ihm plötzlich fremd und unerreichbar vorkam.

»Bevor du etwas sagst«, flüsterte sie und legte ihren Finger auf seine Lippen, »sollst du eines wissen. Heute ist der Todestag unserer Mutter. Mein Bruder und ich feiern ihn regelmäßig jedes Jahr.«

Obwohl ihr Gesicht ganz nah war, drangen ihre Worte wie aus weiter Ferne zu ihm. Scheunemann verstand nicht, was der Tod der Mutter mit ihm zu tun hatte.

»Dein Bruder?«, versuchte er zu artikulieren.

»Sascha und ich haben eine Weile gebraucht, bis uns klar wurde, dass du Berny Schlafmittel verpasst hattest. Der Tierarzt konnte keine Vergiftung feststellen, und auf eine Verabreichung von Laxatien hat er im Interesse des armen Hundes verzichtet. Übrigens, ein ähnliches Schlafmittel wie du es Berny verabreicht hast, allerdings in einer deinem Gewicht und deiner Größe angemessenen Dosis, hast du gerade in dich hineingelöffelt.«

Die Suppe war Scheunemann von Anfang an verdächtig vorgekommen. Wie hatte er nur so gutgläubig sein können! Er versuchte aufzustehen, aber seine Arme und Beine waren schwer wie Blei.

Sascha Lamour nahm sich einen Stuhl und setzte sich neben seine Schwester.

»Glauben Sie an Zufälle?«, fragte er Scheunemann, ohne eine Antwort zu erwarten. »Als Sie zum ersten Mal in die Agentur kamen, habe ich Sie sofort wiedererkannt. Glück und Pech können so nah beieinanderliegen.«

So sehr sich Scheunemann bemühte, er war sich sicher, Lamour niemals vorher begegnet zu sein. Ratlos schüttelte er den Kopf.

»Sie haben unserer Mutter das Herz gebrochen. Ihr Foto lag auf der Bettdecke, als sie starb. Sie hat sich umgebracht. Ihretwegen.«

Die Gefahr, erkannt zu werden, gehörte zum Berufsrisiko. Deswegen hatte Scheunemann immer gewissenhaft darauf geachtet, niemals zweimal in der gleichen Gegend aktiv zu werden. Auch Frauen mit Kindern hatte er gemieden. Kinder bedeuteten Probleme. Nur einmal hatte er dieses Prinzip ignoriert. Der Name dieser Frau war ihm jedoch längst entfallen.

»Verstehen Sie mich bitte nicht falsch«, sagte Lamour zynisch, nahm Berny, der Scheunemann misstrauisch beobachtete, auf seinen Schoß und kraulte ihn hinter den Ohren.

»Nicht, dass wir damals böse auf Sie waren. Im Gegenteil, letzten Endes haben Sie uns die unangenehme Arbeit abgenommen. Der Tod unserer Mutter kam wie bestellt. Allerdings haben Sie sich einen beträchtlichen Teil unseres Erbes angeeignet. In bar und auch noch steuerfrei.«

Lamour wackelte mit dem Zeigefinger, als hätte Scheunemann eine Praline zu viel genascht und ergänzte: »Als Sie in die Agentur kamen, sah ich eine gute Chance, das Geld wieder zurückzubekommen.«

Scheunemann verließ die Kraft. Wie in Zeitlupe fiel er auf die Seite. Alles schien ein böser Traum zu sein, und obwohl er es nicht wollte, begann er zu kichern. Auf Lamours Worte konnte er sich kaum noch konzentrieren.

»Es war gar nicht so leicht, das Geld zu finden. Die Idee mit der Sporttasche war grandios. Wie sagten Sie so überzeugend – Geld stinkt nicht.«

»Behalten Sie … Ich verspreche …«

Die Müdigkeit verschluckte Scheunemanns Worte. So sehr er sich bemühte, er konnte nichts dagegen tun.

»… wird nach mir suchen«, presste er mit letzter Kraft durch die Lippen, wissend, dass es sinnlos war.

»Suchen?«, fragte Monika Leichtenschlag belustigt und untersuchte den Ring, der in der Jacobsmuschel lag.

»Niemand wird nach dir suchen. Und selbst wenn. Der Keramikofen bringt es locker auf 1.400 Grad, mehr als jedes Krematorium. Mit deiner Asche werde ich einen schönen

Sonnenuntergang gestalten. Für mein Schlafzimmer. Als Erinnerung. Das Bild von deinem Vorgänger habe ich mir wirklich ein wenig übergesehen.«

IN DIE ZUKUNFT INVESTIEREN

Norbert Krauß saß hinter seiner Tasse Kaffee und beobachtete den Eingang. Wie immer war er ein paar Stunden früher als üblich angekommen, hatte den Treffpunkt genau studiert und ihn als sicher eingeschätzt.

Der Mann, der ihn kontaktiert hatte, versuchte mit der Formulierung, es handele sich um einen langfristigen Auftrag, sein Interesse zu wecken. Es sei kein Job, den man im Vorbeigehen erledigte. Genaueres wollte er ihm nur persönlich erklären. Krauß hatte gezögert. Aber dass ihm jemand einen Dreijahresvertrag mit Festgehalt und Provision anbot, war sehr ungewöhnlich. In seiner Branche waren Jobs eher Einzelaufträge.

Nur einmal hatte er von einer betrogenen Frau einen dreigeteilten Auftrag erhalten: Er sollte belastende Unterlagen aus der Firma ihres Mannes stehlen, den Tresor im luxuriösen Appartement der Geliebten ausräumen und die gemeinsame prachtvolle Zweimillionenvilla niederbrennen.

Der Frau war es im Wesentlichen um zwei Dinge gegangen. Einerseits wollte sie ihren Mann vernichten. Geschäftlich, indem sie verräterische Betriebsunterlagen dem Finanzamt übergab. Persönlich, indem sie seiner Geliebten den Geldhahn abdrehte, was diese sofort veranlassen würde, sich einem anderen Gönner zuzuwenden. Zudem hatte seine Auftraggeberin sich eine finanziell unbeschwerte Zukunft sichern wollen. Für die Villa, die bis auf die Grundmauern abgebrannt war, hatte die Versicherung fast zwei Drittel des tatsächlichen Wertes gezahlt: 1,5 Millionen Euro. Die Police war auf den Namen der Ehefrau ausgestellt. Dies war das einzige Arrangement dieser Art gewesen. Er hatte es an einem Wochenende erledigt.

Norbert Krauß trank einen Schluck Kaffee und fragte sich, was für Aufgaben ein Dreijahresvertrag wohl vorsah. Er stellte die Tasse zurück und wischte Henkel und Tassenrand unauffällig mit einer Serviette ab, eine Gewohnheit, die sich mit den Jahren eingeschliffen hatte. Spuren zu hinterlassen, war in seinem Job unverzeihlich.

Der Klient hatte am Telefon unsicher geklungen. Er hatte zwar keinen Zweifel daran gelassen, dass er es mit seinem Auftrag ernst meinte, aber über seine Bitte nach Referenzen musste Krauß dann doch schmunzeln. Dass ein Betrüger und Dieb für seine Jobs Zeugnisse erhielt, war einfach absurd.

Nur langsam füllte sich die Gaststätte. Aus der Küche drangen ein paar Geräusche. Eine Kellnerin servierte Bauernfrühstück. Bauarbeiter erzählten sich ein paar schlüpfrige Witze und brüllten dabei vor Lachen. Norbert Krauß beobachtete sie einen Augenblick lang und schaute dann auf seine Uhr. Wenn sein Gesprächspartner pünktlich sein wollte, musste er jeden Moment durch die Tür kommen.

Aus seiner Tasche holte er ein Foto seines Klienten Sigmund Hans Horlbeck und betrachtete es. Wie immer hatte Krauß Erkundigungen über seinen Auftraggeber eingeholt. Horlbeck schaute ernst. Das Foto verriet, dass er nicht allzu groß war, übergewichtig und mehr als nur eine Sorge zu tragen hatte. Laut Dossier war er verheiratet. Ein Sohn. Besitzer eines kleinen renommierten Unternehmens. Vom Typ her der klassische Familienvater.

Krauß hatte damit gerechnet, dass Horlbeck einen Geschäftspartner mitbringen würde, aber nicht, dass er einen Jungen durch die Eingangstür schob. Eine Sekunde lang überlegte er, ob er auf das Engagement lieber verzichten sollte, doch die Neugier war einfach stärker.

»Danke, dass Sie es einrichten konnten. Das ist Arne, mein Sohn. Ein schwedischer Name. Meine Frau liebt die nordische Mythologie!«

Vater und Sohn wollten ihm die Hand reichen, aber Krauß reagierte nicht darauf. Mit einer Geste wies er sie an, sich zu setzen. Der Junge war ein wenig aufgeregt, hatte aber einen festen, stillen Blick, und war Krauß sofort sympathisch. Sein Vater schaute sich nervös um. Als er niemanden entdeckte, den er kannte, schien er beruhigt.

»Es ist an Ihnen, mir etwas zu erzählen!«, sagte Krauß einsilbig.

In diesem Stadium der Gespräche war es immer besser, erst einmal zuzuhören. Fragen zu stellen war verräterisch. Jeder neue Auftrag barg die Gefahr, in eine Falle zu tappen. Dass Krauß so lange unbehelligt von der Polizei hatte arbeiten können, verdankte er dieser Vorsicht.

Horlbeck strich durch seine dünnen Haare und schaute sich nach der Kellnerin um. Die würdigte ihn keines Blickes und erst als er nach ihr rief, sah sie sich genötigt, an den Tisch zu kommen.

»Für mich einen Kaffee. Für meinen Sohn eine Cola. Und für Sie?«

Krauß schüttelte den Kopf. Die Kellnerin notierte die Bestellung. Dann schlurfte sie zurück. Horlbeck wartete noch einen Augenblick, bis er sicher war, dass sie ihn nicht mehr hören konnte.

»Arne hat seine Schule mit guten Noten beendet. Ich gebe zu, dass meine Frau und ich einen gewissen Druck ausüben mussten, damit er dieses Ergebnis erreicht. Aber Arne ist wirklich nicht dumm. Er ist ein guter Junge! Vielleicht manchmal ein bisschen eigensinnig. Es gibt halt Dinge, die ihn mehr interessieren als Mathematik oder Literatur. Im Grunde genommen waren wir doch auch nicht anders. Stimmt's?«

Norbert Krauß hörte verwundert zu. Er konnte mit dem Gesagten nichts anfangen. Üblicherweise teilten ihm seine Klienten kurz und knapp mit, was sie wollten. Wo er einbrechen sollte und was zu entwenden war. Sie nannten ihm die Marke des Tresors oder händigten ihm Unterlagen aus, mit denen er jemanden erpressen sollte. Sie gaben ihm Foto oder Adresse eines Schuldners und äußerten dazu höchstens noch Wünsche hinsichtlich der zu brechenden Knochen. Doch nie erzählte jemand etwas über sein Privatleben. Privates war tabu.

»Ich verstehe nicht, was Sie von mir wollen«, unterbrach Krauß.

Vater und Sohn schauten sich einen Augenblick lang an. Dann versuchte Horlbeck es erneut.

»Es ist nicht mehr so wie früher. Anstand und Ehrlichkeit sind Tugenden der Vergangenheit. Ich weiß, wovon ich spreche. Wissen Sie, wie viele Leute ich schmieren musste, um meine wirtschaftliche Stellung zu verteidigen? Selbst der kleinste Mitarbeiter im Bauamt …«

Der Junge hatte bemerkt, dass die Kellnerin zurückkam und legte die Hand auf den Arm des Vaters. Dieser schwieg sofort. Krauß war das aufmerksame Verhalten des Sohnes nicht entgangen. Horlbeck wischte sich den Schweiß von der Stirn und bedankte sich für den Kaffee. Nervös zündete er sich eine Zigarette an.

»Kaffee und Zigaretten sollen Gift für mich sein. Typisches Arztgeschwätz! Man lebt nur einmal. Also, die Situation auf dem Markt ist, gelinde gesagt, katastrophal. Sehr deprimierend! Für die Jugend ein einziges Desaster. Haben Sie Kinder?«

Langsam fing Norbert Krauß an, sich zu ärgern. Er gehörte wirklich nicht zu den Menschen, die sich schnell aus der Ruhe bringen ließen, aber zunehmend verlor er die Geduld.

Arne hatte ihn beobachtet, und bevor Krauß etwas erwidern konnte, begann der Sohn zu reden.

»Ich interessiere mich nicht für das, was mein Vater tut! Es ist seine Firma, nicht meine. Ich achte seine Leistungen durchaus und respektiere, was er erreicht hat. Nur ist das nicht meine Zukunft.«

Der Junge machte eine kurze Pause und schaute seinen Vater an, der ihm wohlwollend zunickte, bevor er weiter sprach.

»Ich weiß, dass meine Eltern alles für mich tun würden. Aber es gibt Dinge, da können sie mich nicht unterstützen. Wir hoffen, dass Sie mir helfen können.«

Die Ernsthaftigkeit des Jungen erstaunte Krauß. Für sein Alter schien er erheblich weiter zu sein, als man erwarten konnte. Er wirkte ruhig, intelligent und auf eine stille Art wachsam. Und der Junge beherrschte etwas, das nur noch wenigen gegeben war. Er war aufmerksam. Dennoch hatte Norbert Krauß keine Ahnung, was für einen Auftrag er übernehmen sollte.

»Sagen Sie mir doch einfach, was Sie von mir wollen!«

Horlbeck schaute sich erneut um. Niemand beachtete sie.

»Lassen Sie es mich so sagen. Gute Eltern sind bestrebt, dass aus ihren Kindern etwas wird. Aber manchmal gibt es Hindernisse, die ein Vater nicht aus dem Weg räumen kann. Mir fehlt einfach die Begabung dafür.«

Krauß gab sich alle Mühe. Was hatte der Mann gesagt? Es gelte, Hindernisse aus dem Weg zu räumen?

»Ich werde niemanden umbringen, wenn es das ist, was Sie von mir erwarten. Ich werde auch niemanden vermitteln, der so etwas tut.«

Horlbeck nickte eifrig. Erleichtert schaute er Arne an.

»Mein Sohn und ich, wir sind uns einig, dass bestimmte Grenzen nicht überschritten werden dürfen. Gewalt ist nicht immer eine Lösung. Sie kennen sich da sicherlich besser aus. Ich habe einfach Angst davor, Arne im Gefängnis zu besuchen. Ich möchte ihm das gerne ersparen. Verstehen Sie?«

»Wird Ihr Sohn bedroht oder hat er Mist gebaut? Hat er mit Drogen gehandelt oder die Tochter des hiesigen Dönerbudenbesitzers geschwängert? Wenn ich ihn mir so anschaue, macht er nicht den Eindruck, als ob er ernsthafte Probleme hätte.«

Horlbeck schien ebenfalls allmählich die Geduld zu verlieren. Er suchte nach Worten und je mehr er danach suchte, umso unbeherrschter gestikulierte er.

»Es ist nicht so, wie Sie denken. Arne hat keine derartigen Probleme. Er hat sich nun einmal entschieden. Natürlich bin ich nicht glücklich darüber! Aber ich habe ihm versprochen, ihn zu unterstützen. Ich will nur, dass es auf eine solide und umfassende Art geschieht. Das ist die einzige Bedingung, die ich stelle.«

Horlbeck hatte sich in Rage geredet. Die Kellnerin schaute missbilligend zu ihnen herüber. Krauß machte eine beschwichtigende Bewegung.

»Ich zahle Ihnen jeden Monat ein Gehalt, das Sie nicht ablehnen werden, zuzüglich Spesen«, flüsterte Horlbeck jetzt mit ruhiger und fester Stimme.

Krauß rieb sich die Augen. Er versuchte, seine Gedanken zu ordnen und schaute Arne an, der seinem Blick standhielt. Was immer der Junge für Schwierigkeiten hatte, Krauß kam nicht darauf. Es hatte keinen Sinn. Er verstand einfach nicht, worin sein Auftrag bestehen sollte.

»Die Rechnung geht auf Ihre Kosten!« Krauß stand auf und wollte gehen.

Sigmund Hans Horlbeck schaute seinen Sohn bedauernd an. Arne senkte den Blick. Die Enttäuschung war ihm anzusehen.

»Schade, ich hatte gehofft, dass Sie mich nehmen würden«, sagte er.

»Nehmen würden?« Jetzt verstand Krauß überhaupt nichts mehr.

»Was meinst du mit *nehmen würden*?«

»Ich wollte mich bei Ihnen bewerben und hatte gehofft, Sie würden mich ausbilden. Es gibt nicht viele Branchen mit Perspektive. Glauben Sie mir, ich wäre ein wirklich guter Lehrling!«

DAS ERGEBNIS

Mit einer einzigen schwungvollen Bewegung wischte Horst Bornemann die Fliege vom Frühstückstisch und umklammerte sie mit seiner Hand. Statt sie wie immer zu zerquetschen, hielt er inne und spürte den Körper der Gefangenen zwischen Fingerkuppe und Handteller. Es war eine von mehreren Fliegen, die, zuweilen aufgescheucht, sich einen neuen Platz in der Küche suchten. Ein halbes Dutzend von ihnen lag schon zu einem kleinen Berg zusammengeschoben auf seinem Unterteller.

»Es ist ganz einfach! Du musst sie in Sicherheit wiegen. Du musst deine Hand in Richtung Flugbahn bewegen. Ein Kinderspiel!«, erklärte er mit leiser Stimme. Stolz blickte er zu seiner Frau und zwinkerte ihr zu.

Sein Sohn Jonas starrte ihn mit großen Augen an. Er sagte kein Wort. Auf seinem Teller lagen unberührt die aufgebackenen Brötchen des Wochenendes. Eigentlich war er sonst ein guter Esser.

Seine Schwester Maria war ganz anders. Ihre Appetitlosigkeit hatte Horst Bornemann viele Sorgen bereitet. Sie war sehr dünn. Zu dünn für ihr Alter. Erst die Ärzte hatten ihn beruhigt und erklärt, dass er sich keine Sorgen zu machen brauchte. Mit zunehmendem Alter würde auch Marias Appetit wachsen.

Horst Bornemann hatte vor einer Woche beschlossen, vorerst nicht mehr in die Firma zu fahren. Wenn es etwas Wichtiges gab, konnten sie ihn anrufen. Er konnte es sich leisten, daheim zu bleiben. Das Unternehmen lief wie ein gut geschmiertes Getriebe.

Sanft verstärkte Bornemann den Druck auf das eingeklemmte Wesen, das verzweifelt versuchte, sich aus dieser Zwangslage zu befreien und doch nichts anderes vermochte, als nervös mit den Flügeln zu vibrieren. Er genoss diese Verzweiflung. Es war ihm angenehm, diesen Zustand des Nichtentscheidens aufrechtzuerhalten.

Freilassen oder zerquetschen? Horst Bornemann musste an seinen Vater denken. Bitternis mischte sich in seine Erinnerung. Etwas nicht zu entscheiden, hatte sein Vater immer als die ihn am deutlichsten charakterisierende Schwäche bezeichnet. Das war lange her, und dennoch war es ihm in all den Jahren nicht gelungen, den Vater vom Gegenteil zu überzeugen. Sicherlich tat er sich zuweilen schwer, das eine oder andere festzulegen, aber abzuwägen und gegebenenfalls die Zeit darüber befinden zu lassen, hatte sich als durchaus brauchbar erwiesen. Für seinen Vater hatte Horst einfach nur Glück im Leben gehabt, mehr nicht.

Mit seiner Softwarefirma war es ihm schon vor Jahren gelungen, eine Marktnische zu besetzen, die ihm einen kleinen Wohlstand und eine sichere Zukunft garantierte. Er hatte großzügig bauen können, ohne dabei allzu pompös zu wirken. Seine Ehe war im besten Sinne glücklich. Er liebte Edda, und die Jahre hatten nichts daran ändern können. In seinen Kindern Maria und Jonas, glaubte er, sich wiederzufinden. Horst Bornemann konnte zufrieden sein. Was zu erreichen war, hatte er erreicht.

Der Kaffee schmeckte abgestanden. Die Brötchen waren inzwischen hart und ungenießbar. Er wusste, dass Edda es nicht mochte, wenn er am Frühstückstisch Zeitung las. Aber heute hatte er seinen freien Tag, und nichts würde ihn davon abhalten können, zumindest den Sportteil zu lesen.

Vorsichtig, um der Fliege in seiner Hand keine Fluchtmöglichkeit zu geben, schlug er die Zeitung auf. Prüfend schaute er zu Edda. Seine Frau saß noch im Schlafanzug da und schien aus dem Fenster zu schauen. Sie war eine stille, nachdenkliche Frau. Manchmal blickte sie einfach nur in die Ferne und hing ihren Gedanken nach. Horst Bornemann wusste, dass es sinnlos war, sie dann zu fragen, was sie dachte. Sie behielt ihre Gedanken für sich und schenkte ihm höchstens ein verlegenes Lächeln.

Die Montagsausgabe der Zeitung brachte die Nachrichten des Vortages, laue Kommentare und die ewigen Verlockungen der Werbung. Der Lokalteil meldete einen Einbruch, den dritten in diesem Jahr und sprach von einer Serie. Der örtliche Fußballverein hatte wieder verloren, und die Freiwillige Feuerwehr klagte über mangelnde technische Ausstattung. Solche Nachrichten langweilten Horst Bornemann. Er legte die Zeitung weg und dachte nach.

Ein Leben lang hatte sein Vater Maschinen repariert, Getriebe auseinander gebaut und wieder zusammengeschraubt, Zahnräder gefräst, Achsen gedreht, geschweißt, gebrannt, genietet, gehämmert, gebohrt, gebogen und auf den Gleichklang der Motoren gelauscht. Er hatte schon am leisesten Misston erkennen können, welcher Schaden sich ankündigte. Seine Hände waren hart und unverbindlich gewesen. Sie verstanden es durchaus, liebevoll auf einem Maschinengehäuse zu ruhen, schienen jedoch unfähig zu sein, über die Haare des Sohnes zu streichen, geschweige denn, ihn in die Arme zu nehmen. Trost zu spenden war für Horsts Vater ein Ding der Unmöglichkeit. In einem Anflug von Gefühlsduselei konnte es passieren, dass er seinem Sohn die Hand drückte, so wie man dem gegnerischen Spieler nach einer guten Partie die Hand drückte, fest und achtungsvoll, mehr nicht. Dies war aber auch schon die einzige Form von Zärtlichkeit, die er zuließ.

Früher hatte Horst ihn bewundert, wie wohl alle Söhne ihre Väter bewunderten. Er wollte sein wie sein Vater. Nicht dass er sonderlich ungeschickt war, sein Interesse an technischen Belangen war jedoch bei Weitem nicht derart ausgeprägt, wie es notwendig gewesen wäre, um vom Vater anerkannt zu werden. Wer sich letztendlich dem anderen entzogen hatte und wann aus dem Riss eine Kluft geworden war, ließ sich nur ahnen.

Möglich, dass Horst Bornemann, um sich vollständig vom Vater lösen zu können, etwas anderes studiert hatte. Möglich auch, dass der Vater sich nicht in seinem Sohn wiederfand und so bewusst oder unbewusst den Abstand zwischen ihnen zugelassen, wahrscheinlich sogar gewollt hatte.

Horst Bornemann dachte an die Gartenfeier vor einem Monat.

Ein jährliches Ritual. Edda und er hatten seine Eltern eingeladen. Es war eine dieser verlogenen Traditionen, sich zu treffen, um den Kontakt nicht zu verlieren. Immer wieder hatte Horst Bornemann beobachtet, wie schwer es seinem Vater fiel, mit den Enkeln umzugehen. Während er, froh, dem belanglosen Singsang der Gespräche nicht folgen zu müssen, das Fleisch auf dem Grill drehte, bewunderte er seine Frau, die die Spitzen und Ungeschicklichkeiten seiner Mutter geduldig über sich ergehen ließ. Er amüsierte sich über die ewig bestätigenden Kommentare seines Vaters, als wäre der letzte Rest einer eigenen Meinung in all den Ehejahren verbraucht worden. Er ärgerte sich über die missbilligenden Blicke seines Vaters, nur weil die Kante eines Beetes einen ersichtlich unnötigen Bogen schlug oder die Fugen der Terrassensteine unterschiedlich groß geraten waren. Doch am allermeisten störte Horst, wie sein Vater mit Marie und Jonas umging. Wenn sich eines der Kinder an den Großvater lehnte, konnte es passieren, dass er aufstand, um etwas völlig Belangloses zu tun. Oder er schickte es ungehalten fort, spielen zu gehen. Manchmal erklärte er den Kindern in einem keinen Widerspruch duldenden Tonfall, dass sie ihn allein lassen sollten.

Alle Versuche der beiden perlten an ihrem Großvater ab, als würde ein Lotusblatt sich von Staub und Unreinheiten befreien. An jenem Nachmittag hatte Horst sich gefragt, wie er das all die Jahre hatte ertragen können. Aber auch eine andere Frage war langsam in ihm gewachsen. War dieser Mann wirklich sein Vater? Nichts hatte er mit ihm gemein. Im Grunde sahen sie beide sich nicht einmal ähnlich. Die Frage hatte sich wie ein Geschwür durch seinen Körper gefressen. Sie ließ keinen Platz mehr für einen anderen Gedanken, und egal, wie sehr er sich dagegen wehrte, er brauchte Gewissheit.

Einige Tage später fand Horst Bornemann in einer Zeitung die Werbung eines renommierten Institutes.

Zweifel an der Vaterschaft?
Ein Test bringt Klarheit!
Seriös und absolut diskret.

In der Apotheke wurde er wie immer freundlich bedient. Die Angestellte erklärte routiniert die Prozedur, kassierte das Geld und wünschte ihm noch einen schönen Tag. Für den Test war nichts weiter notwendig, als ein paar Haare von ihm, seinem Vater und der Mutter.

Ein paar Tage später befanden sich die Haare dann sorgfältig verpackt in den dafür vorgesehenen Behältern auf der Reise nach Amsterdam.

In der folgenden Woche kümmerte sich Horst Bornemann um ein neues Softwareprojekt. Seine Firma würde wenig Zeit für die Realisierung haben. Er liebte diese Hektik, dieses auf-eine-Aufgabe-fixiert-sein. Horst Bornemann verbrachte den größten Teil seiner Zeit in der Firma. Für seine Familie war er in diesen Tagen kaum zu gebrauchen. Solche Phasen dauerten oft sehr lange und dennoch hatte Edda Verständnis. Sie war eine verständnisvolle Frau. Auch wenn Horst in Gedanken oft bei seinen Quellcodes war, machte sie ihm niemals Vorwürfe.

Es hatte eine Weile gedauert, bis sie ihm offen hatte sagen können, dass seine Probleme sicherlich wichtig, aber für sie nicht nachvollziehbar seien. Es wäre schön, wenn er sie mit diesen Details verschonen würde. Ein wenig verwundert war er über ihr Desinteresse schon gewesen, hatte dem aber keine weitere Bedeutung beigemessen.

Bornemann liebte seine Frau und die Kinder über alles, wusste jedoch im tiefsten Inneren, dass er zwar auf Edda, aber niemals auf seine Kinder verzichten könnte. Er schämte sich für diese Haltung, konnte aber nichts dagegen tun.

Jonas war der Erstgeborene. Er hatte sich Zeit gelassen, auf die Welt zu kommen, zu viel Zeit, bis man ihn hatte holen müssen. Und so war er auch heute noch. Jonas ging die Dinge gemächlich an, ließ sich durch nichts aus der Ruhe bringen und wartete lieber auf eine weitere Gelegenheit. Mit sechs Jahren hatte Horst seinem Sohn einen Computer geschenkt und sich gefreut, wie geschickt der Junge damit umzugehen verstand. Doch Jonas' Interesse hatte schnell nachgelassen. Sicherlich war der Sohn noch zu jung dafür, und Horst musste Verständnis aufbringen, dass Jonas lieber Fußball spielte.

Maria hingegen war eine Muse, ein nervöses, zartgliedriges, kleines, liebes Geschöpf, das niemandem etwas Böses antun konnte. Sie stand morgens mit einem Lächeln auf und ging abends mit einem Lächeln ins Bett. Ihr Bedarf an Zärtlichkeit schien unerfüllbar. In den Zeiten, in denen er viel arbeiten musste und erst nachts nach Hause kam, schlief sie in seinem Bett, als wolle sie ihm einen Platz frei halten. Bornemann genoss es, wenn sie sich zusammenrollte und sich an seinen Rücken schmiegte. In solchen Momenten fiel ihm auf, wie sehr er seine Familie liebte.

Die Entwicklungen an dem neuen Softwareprojekt liefen vorzüglich. Horst Bornemann hatte den Grundrahmen gestrickt. Seine Mitarbeiter würden die Konzeption in den nächsten Monaten mit Inhalten füllen. Endlich konnte er sich wieder Zeit für seine Familie nehmen. Das war am Sonnabend vor einer Woche gewesen.

An jenem Morgen schlief Horst Bornemann noch tief und fest, als Edda aufstand, um sich in Ruhe um den Haushalt kümmern zu können. Im Briefkasten lagen die üblichen Rechnungen, eine Postkarte von einer reiselustigen Verwandten und ein Brief eines Instituts aus Amsterdam, adressiert an ihren Mann persönlich. Verwundert las sie den

Absender, und legte den Brief dann in den Bastkorb, den Marie im Kindergarten geflochten hatte. Anschließend begann sie, den Frühstückstisch zu decken. Als Edda feststellte, dass weder Butter noch Milch im Kühlschrank waren, griff sie nach dem Portemonnaie ihres Mannes, um etwas Geld herauszunehmen. Wenn nicht an diesem Morgen zufällig der Brief aus Amsterdam gekommen wäre, hätte sie das Inserat möglicherweise übersehen.

Zweifel an der Vaterschaft?

Wenig später fand Horst Bornemann seine Frau abwesend und verstört in der Küche. Sie zitterte am ganzen Leib. Vor ihr lag der ungeöffnete Brief aus Amsterdam. Erschrocken nahm er sie in seine Arme, während er darüber nachdachte, was geschehen sein könnte.

»Irgendwann musstest du es ja erfahren«, flüsterte Edda fast tonlos. »Es war blauäugig von mir zu denken, du würdest niemals dahinter kommen. Ich hatte immer Angst vor diesem Tag.«

Mit zitternder Hand schob sie den Brief des Institutes über den Küchentisch. Ihr Gesicht war bleich und ließ dennoch keinen Zweifel aufkommen, dass sie sich entschieden hatte. »Wenn schon, sollst du es von mir erfahren.«

Sie schwieg einen Augenblick. Dann schaute sie ihn mit feuchten Augen an.

»Marie und Jonas sind nicht deine Kinder. Ich liebe dich! Aber ich wollte nicht, dass sie so werden wie du.«

Der Satz schlich fast tonlos aus ihrem Mund, um wie ein Virus von ihm aufgenommen zu werden. Horst Bornemann erstarrte. Er hatte die Tragweite des Geständnisses sofort verstanden und war dennoch nicht in der Lage, auch nur ein Wort zu sagen. Vorsichtig strich er seiner Frau eine Strähne aus dem Gesicht. Tief in seinem Innersten wusste er, dass es die Wahrheit war und dass er sie schon immer gekannt hatte.

Edda leistete keinen Widerstand. Alles lief lautlos ab. Er konnte sich im Nachhinein nicht daran erinnern, ob große Kraft vonnöten gewesen war, seine Frau zu erwürgen. Er hatte es mit einer Selbstverständlichkeit getan, die er sich später nicht erklären konnte. Nachdem sie tot war, hatte Horst Edda vorsichtig auf den Küchenboden sinken lassen und war leise die Treppe hinaufgegangen.

Maria hatte geglaubt, er wolle mit ihr spielen, als er in ihr Zimmer gekommen war. Artig hatte sie sich nach seinen Anweisungen hingelegt, die Augen geschlossen und auf ihre Überraschung gewartet.

Ein paar Minuten später hörte sie unter dem Kissen zu atmen auf. Fast hätte er es nicht zu Ende bringen können, weil sie mit ihren dünnen Beinchen verzweifelt gestrampelt hatte. Nachdem Horst Bornemann auch Jonas getötet hatte, setzte er alle drei an den Frühstückstisch und band sie fest, damit sie nicht einfach umfielen.

Er nahm die Wochenendbrötchen aus dem Gefrierschrank und buk sie auf. Wie immer stellte er das Radio an und summte eine Melodie mit. Den Brief aus Amsterdam zerriss er ungelesen und entsorgte die Schnipsel im Mülleimer.

»Lasst uns frühstücken!«, sagte Horst zu seiner Familie und goss Kaffee und Tee in die Tassen. Er schmierte den Kindern Brötchen. Es war seine Aufgabe, am Wochenende Brötchen zu schmieren.

Horst Bornemann spürte den Körper der Fliege zwischen Fingerkuppe und Handteller. Der Gestank in der Küche war mittlerweile fast unerträglich geworden. Mit einer müden Bewegung verjagte er ein paar Fliegen vom Gesicht seiner Frau. Er fühlte sich erschöpft und ausgelaugt. Er würde den Tag im Bett verbringen.

Nachdenklich lauschte Bornemann an seiner Hand und freute sich, als er ein leichtes Summen vernahm. Nein, er würde sie nicht töten, er würde ihr die Freiheit schenken.

Einer Fliege derart den Garaus zu machen, war ein Relikt seiner Kindheit, eine vom Vater übernommene Eigenart.

Ein paar Schritte ging er auf die Terrasse hinaus, damit sie nicht aus Panik zurück in die Küche fliegen konnte und öffnete die Hand. Kurz konnte er noch den dunklen Punkt erkennen, der nervös das Weite suchte. Erleichtert atmete er die frische Luft ein. Dem Polizeiwagen, der vor seinem Gartentor hielt, schenkte er keine Beachtung.

DIE MEISTEN UNFÄLLE PASSIEREN IN DER WOHNUNG

»Selbst dir sollte es doch geläufig sein: Wasser lebt. Schrei es also bitte nicht so an. Deine negativen Energien kannst du nun wirklich für dich behalten.«

Mark Krause war sich nach diesem Kommentar seiner Frau absolut sicher, dass er sie umbringen würde. Sein Karma oder was auch immer hatte die Nase gestrichen voll und verlangte nach einer finalen Lösung. Vorher allerdings würde er noch, wie an jedem Wochenende, angeblich in seine Lieblingskneipe gehen, um das Sonntagsspiel der Bundesliga zu sehen. Tatsächlich würde er Sabrina besuchen und sich trösten lassen. Sabrina konnte vorzüglich trösten.

Obwohl seine Frau und Sabrina Freundinnen waren, die sich für die gleichen albernen Fernsehserien erwärmten, bei den gleichen schnulzigen Liedern mitsangen und sich beim Kauf von Schuhen regelmäßig nahe einer Ohnmacht befanden, trennten die beiden im Bett Welten. Nur konnte er darüber mit seiner Frau schlecht reden.

In den letzten Wochen war Marion zu einem fremdartigen Wesen mutiert und hatte erbarmungslos begonnen, die Herrschaft über ihn und seine Zeit zu übernehmen. Nicht nur, dass er am Sonntagnachmittag mit dem Rücken auf dem nassen Boden der Küche lag, um einen sündhaft teuren Sonnenkraft-Wasseraktivator zu installieren, den Vormittag hatte er schon damit vertan, Schränke zu rücken, um den Einfluss verwerflicher Energiefelder auf Marions Chakra auszuschließen. Der Höhepunkt ihrer Bemühungen, sich gegen negative Konstellationen irgendwelcher Planeten zu wehren, war allerdings der Versuch, die astrale Wirkung kosmischer Impulse durch den Einbau des Aktivators an die Hauswasserleitung zu unterbinden.

Marks Weigerung, das Teil in den Mittagsstunden zu installieren, hatte eine katastrophale Wirkung. Während er sich zu einem Mittagsschläfchen auf das Sofa zurückgezogen hatte, fühlte sich Marion zu Höherem berufen. Die Mittagszeit war nach ihrer Überzeugung der ideale Moment, die kupferne Seligkeit – die angeblich Osterwasser enthielt, das mehrere Sommer lang vom Sonnenlicht durchflutet und mit Lebensäther gesättigt war – ohne schädigende Nebenwirkungen anzuschließen. Der Gedanke, dass durch eine irreversible Zeitverschiebung zusätzliche Verwirbelungen entstehen und so das übersinnliche Spektrum der Farben Schaden nehmen könnte, hatte Marion offensichtlich ihre beiden linken Hände vergessen lassen. Als das Wasser nicht nur die Küche überschwemmte, sondern auch über die Wohnzimmerschwelle zu steigen drohte, hatte sie es jedoch für angebracht gehalten, ihren Mann zu wecken. Das Osterwasser hätte ihr ein Zeichen gegeben. Sie brauche kurz seine Hilfe.

Jetzt lag Mark auf den überfluteten Küchenfliesen, den Oberkörper im Spülschrank, und versuchte, die Konstruktion an die Hauptleitung anzuflanschen.

»Denk einfach positiv«, meinte Marion sagen zu müssen und interpretierte sein Grunzen als Zustimmung. »In der Wanne wirst du dann in der astralen Wärme schweben und mir dankbar sein, wenn die seelische Wirkung einsetzt.«

Ein Sechshundert-Gramm-Hammer müsste eigentlich reichen, nicht nur ihren Kopf zu zertrümmern, sondern auch ihrer Seele eine Beule zu verpassen, überlegte Mark. Die Frage, ob die Seele sich wie ein Auto oder wie ein Mensch verhielt, sich die Beule also nach innen oder nach außen wölben würde, brachte ihn einen Augenblick aus dem Konzept. Vielleicht sollte er ihren Kopf samt göttlicher Hardware besser mit einem Spiralbohrer bearbeiten, um einen endgültigen Druckausgleich vorzunehmen. Eine Alternative wäre es auch, ihre Seele direkt an die Fontanellen zu tackern. Er verwarf den Gedanken jedoch schnell wieder. In der letzten Woche waren sämtliche Flachdrahtklammern für die Bespannung der Polstermöbel mit Leinenstoff, in dem einzelne goldene Fäden spezieller weiblicher Seidenspinnen aus Madagaskar eingewebt waren, draufgegangen. Wofür der Stoff gut war oder wogegen die Goldfäden halfen, hatte er längst wieder vergessen.

Ob Sabrina die Meinung seiner Frau vertrat, hatte er bisher nicht in Erfahrung bringen können. Bei ihrem sonntäglichen Tête-à-tête schmeichelten Satinlaken ihrem Liebesspiel. Wer fragt da nach der Wirkung seltener Spinnweben.

»Wusstest du, dass dein Gehirn im Wasser schwimmt?«, fragte Marion und platschte mit den Füßen ein bisschen auf den nassen Fliesen herum. »Außerdem ist Wasser rechtsdrehend. Das ist doch schön, oder?«

Mark hatte nicht vor, irgendetwas zu erwidern. In Gedanken prüfte er, wie viel Bauschaum noch in der Dose war. Die Frage, ob eine derartige Masse sich als Mordinstrument eignen würde, beschäftigte ihn mehr als Marions neue Erkenntnis, dass Druck und Reibung in den Wasserleitungen jede Lebendigkeit töteten.

»Erspare mir deine Vorträge über totes Wasser und dass es ein Gedächtnis hat. Ich kann diesen Schwachsinn nicht mehr ertragen«, fluchte er und versuchte dabei mit einem kleinen Schraubenzieher eine Schelle festzuziehen.

Marion hatte die Geduld einer Betonplatte und schien nicht einmal böse zu sein. Sie kicherte nur albern, was Mark noch wütender machte.

»Sobald ich fertig bin, werde ich duschen und dann schaue ich mir das Sonntagsspiel an«, sagte er, um eventuelle Diskussionen schon im Keim zu ersticken. »Die Überschwemmung kannst du selbst beseitigen.«

Seine Sachen waren inzwischen triefend nass, und er zitterte ein wenig. Das lag nicht an dem kalten Wasser, in dem er lag, sondern an der Wut, die sich in ihm breitgemacht hatte und die ihn gedanklich noch diverse andere Mordinstrumente prüfen ließ.

»Was rege ich mich überhaupt auf? In einer halben Stunde …«, murmelte er kaum verständlich, und ließ in Gedanken seine Hände über Sabrinas Körper gleiten.

»Es hat eine Weile gedauert, bis ich begriffen habe, dass die braunen und die roten Haare ein- und derselben Person gehören«, sinnierte seine Frau. Er hörte wie sie aufstand und etwas auf der Arbeitsplatte zurechträumte.

Dann sagte sie: »Aber du weißt ja, Freundinnen gehen immer gemeinsam zum Friseur. Ich finde, rot steht ihr ausgezeichnet.«

Mark begriff nicht, was seine Frau ihm mitteilen wollte und gab sich auch keine Mühe, hinzuhören. Noch einmal prüfte er gewissenhaft die Verbindungen zwischen dem *Aktivator* und der Hauptleitung. Als er sich sicher war, dass alles dicht und ordentlich angebaut war, ließ er nur noch Gedanken an Sabrina zu.

Heute lasse ich mich verwöhnen, bis die Englein zwitschern, dachte er voller Vorfreude.

»Einer deiner Fehler ist, dass du nach dem Duschen niemals die Wanne sauber machst«, seufzte Marion vorwurfsvoll und ergänzte: »Wasser hat fantastische Eigenschaften. Vielleicht erinnert es sich nicht, aber geschwätzig ist es schon. Die langen Haare haben mir verraten, dass du es regelmäßig sonntags mit meiner besten Freundin treibst.«

Mark erstarrte, hielt sich am Kupferaktivator fest und suchte aus der Enge des Spülschrankes heraus nach seiner Frau. Aber die hockte hinter der Wohnzimmerschwelle auf dem trockenen Teppich und schaute ihn mit kalten Augen lächelnd an.

»Noch etwas ist an Wasser fantastisch. Es leitet Strom«, sagte sie und ließ das Radio fallen, dessen Stecker sie vorher sorgsam in die Verteilerdose gesteckt hatte.

DIE SIEBEN LEBEN EINER KATZE

»Es ist immanent wichtig, dass die Geschichte glaubwürdig und authentisch rüberkommt. Das schulden wir unseren Zuschauern!«

Fassungslos schaute der Autor Walter Schmolke den Filmproduzenten an.

»Verstehen Sie mich bitte richtig«, insistierte der Produzent erneut, legte eine Kunstpause ein und ergänzte: »… es geht um Glaubwürdigkeit. Der Kampf um den Tod wird mit der gleichen Verbissenheit geführt wie der Kampf um das Leben.«

Erschöpft legte Schmolke seine Notizen auf den Tisch und rieb sich müde die Augen. Resigniert schüttelte er den Kopf, bevor er mit leiser Stimme sagte: »Lassen Sie mich bitte noch einmal zusammenfassen. Die Frau möchte ihren Mann umbringen. Der erste Versuch, ihn zu vergiften ist gescheitert.«

Der Produzent nickte, und Schmolke sackte förmlich in seinem Sessel zusammen und suchte verzweifelt nach Formulierungen. Als er endlich fündig geworden war, presste er sie widerwillig zwischen seinen verkniffenen Lippen hindurch.

»Sie erwarten also ernsthaft«, ergänzte er mit gedrückter Stimme, »dass der Zuschauer glaubt, dass sich der Ehegatte nach dem Verzehr von mit Arsen gewürztem Octopussalat nur übergibt? Beim nachfolgenden Versuch, ihn mit einer Eisenstange zu erschlagen, trägt er dann eine schreckliche, aber nicht tödliche Platzwunde davon. Das anschließend in seinen Wanst gerammte Messer bleibt wirkungslos, da es unglücklicherweise von einer Rippe abgelenkt wird. Lediglich ein beträchtlicher, aber nicht tödlicher Blutverlust schwächt den Ehemann derart, dass er sich bei der folgenden Strangulation mit einem Fünf-Millimeter-Draht kaum noch wehren kann.«

Begeistert klatschte der Produzent in die Hände und forderte Schmolke mit einer gekonnten, oft geübten und etwas theatralisch wirkenden Geste auf, den Faden weiterzuspinnen.

Schmolke war inzwischen blass geworden und hatte Probleme, die Abfolge des Geschehens in seinem Kopf zu sortieren. Dann führte er weiter aus: »Überzeugt davon, dass ihr Mann endlich tot ist, rollt sie ihn in einen Teppich ein, verzurrt das Ganze notdürftig auf dem Dachgepäckträger ihres Autos – einem Mini – und fährt übers Land, als eine Katze über die Straße rennt. Tierlieb, wie die Frau ist, macht sie eine Vollbremsung. Der handgeknüpfte Perser samt Leichnam knallt, sich mehrfach überschlagend, auf das Kopfsteinpflaster. Als für die Frau völlig unerwartet der rechte Fuß des vermeintlichen Toten zu zucken beginnt, kommen ihr hinsichtlich seines Exitus' ernsthafte Zweifel. Um absolut sicher zu gehen, überrollt sie den Teppich mit seinem unnachgiebigen Inhalt mehrfach mit ihrem Auto. Als auch das nicht zu dem gewünschten Ergebnis führt, beschließt sie, ihn in einer extra dafür ausgehobenen Grube zu begraben, fest davon überzeugt, dass ihr Mann nun endlich an den staubigen Massen ersticken würde. Aber falsch gedacht! Er erstickt nicht, sondern stirbt an einem jäh in diesem Moment eintretenden Herzinfarkt, wie der Gerichtsmediziner später mit kurzem unbestechlichen Blick vor Ort feststellt.«

»Genauso so stelle ich mir das vor. Absolut genial. Große Gefühle. Diametrale Dramatik. Fantastisches Kino. … Nur was den Draht angeht, denke ich, ein Sieben-Millimeter-Draht, wie man ihn typischerweise für Weidezäune verwendet, wäre angebrachter«, gab der Produzent zu bedenken und fügte noch hinzu, »Wie gesagt, ich halte es für absolut wichtig, dass wir authentisch bleiben.«

Es dauerte einen Augenblick, bis Schmolke seine Fassung wiederfand. Er konnte nicht glauben, was er da gehört hatte. Er holte tief Luft, als beabsichtigte er, für eine absehbare Zeit das Atmen einzustellen. Schließlich presste er sie doch zwischen den Zähnen hindurch, wissend, dass es sinnlos sein würde, seinen Protest mit dieser Verweigerungstaktik zu unterstreichen. Dieser Unmensch von einem Produzenten hatte von nichts Ahnung, schon gar nicht vom richtigen Draht. Nein, mit diesem Typen vom Film war nicht zu reden. Was wusste der schon von der Realität. Authentisch war für den doch nur ein Verkaufsargument. Hier vertat Schmolke nur seine Zeit.

Ohne den Produzenten noch eines Blickes zu würdigen, griff er mit einem Lächeln in seine Aktentasche, zog eine Pistole heraus, zielte auf die Stirn seines erstaunten Gegenübers und drückte ab. Augenblicklich fiel der Filmproduzent nach vorn und das Drehbuch mit dem Titel *Die sieben Leben einer Katze* verfärbte sich rot. Enttäuscht und mit einem Kopfschütteln stand der Autor auf, seufzte schwer und sagte verächtlich: »Was wissen Sie denn von Authentizität? Für meine Frau genügte schon ein Drei-Millimeter-Draht. Trotz ihres verzweifelten Widerstandes hat er sich als absolut reißfest erwiesen.«

REFERENZEN

Johanna Baumeister war in einem derart umfassenden Ausmaß unglücklich, dass alle in ihrer Nähe von ihrer Trostlosigkeit und Verzweiflung angesteckt wurden. Ein Grund dafür, dass die meisten ihre Anwesenheit mieden.

Labilen Naturen konnte es durchaus passieren, dass der Gedanke an Suizid unvermittelt auftrat. Nicht, dass wegen Johanna jemand wirklich zu Strick, Gift oder anderen finalen Mitteln gegriffen hätte, aber bei längeren Begegnungen mit ihr konnten psychologische Beeinträchtigungen nicht ganz ausgeschlossen werden.

Fest davon überzeugt, die Natur habe sie mit einem Höchstmaß an Gleichgültigkeit konzipiert und sich bei der genetischen Ausstattung hinsichtlich ihrer Fähigkeiten und Fertigkeiten einen bitteren Scherz geleistet, verbrachte sie ihre Tage voller Missmut.

Einen Mann an ihrer Seite gab es nicht und auch Frauen spielten in ihrem Leben keine Rolle. Niemand interessierte sich für sie, und Johanna interessierte sich für niemanden.

Um sich ihren Lebensunterhalt verdienen zu können, hatte sie sich zur Krankenpflegerin qualifiziert. Aufgrund der demographischen Entwicklung war das eine weise und vorausschauende Entscheidung gewesen. Ihre Hauspflegeorganisation hatte sich auch zunächst vor Aufträgen kaum retten können. Johanna erledigte ihre Arbeit gewissenhaft, war stets pünktlich und im Grunde genommen gab es auch nichts zu beanstanden. Dennoch baten die Angehörigen meist schon nach kurzer Zeit um eine andere Betreuung, weil sich die Pflegepersonen in Johannas Anwesenheit nicht wohl fühlten und sichtbar abbauten.

Einzig Frank Grünfeld, ein mittelmäßig erfolgreicher Rechtsanwalt, der allerdings im letzten Jahr das beträchtliche Vermögen seiner Mutter geerbt hatte, fand nichts an ihr auszusetzen, im Gegenteil. Als er hörte, dass Johanna gerade niemanden zu betreuen hatte, bot er ihr die Vermittlung lukrativer Dienste an, ohne Genaueres zu verraten.

Johanna war erstaunt über seine Anfrage gewesen, kam dennoch pünktlich zum Termin und war ein wenig aufgeregt.

»Ich bin von Ihrer Arbeit nicht nur fasziniert, sondern auch zutiefst beeindruckt«, erklärte er sein Interesse an ihr.

Überrascht betrachtete sie den Anwalt. Es kam nicht oft vor, dass jemand mit ihr zufrieden war. Sie verstand nur nicht, was Frank Grünfeld von ihr wollte.

»Obwohl doch alle Ärzte«, sagte er mit sonorer Stimme, »meiner Mutter noch ein langes Leben vorausgesagt hatten, erlosch ihr Lebenswille dank Ihrer Pflege von Tag zu Tag mehr. Ich habe etliche Klienten, die an dieser außerordentlichen Fähigkeit sehr interessiert sind.«

IHR EINZIGER FEHLER

Nur mit Mühe konnte er ihre Schrift entziffern.

Die erste Abfahrt nehmen.

Er legte den Zettel auf den Beifahrersitz. Liebevoll strich er über die Tasche. 1,5 Millionen. Er musste sich konzentrieren. Nicht, dass er nachtblind war, aber er fuhr nicht gern in der Dunkelheit. Sie ist eine geniale aber gefährliche Frau, dachte er. Bis jetzt war alles so, wie sie es vorausgesagt hatte.

Die Hintertür hatte offen gestanden. Die Kombination des Safes stimmte. Das Wachpersonal hatte planmäßig seine Runde gedreht. Er war niemandem begegnet. Die Geldscheine waren nicht registriert. Niemand wußte davon. Schwarzgeld.

Wenn ihr Mann keinen Herzinfarkt bekäme, würde ihm nichts anderes übrigbleiben, als zu fluchen. Der Fiskus hatte ihn zu sehr im Visier. Er würde den Diebstahl nicht melden. Keine Krähe hackt sich selbst die Augen aus.

Seit Monaten war alles virtuos geplant. Tag, Uhrzeit, die Kleidung, die er tragen sollte. Elegant und dennoch unauffällig. Sogar eine Skizze für die Flucht hatte sie angefertigt. Sie selbst würde über das perfekte Alibi verfügen. Ihren Hochzeitstag.

Wenn sich alles beruhigt hatte, würde sie ihren Mann verlassen.

Gemeinsam würden sie dann auf die Malediven ziehen. Noch einmal betrachtete er die Skizze. Lieber wäre er langsamer gefahren, aber die Zeit drängte. Er hasste Nachtfahrten. Fast hätte er die erste Abfahrt verpasst.

Der Gedanke, dass sie keine Straßenkarten lesen konnte, kam ihm in jenem Moment, als er das entsetzte Gesicht des entgegenkommenden Fahrers erblickte.

DER HAUPTPREIS

Alle waren aufgeregt, seit Tagen. Dass gerade ihre Klasse den Hauptpreis des Polizeipräsidiums bekommen sollte, war schon etwas ganz Besonderes. Fünfhundert Euro für die Klassenkasse und für einen von ihnen ein nagelneues Mountainbike. Ricardo war sich sicher, dass er das Fahrrad gewinnen würde.

»Du musst nur fest daran glauben! Lass das Ziel keinen Augenblick aus den Augen! Sei die Ruhe selbst! Konzentriere dich! Alles andere ist ein Kinderspiel!«, pflegte sein Vater stets zu sagen.

Ricardo gab sich seit Tagen alle Mühe und hatte an nichts anderes mehr gedacht als an dieses Fahrrad. Jetzt war er sich absolut sicher. Es konnte nichts mehr schief gehen.

Die Preisverleihung fand auf dem Polizeirevier statt. Die Schüler der Klasse 4b saßen artig und ungewöhnlich ruhig auf ihren Stühlen im Besucherzimmer. Ihre Lehrerin war beeindruckt. Sie schien sich zu wünschen, dass es auch in ihrem Unterricht so wäre. Kuchen und Kekse wurden gereicht, Kakao und Tee. Eine junge Polizistin bediente die Kinder und wirkte dabei furchtbar aufgeregt. Rote Flecken huschten über ihr Gesicht. Von all dem bekam Ricardo jedoch nichts mit. Er hatte nur Augen für das Mountainbike.

Es war sein größter Traum. Endlich ein Fahrrad zu besitzen, das nicht vom Trödelmarkt stammte und aus verschiedenen anderen zusammengestückelt worden war. Seinem Vater war das offensichtlich nicht wichtig. Für ihn war ein teures Mountainbike viel zu auffällig, für jeden Dieb ein willkommenes Geschenk. Einen alten Drahtesel hingegen beachtete niemand.

Ricardo würde auf sein neues Fahrrad aufpassen. Das hatte er sich geschworen.

Hauptkommissar Schmulinski hatte eigentlich keine Zeit für derartige Öffentlichkeitsarbeit. Kinder waren nach seiner Meinung von Natur aus undiszipliniert und chaotisch. Er verspürte wenig Lust, sich auf dem Kopf herumtanzen zu lassen und sich vielleicht auch noch ein paar dümmliche Sprüche anzuhören. Wann immer es ging, vermied er es, mit Kindern zu tun zu haben. Tugenden wie Ordnung und Disziplin waren nach seiner Beobachtung nach in den letzten Jahren immer mehr verkümmert. Wahrscheinlich war das nicht die Schuld der Kinder, doch Schmulinski hatte eine andere, traditionellere Vorstellung von Erziehung. Außerdem steckte er bis über beide Ohren in Arbeit.

Anfang der Woche hatten ihm die Ballistiker eine Hiobsbotschaft zukommen lassen. Mehrere ungeklärte Mordfälle hatten einer Waffe zugeordnet werden können, einer Pistole, Kaliber 9 mm. Genaueres würde Schmulinski erst in den nächsten Tagen erfahren. Bis jetzt deutete alles auf die Arbeit eines Auftragsmörders hin. Keine Spuren. Keine Motive. Nichts! Seitdem die Presse den Zusammenhang publiziert hatte, war kaum noch an Schlaf zu denken. Von oberster Stelle wurden schnell Ergebnisse gefordert. Doch als Schmulinski die glänzenden Augen der Kinder sah, die wider Erwarten ruhig und anständig auf ihren Stühlen saßen, entschloss er sich, aus welchem Grund auch immer, die Tombola selbst durchzuführen.

Hauptkommissar Schmulinski hatte für jeden der Schüler einen Zettel beschrieben, ihn ordentlich gefaltet und in seine Polizeimütze gelegt. Nur auf einem der Zettel war ein Fahrrad zu sehen. Jetzt ging er mit der Mütze herum, und jedes Kind durfte sich ein Los herausnehmen.

Ricardo verfolgte jede einzelne Bewegung des Kommissars. Als er an der Reihe war, sagte er sich noch einmal, dass er fest daran glauben müsse, dann könne nichts mehr schiefgehen. Sein Vater würde stolz auf ihn sein.

Er schloss die Augen und nahm ein Los heraus, schaute es jedoch nicht an. Er hielt es fest in seiner Hand und beobachtete die anderen.

Nach und nach machte sich auf allen Plätzen Enttäuschung breit und Ricardo wusste, dass es funktioniert hatte. Er hatte gewonnen. Das Fahrrad würde ihm gehören. Stolz ließ er sich von seinen Klassenkameraden auf die Schulter klopfen. Hauptkommissar Schmulinski schüttelte ihm die Hand und setzte ihm seine Mütze auf. Die Polizistin mit den roten Flecken im Gesicht machte ein Foto, und seine Lehrerin drückte ihn gerührt an ihre Brust. Aber von all dem bekam Ricardo nichts mit. Er war einfach nur glücklich.

»Bevor du mit dem Fahrrad fährst, muss dein Vater noch die Schrauben festziehen«, belehrte ihn Hauptkommissar Schmulinski verantwortungsbewusst. »Haben wir leider nicht mehr geschafft! Wir müssen ja die bösen Jungs jagen. Und immer schön putzen, damit es so schön glänzt wie heute. Und schön an die Straßenverkehrsordnung halten.«

Ricardo nickte eifrig, auch wenn er gehofft hatte, sofort mit dem Mountainbike nach Hause fahren zu können. Augen würde sein Vater machen, riesige Augen, da war er sich absolut sicher.

»Du kannst deinem Vater ja bei der Montage helfen, du bist ja schon groß! Oder?«

Schmulinski lächelte Ricardo zu. Der Junge gefiel ihm.

»Klar kann ich das!«, antwortete Ricardo stolz. »Wenn mein Vater von der Arbeit kommt, darf ich manchmal sogar sein Werkzeug auseinandernehmen und reinigen!«

Hauptkommissar Schmulinski schaute Ricardo lächelnd an. Kinder sind gar nicht so schrecklich, dachte er und legte seine schwere Hand auf die Schulter des Jungen.

»Sein Werkzeug?«, fragte er interessiert.

»Ja! Eine *Heckler & Koch P2000 VI*. Munition: 9 mm! Vierzehn Schuss! Dreizehn im Magazin, eine im Lauf. Ich kann die Pistole in 12,6 Sekunden auseinandernehmen. Mein Vater sagt immer, das Wichtigste an der Arbeit sind Disziplin und Ordnung.«

DANK DER GELEGENHEIT

Bevor Hein Stolle mit der täglichen Arbeit begann, trank er eine Tasse Tee aus selbst gepflückter Pfefferminze und las die letzte Seite der Ostseenachrichten. Ihn interessierten lediglich das Wetter und sein Horoskop. Natürlich glaubte er nicht an derartige Konstellationen, aber ein bisschen Wahrheit fand sich immer zwischen den Zeilen.

Zum Aufräumen seiner Gaststätte brauchte Hein Stolle höchstens eine halbe Stunde. Durchfegen, die Tische abwischen, die letzten Gläser der vorangegangenen Nacht spülen, Getränke auffüllen, die Kaffeemaschine vorheizen. Dennoch war er jeden Tag zwei Stunden vor Öffnung in seinem Lokal.

Hein Stolle war kein Freund großer Worte und liebte die Ruhe und Ungestörtheit.

Bevor er die täglichen Kleinarbeiten erledigte, setzte er sich auch an diesem Morgen auf seinen Lieblingsplatz gleich neben der Eingangstür. Er drückte mit einem Löffel die Teeblätter zusammen, erfreute sich am würzigen Duft der Pfefferminze und schaute aus dem Fenster. Von hier aus konnte er den Tennisplatz gut überblicken.

Auch wenn es in der letzten Nacht geregnet hatte, waren die Schleifspuren dennoch gut zu erkennen. Hein Stolle zweifelte keinen Augenblick daran, dass die parallel verlaufenden Spuren von den Absätzen eines Menschen stammten. Und er war sich sicher, dass es sich um Frauenschuhe handelte. Die Rillen waren schmal, sehr schmal.

Hein Stolle stellte leise die Tasse auf den Tisch und stand besorgt auf. Einen Augenblick lang überlegte er, ob er nicht lieber gleich die Polizei anrufen sollte, gab dann aber einer sich plötzlich einstellenden inneren Unruhe nach, die ihn dazu trieb, den Spuren zu folgen.

Die Schleifspuren endeten an einem kleinen Schuppen, der zum Aufbewahren verschiedener Gerätschaften zur Pflege des Tennisplatzes gedacht war. Es war schon öfter vorgekommen, dass ein Betrunkener den Schuppen als Nachtquartier missbrauchte, aber diesmal hatte Hein Stolle ein mulmiges Gefühl.

Zuerst sah er nur Füße, die in hochhackigen Pumps steckten. Der rechte Absatz war angebrochen. Es kostete Hein Überwindung, in den kleinen Schuppen zu schauen. Zwischen Säcken weißer Kreide und Tennisplatzutensilien lag eine junge Frau. Hein Stolle schluckte. Er kannte die Tote. Es war Lydia Palm, eine Saisonkraft. Lydia hatte den Bungalow neben dem Tennisstübchen gemietet.

Er war kein Experte, was Mordangelegenheiten betraf, aber die Würgemale an Lydias Hals waren eindeutig. Jemand hatte sie umgebracht, wahrscheinlich einer seiner Gäste.

Lydia Palm hatte erst eine Saison in seinem Tennisstübchen gearbeitet. Die junge Frau war Garant dafür gewesen, dass der Sommer finanziell ein Erfolg wurde. Die meisten Gäste, ob Einheimische oder Urlauber, kamen ausschließlich ihretwegen. Lydia Palm war nicht gerade das, was man eine klassische Schönheit nannte, aber sie war jung und beherrschte das Spiel zwischen Nähe und Distanz perfekt, sodass sie für jeden Mann Verlockung und Aussicht zugleich war. Hein war es recht gewesen. Jedes Lächeln von Lydia hatte seine Kasse gefüllt. Es gab so gut wie keinen seiner zumeist männlichen Gäste, der sich nicht verträumt Hoffnungen zu machen schien.

Selbst seinen zukünftigen Schwiegersohn Werner Röder hatte Hein Stolle schon dabei beobachtet, wie er Lydia nachstellte. Werners plumpe Annäherungsversuche waren natürlich auch Heins Gästen nicht entgangen. Daraufhin hatte er Lydia unter Androhung eines sofortigen Hinauswurfs jeden Kontakt zu Werner untersagt.

Hein Stolle mochte Werner Röder nicht. Er hielt den Kerl für eine vorübergehende Laune seiner Tochter, die ihn bei ihrem Studium in Berlin kennengelernt hatte und ihm offensichtlich auf den Leim gegangen war. So sehr sich Hein Stolle bemühte, er verstand nicht, was sie an Werner Röder fand. In seinen Augen war das ein Jüngelchen, kein Mann, der eine Frau versorgen, geschweige denn glücklich machen konnte. Zu dünn, zu affektiert, er aß weder Fleisch noch Fisch und vollführte jeden Morgen in seinem Vorgarten ulkige Bewegungen, die sich Tai Chi nannten und angeblich die Seele zentrierten. Während seine Tochter in Berlin weilte und sich mühsam auf ihr Examen vorbereitete, wohnte dieser Nichtsnutz bei ihm, verschlief den Tag oder lag am Strand, um sich die Sonne auf den Bauch scheinen zu lassen. Er müsse ein bisschen für sich sein und ausspannen, hatte er gesagt.

Für Hein Stolle war seine Tochter auf dem besten Weg, sich unglücklich zu machen. Dennoch hatte er ihren Freund in seinem Haus aufgenommen, wissend, dass er allein sein würde, wenn sie diesen Mann erst einmal heiratete.

Hein Stolle betrachtete noch einmal die tote Lydia Palm. Schade, dachte er und schämte sich einen Augenblick, weil er den Umsatzeinbruch überschlug. Dann holte er sein Handy aus der Tasche und tippte die Telefonnummer der Polizei ein. Bevor er die letzte Ziffer eingab, zögerte er. Etwas hatte seine Aufmerksamkeit erregt. Dicht an der Schuppenwand lag ein Pfeifenfilter. Offensichtlich war dieser beim Ablegen der Leiche verloren gegangen. Hein Stolle kannte nur einen Mann, der Pfeifenfilter verwendete.

Ungläubig musterte Hein erneut die Tote. Lydia schien sich das Ende des Abends offensichtlich anders vorgestellt zu haben. Sie trug ein kurzes, eng anliegendes rotes Kleid, das ein wenig hochgerutscht war. Ein paar halterlose Strümpfe verrieten, dass sie wohl mehr als ein Rendezvous geplant hatte. Abgesehen von dem Nagellack, den Hein vorher noch nie an ihr bemerkt hatte, war es das Parfüm, das ihn stutzig machte. Selbst jetzt, da sie tot war, umgab es sie noch.

Hein Stolle hatte diesen Duft vor ein paar Tagen in seinem eigenen Haus wahrgenommen. Er war überzeugt davon, seine Tochter habe sich dieses exklusive Parfüm für die bevorstehende Hochzeit gekauft. Schlagartig wurde ihm nun bewusst, dass es nicht ihr Duft, sondern der Lydias gewesen war. Sein künftiger Schwiegersohn und die Angestellte mussten es heimlich in seinem Haus getan haben.

Hein Stolle atmete tief durch, klappte sein Handy zu und steckte es ein. Er schaute auf seine Uhr und dachte nach. Noch hatte er genug Zeit, den Plan, der sich plötzlich klar und für ihn unfassbar simpel darstellte, in die Tat umzusetzen. Er bückte sich und steckte den Pfeifenfilter ein.

Es war still in dem kleinen Ostseeort. Die ersten Tennisspieler würden in einer Stunde kommen. Den meisten Urlaubern war es morgens noch zu frisch, um an den Strand zu gehen. Und die Einheimischen waren längst auf Arbeit.

Ohne dass ihn jemand dabei beobachtete, legte er die Leiche der jungen Frau in den Kofferraum seines Lieferwagens, ging dann zu ihrem Bungalow und öffnete ihn mit dem Reserveschlüssel. Er packte ihre Sachen in zwei Koffer und stellte auch diese in seinen Transporter. Anschließend fegte Hein Stolle sorgfältig die Asche des Tennisplatzes. Nachdem er sich überzeugt hatte, dass alle Spuren perfekt beseitigt worden waren, ging er in seine Gaststätte, öffnete den kleinen Tresor unter der Theke, nahm alles Geld heraus und steckte es ein. Dann zündete sich Hein Stolle eine Zigarette an und inhalierte genüsslich den Rauch.

Eine Stunde Zeit blieb ihm noch. Fest davon überzeugt, dass sein weiteres Vorhaben nicht lange dauern würde, rauchte er seine Zigarette in Ruhe zu Ende. Fünf Minuten würde er brauchen, um zu seinem Haus zu fahren. Sein künftiger Schwiegersohn schlief um diese Zeit noch. Hein betrachtete seine kräftigen Hände. Mit großem Widerstand war wohl nicht zu rechnen.

Als die ersten Gäste pünktlich um zehn ins Tennisstübchen kamen, war alles wie immer ordentlich und sauber, mit dem Unterschied dass Hein Stolle hinter dem Tresen stand und seine Laune kaum zu ertragen war. Ohne viel Worte gab er Schläger und ein paar Bälle heraus, nannte den Preis für eine Stunde und füllte isotonische Getränke in die mitgebrachten Flaschen.

Gegen Mittag erschien Sören Becker, einer der Fischer aus dem Ort. Es war ungewöhnlich, dass er um diese Zeit auftauchte. Normalerweise pflegte er die Fische zu putzen, die er in den frühen Morgenstunden aus den Netzen gefischt hatte, um sie anschließend im Ofen zu räuchern.

Sören Becker bestellte einen doppelten Rum und kippte ihn, ohne eine Miene zu verziehen. Dann begann er, seine Pfeife zu stopfen.

Hein Stolle griff in die Jackentasche und nahm den Pfeifenfilter heraus, den er im Schuppen gefunden hatte. Sören betrachtete das Utensil verwundert. Es dauerte eine Weile, bis er begriffen hatte.

»Du weißt, was passiert ist?«, fragte er, ohne Hein Stolle anzuschauen.

»Jo!«, gab dieser zurück.

Becker stopfte seine Pfeife und zündete sie ruhig an.

»Ich werde mich der Polizei stellen. Die Frau hat mich einfach um den Verstand gebracht, verstehst du?«

Hein Stolle nickte. Er goss Sören noch einmal nach. Obwohl sie allein waren, sprach er leise: »Lydia ist weg. Du hast ihr einen mächtigen Schrecken eingejagt!«

Sören Becker schaute ungläubig.

»Sie hat sich mit meinem künftigen Schwiegersohn davongemacht und die Kasse mitgehen lassen!«

Becker knabberte an seiner Pfeife und ließ sich die Worte durch den Kopf gehen.

»Ich dachte, ich hätte sie …«

Er beendete den Satz nicht. Die beiden Männer schwiegen. Beide wussten, dass es ab und an eine Zeit gab, in der man keine Fragen stellte.

Hein Stolle goss sich selbst ein Glas Rum ein.

»Der Junge hat nichts getaugt. Früher oder später hätte er meiner Tochter das Herz gebrochen.«

Die beiden Männer stießen kurz an und tranken aus. Auf dem Tennisplatz begann man sich zu streiten, ob ein Ball noch auf der Linie oder schon außerhalb war. Die beiden schauten dem lächerlichen Streit ohne Regung zu.

»Ich brauche heute Nacht deinen Kutter. Bisschen auf Aal gehen.«

»Aal ist dies Jahr verdammt dünn«, sagte Sören Becker. »Gibt zu wenig zu fressen.«

Hein Stolle strich sich mit dem Handrücken über den Mund.

»Ich weiß. Glaub mir, das wird sich ändern. Noch einen Rum?«

KLEINE URSACHE, GROSSE WIRKUNG

»Chaos! Das, was alles bestimmt, ist Chaos. Das ist reine Physik, und was in der Natur gilt, gilt auch unter Menschen! Der Flügelschlag eines Schmetterlings in China kann in Amerika einen Sturm verursachen, ein belanglos dahergesagtes Wort ein tödliches Verbrechen!«

Matthias Schleich hörte sich gern reden. Seine Vermischung physikalischer Theorien mit menschlichen Verhaltensweisen wurde von all seinen Mitarbeitern gefürchtet. Schleich wusste das, aber es war ihm egal. Was an diesem Tisch gesprochen wurde, entschied er. Jedes Mal, wenn er etwas getrunken hatte, begann er mit dem immer gleichen Thema: Chaostheorie.

Matthias Schleich konnte sich der Aufmerksamkeit aller sicher sein. Er war ihr Chef, und eine unpassende Bemerkung oder ein Lächeln zum falschen Zeitpunkt konnten unweigerlich zu ihrer Entlassung führen.

Kleine Ursache, große Wirkung! Praktizierte Chaostheorie.

Schleich liebte derartige Firmenpartys. Seine Mitarbeiter waren von ihm abhängig und er genoss diese Macht.

Egon Weber hörte wie alle anderen Interesse heuchelnd, zu. Auch er konnte es sich nicht leisten, diesen Job zu verlieren. Vor drei Jahren hatte er geheiratet, und ein Jahr später war er Vater geworden. Es ging ihm und seiner Familie nicht schlecht. Im Prinzip besaßen sie sogar einen gewissen Wohlstand. Zumindest, solange er weiterhin diesen Job hatte.

Vor einem Jahr hätte man ihn fast entlassen. Warum er letztendlich seine Sachen nicht hatte packen müssen, obwohl sein Fehler verhältnismäßig groß gewesen war, hatte Egon Weber nie richtig verstanden. Andere hatten ihren Hut viel eher nehmen müssen. Programmierer gab es wie Sand am Meer und mit fünfunddreißig galt man in der Branche schon als alt.

Ein schrilles Kreischen, das in ein albernes Lachen überging, ließ die Gäste im Restaurant aufblicken. Die Stimme gehörte Renate, der Sekretärin von Matthias Schleich. Jeder nannte sie nur *Renate*, als wäre sie keine Person, sondern ein Vorgang. Ein Vorgang mit einem Kataloglächeln, langen Fingernägeln und einer Kleinmädchenhandschrift, die selbst den wichtigsten Notizen etwas Verspieltes gab. Renate hatte leicht gerötete Wangen und schien zu schwitzen. Niemand konnte mit Bestimmtheit sagen, ob sie Frivolitäten mochte oder ob es Bestandteil ihres Arbeitsvertrages war, entsprechende Schlüpfrigkeiten durch lautes hochtönendes Lachen zu begleiten. Ihr Chef jedenfalls war zufrieden. Er hörte sich eben gern reden.

»Würde man also aus einer definierten Höhe, zum Beispiel aus einem Sektglas, einen exakt gleich großen Tropfen des edlen Gesöffs auf den höchsten Punkt einer Brustwarze tröpfeln, es wäre unberechenbar, welchen Weg er beim Herunterfließen nehmen würde. Das ist Chaos!«

Wieder kreischte Renate.

»Das möchte ich sehen«, rief sie albern und fügte sicherheitshalber noch dazu: »Ich meine ja nur mal so theoretisch.«

Ein paar der Kollegen lachten. Auch Egon Weber lächelte. Er bemühte sich zumindest. Lieber wäre er jedoch zu Hause geblieben. Er liebte seine Frau, und einen Abend ohne sie empfand er als Verlust. Egon Weber trank kaum Alkohol, allerdings waren diese Feiern in nüchternem Zustand kaum zu ertragen. Einzig interessant war es, die Kollegen zu beobachten. Einige versuchten, gute Miene zum bösen Spiel zu machen, andere legten sich ins Zeug, um beim Chef einen positiven Eindruck zu hinterlassen. Nur wenige verhielten sich ruhig. Zu diesen wenigen gehörte Egon. Jedes Mal war er im Nachhinein für die Aufräumarbeiten verantwortlich. Sein Chef verabschiedete sich regelmäßig gegen 22 Uhr. Alle anderen feierten meist bis Mitternacht weiter.

»Dass mir keiner früher geht«, lautete stets der lapidare Kommentar des Chefs. »Früher zu gehen ist ein Kündigungsgrund, Kollegen. Ihr wisst doch: Kleiner Fehler, große Wirkung. Chaos, Kollegen! Nichts als Chaos.«

Also blieben sie, unterhielten sich artig und schauten zuweilen verstohlen auf die Uhr.

Renate kicherte. Einige Kollegen schlugen sich begeistert auf die Beine. Die Stimmung war auf dem Höhepunkt. Matthias Schleich gestikulierte und das, was er formte, konnte sich jeder gut vorstellen.

»Also, so eine Brust, also, ich meine eine wohlgeformte, feste, gleichmäßige Brust …«

Wieder kreischte Renate, allerdings klang es ein klein wenig unsicherer.

»… also, so eine richtig runde feste Brust. Na, Ihr wisst schon, was ich meine!«

Ein wohlwollendes Brubbeln ging durch den männlichen Teil der Feiernden. Man wusste, was er meinte.

»Kein Tropfen ist berechenbar. Egal, wie gleichmäßig, wie oft man auf den Nippel tröpfelt, es lässt sich nicht berechnen. Das ist Chaos in seiner schönsten Form! Kleinste Härchen oder Unebenheiten, ein Atemzug, ein Pulsschlag, ein leichtes Frösteln, selbst ein winziger weißer Fleck auf der Haut oder ein Beben der Lust – alles unkalkulierbare Faktoren.«

Wieder Kichern.

Matthias Schleich war in seinem Element. Er schaute in die Runde. Er genoss die Angst seiner Untergebenen. Es amüsierte ihn, wie sie sich unterordneten. Ein bisschen verwundert stellte er fest, dass Egon Weber einfach aufgestanden war. Darüber wird noch zu reden sein, dachte er. Aber nicht mehr heute. Er schaute auf seine Uhr.

»Zeit für mich, zu gehen! Bis 24 Uhr ist Arbeitszeit, Kollegen. Ach, und sagt Weber, wenn er vom Pinkeln zurück ist, das hier ist eine Betriebsfeier, kein Wandertag.«

Es war kalt draußen. Ein paar Schwibbögen standen in den Fenstern und strahlten ihr müdes Licht auf die Straße. Bald war Weihnachten. Matthias Schleich zündete sich eine Zigarette an. Noch hatte er gut zwei Stunden Zeit. Wenn nicht sogar drei. Er fühlte sich von seinen Gedanken inspiriert.

Genüsslich zog er an seiner Zigarette.

Der Schlag mit der Eisenstange traf ihn völlig unvorbereitet. Schleich hatte sofort das Gefühl, sein Rücken platze diagonal auf. Er stürzte zu Boden und krümmte sich vor Schmerzen. Dass er nicht das Bewusstsein verlor, kam einem Wunder gleich. Mühsam schaute Schleich auf und konnte trotz der Schmerzen sein Staunen nicht verbergen.

»Weber, Sie?«

»Alles Chaos! Stimmt's, Chef? Kleine Ursache, große Wirkung!«

»Was? Ich verstehe nicht …«

Weber kicherte albern. Erst dann antwortete er.

»Einen weißen Fleck auf der Haut, auf einer ideal geformten Brust, nennt man Pigmentfehler. Die Haut ist dort weicher. Selbst beim Duschen bleibt so eine Stelle trocken. Ich fand das schon immer faszinierend!«

Matthias Schleich begriff sofort. Eine winzige Unachtsamkeit war ihm unterlaufen.

»Weber, machen Sie keinen Quatsch! Ihre Frau hat Ihnen den Job gerettet!«

Der nächste Schlag löste ein dumpfes brechendes Geräusch aus, so als spalte man einen Kürbis.

Weber grinste. Zum ersten Mal hatte er das physikalische Prinzip verstanden.

Nur ein kleiner Tropfen. Chaos halt.

EINE NEUE VARIANTE

»Alle Krimis sind doch irgendwie gleich. A ermordet B, und C wird verdächtigt. A erschlägt B und C wird unschuldig eingebuchtet. Oder A ist tot und B und C werden gejagt und dann war es der Gärtner.«

Anne zeigte ihrem Mann einen Vogel und fragte: »Du hast wieder getrunken oder?«

»Nein, ganz ehrlich«, antwortete Frank. »Es ist jedes Mal das Gleiche. Ein trotteliger Kommissar oder Detektiv stolpert so lange durch die Geschichte, bis dem Autor nicht anderes bleibt, als den Fall aufzulösen.«

Empört rutschte Anne ein Stück von ihm weg, klappte ihr Buch zu und legte es auf den Tisch. Angriffslustig entgegnete sie: »Das stimmt doch überhaupt nicht. Für einen guten Mord brauchst du ein Motiv, eine Tatwaffe und eine Gelegenheit. Es darf keine Zeugen geben und ein Alibi ist auch von Vorteil. Ein Mörder geht immer ein hohes Risiko ein. Die wissenschaftlichen Untersuchungen der forensischen Institute sind nun wirklich alles andere als ungenau.«

Schon in jenem Moment, als Frank seine Behauptung aufgestellt hatte, war er sich bewusst gewesen, dass dies zu einer jener endlosen und zermürbenden Diskussionen führen würde. Leider war Sonntag und die Idee seiner Frau, einen Lesenachmittag einzulegen, hatte ihm überhaupt nicht gepasst. Dann doch lieber streiten.

»Gut. Ein Motiv brauchst du, eine Tatwaffe auch«, widersprach er und legte dabei liebevoll seinen Arm um ihre

Schultern. »Zeugen sind natürlich ganz schlecht. Aber das mit dem Alibi, das stimmt oft gar nicht.«

»Worauf willst du denn hinaus?«, protestierte Anne und schob den Arm zurück. Wenn sie wütend war, konnte sie keine Nähe ertragen. Nicht einmal die von Frank.

»Was Krimis angeht, gibt es einfach keine neuen Ideen. Es ist immer das Gleiche und endet jedes Mal mit dem Tod«, gab er zu bedenken.

Einen Augenblick lang nahm er ernsthaft an, dass seine Argumente Anne tatsächlich überzeugt hätten. Jedenfalls schwieg sie und schaute ihn nachdenklich an. Vielleicht war es sein Lächeln, das eine Nuance zu selbstsicher war, welches sie nun veranlasste, sich ihm erneut mit einer Mischung aus Aggressivität und Dickköpfigkeit zuzuwenden.

»Nicht jeder Tod ist das Ergebnis eines Verbrechens. So naiv kannst doch selbst du nicht sein.«

Anne verstand es vorzüglich, zu streiten. Als ausgemachter Krimifan konnte sie es unmöglich zulassen, dass jemand wie Frank, der nie ein Buch in die Hand nahm, derartigen Blödsinn erzählte.

»Meine Mutter ist ja auch einfach nur so gestorben«, gab sie zu bedenken.

»Einfach nur so gestorben? Die Ärzte haben sie nochmals ins Leben zurückgeholt. Das nennst du einfach?«, provozierte Frank. Er wusste, dass Anne schnell die Fassung verlor und dann dazu neigte, unsachlich zu werden.

»Du bist unmöglich! Meine Mutter hatte ja nun wahrhaftig keinen leichten Tod«, antwortete sie wie erwartet etwas gereizt. Wütend öffnete sie ihr Buch wieder und tat so, als konzentriere sie sich auf das Gedruckte.

Anne wusste, dass ihr Mann es gar nicht ertrug, ignoriert zu werden.

»Du musst ja nicht gleich eingeschnappt sein. Schließlich warst du ja alles andere als unglücklich über das doch beträchtliche Erbe deiner Mutter.«

Ohne aufzublicken, erwiderte sie: »Ich? Davon wusste ich gar nichts. Außerdem, wir haben geerbt. Wir sind verheiratet mein Schatz. Hast du das vergessen?«

Frank begann einzusehen, dass die Diskussion zu nichts führen würde. Er liebte seine Frau und es stimmte, dass sie sich beide über die Erbschaft außerordentlich gefreut hatten. Er wunderte sich allerdings, dass Anne so darauf pochte, nichts von der Hinterlassenschaft gewusst zu haben. Immerhin war er damals zufällig Zeuge geworden, als ihre Mutter von dem Sparbuch erzählt hatte.

»Wenn du damals nicht bestätigt hättest, dass ich für den betreffenden Zeitraum bei dir gewesen war, wer weiß, ob der Amtsarzt der Einäscherung so ohne Weiteres zugestimmt hätte«, überlegte Anne laut.

Triumphierend klatschte Frank in die Hände.

»Das meinte ich mit dem Alibi. Ich habe dir ein Alibi gegeben, obwohl ich wusste, dass du nicht da warst. Was hattest du eigentlich im Krankenhaus zu suchen?«

Innerhalb weniger Sekunden war alle Farbe aus Annes Gesicht gewichen. Ihre Stimme klang leiser und trotz aller Bemühungen konnte sie ihre Unsicherheit nicht verbergen.

»Ich verstehe die Frage nicht.«

»Ich meine damit«, fuhr er fort, »dass wir deine Mutter erst am Morgen besucht hatten. Warum bist du mittags erneut hingegangen? Das begreife ich einfach nicht. Und du hast gezittert, als der Polizist damals fragte, ob du die ganze Zeit zu Hause gewesen bist.«

Annas Unsicherheit wich einer plötzlichen Kälte, die er noch nie an ihr beobachtet hatte. Durchdringend schaute sie ihm ins Gesicht. Es dauerte nur den Bruchteil einer Sekunde, bis sie ihre Fassung wiedergefunden hatte.

»Du hattest doch auch kein Alibi! Ich kann mich nicht erinnern, gesehen zu haben, dass du bei unserem morgendlichen Besuch die Pralinen anschließend wieder eingepackt hast, die du meiner Mutter so albern auf den Nachttisch gestellt hattest. *Gnädige Frau … erlauben Sie mir, Ihnen ein paar Schweizer Schokopralinen zu kredenzen.*«

Frank hielt ihrem Blick nicht stand. Er starrte auf ihr Buch, das sorgsam ausgerichtet auf dem Tisch lag, als könne er dort eine Antwort finden.

»Du magst doch Pralinen.«

»Es waren die Pralinen meiner Mutter. Du kannst nicht einfach die Pralinen meiner Mutter klauen«, sagte sie kopfschüttelnd und dennoch klang es eher amüsiert denn vorwurfsvoll.

»Die hat sie doch aber nicht mehr gebraucht«, erwiderte er halblaut.

Es dauerte einen Augenblick lang, bis beide sich der Tragweite ihrer Worte bewusst geworden waren. Erschrocken schauten sie sich an. So wie zwei Artgenossen im Tierreich sich erkennen, so erkannte plötzlich jeder im anderen den Mörder.

Es dauerte eine Weile, bis Frank schließlich sagte: »A und B töten C.«

Anne schüttelte den Kopf und lehnte sich zärtlich an Frank.

»Nein! A tötet C. C wird reanimiert. B tötet C.«

Frank lächelte. Er mochte ihre Art, präzise zu sein.

VIONA_HERZILEIN

»Ralfi, schreibst du dich wieder mit einer dieser … Frauen?«

Offensichtlich fiel es ihr schwer, das passende Wort zu finden, aber zumindest vermied sie nach ihrem letzten Streit eine vulgäre Umschreibung. Ralf gab sich verärgert, denn dass sie ohne anzuklopfen eingetreten war und sich leise hinter ihn geschlichen hatte, konnte er nicht dulden. Immerhin wurde er im nächsten Monat vierzig. Selbst wenn er noch bei seiner Mutter wohnte, ein Recht auf Privatsphäre besaß auch er. Darüber, dass sie ihn immer noch so anredete, als käme er gerade vom Spielplatz, regte er sich schon lange nicht mehr auf.

Mit einer flinken Tastenkombination verdunkelte er den Bildschirm und beließ es bei einem vorwurfsvollen Kopfschütteln. Er hatte wenig Lust zu streiten, zumal er in den nächsten Minuten eine Nachricht von *Viona_Herzilein* erwartete. Ob es seiner Mutter gelungen war, etwas von der letzten zauberhaften Nachricht zu lesen, war nicht wichtig. Längst hatte sie ihr Urteil gefällt. Frauen, die sich in Singlebörsen anbiederten, war nicht zu trauen.

»Junge, du bist viel zu schade für eine dieser … Verstehst du nicht, dass ich mir Sorgen mache?«

Wenn es etwas gab, was seine Mutter aus dem Rhythmus brachte, dann war es Schweigen. Keine Antwort zu bekommen, nur zu warten und die Luft zwischen ihnen so dünn werden zu lassen, dass das Atmen schwerfiel, ertrug sie nicht. Ralf konnte tagelang schweigen, wenn es notwendig war, sogar eine Woche oder länger.

Mit einem beklagenswerten Seufzer, der eine optimale Mischung aus sorgenvoller Mutterliebe und hoffnungslosem Unverständnis war, fingerte sie am obersten Knopf ihrer Jacke herum und rechtfertigte sich für das Betreten seines Zimmers: »Ich gehe jetzt einkaufen. Hast du irgendeinen Wunsch? Brauchst du etwas?«

»Ich brauche nichts Mutter. Nur meine Ruhe.«

Mit einem Blick, der Pflanzen welken lassen konnte, drehte sie sich um, verließ den Raum und schloss die Tür genauso leise, wie sie sie geöffnet hatte.

Endlich war er allein.

Viona_Herzilein gehörte zu den wenigen Frauen, die überhaupt auf seine Anfragen reagiert hatten. Sicherlich war er kein attraktiver Mann. Die so oft gepriesenen inneren Werte interessierten die weibliche Klientel derartiger Singlebörsen nicht wirklich. Aber getreu dem Motto, dass zu jeder Tasse auch ein Unterteller passt, hatte er mit der Zeit eine fast halsstarrige Ausdauer entwickelt. Man musste nur lange genug suchen. Er war sich sicher, dass Viona_Herzilein die passende Tasse war. Für sie zählten beruflicher Erfolg, finanzielle Sicherheit oder Tageslichttauglichkeit wenig. Ehrlichkeit, Loyalität und Treue hingegen waren laut ihrer Worte die Maxime, die einer Beziehung ein solides Fundament gaben.

Seit fast einem Jahr schrieben sie sich nun und aus dem anfänglichen freundschaftlichen Geplänkel war inzwischen eine E-Mail-Liebschaft geworden. Viona_Herzilein schien die einzige Frau zu sein, die ihn verstand.

Ralf öffnete ihr Profil und betrachtete ihr Foto sehnsüchtig. Es war ungewöhnlich, dass sie ihn so lange warten ließ. Einmal mehr dachte er, dass der Moment gekommen war, sie endlich zu treffen. Ihr stilles Lächeln bezauberte ihn. Dass sie die Haare offen trug, empfand er wie ein kokettes Versprechen. Es hatte lange gedauert, bis Viona_Herzilein überhaupt ein Bild auf ihr Profil gestellt hatte. Ihr Foto hatte die Ankündigung, sie sei nicht sonderlich attraktiv, Lügen gestraft.

Plötzlich öffnete sich auf dem Bildschirm ein Fenster.

»Mein geliebter Knuddelbär_39! Hab ich Dir auch so gefehlt, wie Du mir?«

Endlich hatte sie sich gemeldet. Aufgeregt tippte Ralf die Buchstaben und schrieb, dass er schon gut eine Stunde vor dem Bildschirm warte. Sein rechter Zeigefinger sei schon wund vom Streicheln ihres Bildes. Einen Augenblick später erschien ihre Antwort: »Mein armer Schatz, gern würde ich pusten oder …«

Es verging eine Weile, bis der restliche Text angezeigt wurde, »… Deinen Finger in den Mund nehmen. Du bist so unendlich lieb zu mir.«

Es dauerte immer etwas, bis sie ihren Text geschrieben hatte. Vielleicht war es genau diese Spannung, die Ralf so verrückt machte. Die Vorstellung, wie sie sanft jeden einzelnen Buchstaben der Tastatur berührte und langsam nach unten drückte, erregte ihn. Ihre Worte waren wie ein Streicheln seiner Seele. Heute würde er sie um ein Rendezvous bitten und nicht eher Ruhe geben, bis sie nachgegeben hatte.

»Zauberhafte Viona_Herzilein. Ich kann nicht anders. Dein Knuddelbär_39 muss Dich sehen. Ohne Dich ist jeder Tag ein verlorener Tag. Sag bitte nicht nein.«

Aufgeregt prüfte er seine Worte, fand sich unendlich mutig, schickte sie ab, spürte seinen Herzschlag und wartete. Er würde ihr Zeit lassen. Sie war schüchtern, fast scheu. Gerade das liebte er an ihr.

Aber statt einer Antwort erschien nur eine Statusmeldung. Viona_Herzilein ist nicht mehr online.

Enttäuscht lehnte Ralf sich zurück. Vielleicht hatte er doch ein wenig zu stürmisch agiert.

Auch in den nächsten Tagen kam keine Antwort auf seinen Vorschlag. Anfänglich hatte er sich noch als unsensibel, egoistisch und unangemessen draufgängerisch betitelt, sich dann zu Trottel, Idiot und geilem Sack gesteigert und war schließlich mit unverständlichem Jammern, Schluchzen und Heulen geendet. Egal, welchen Grad der Selbstgeißelung er sich abverlangte, es brachte Viona_Herzilein nicht zurück an den Rechner.

Ein paar Tage lang verließ er sein Zimmer nur selten, beachtete die belegten Brote kaum, die seine Mutter liebevoll mit Gürkchen, Radieschenscheiben oder Salatblättchen verziert hatte und litt umfassend unter dem angerichteten Dilemma. Zum Glück besaß seine Mutter seit jeher ein Gespür dafür, wann es besser war, auf Fragen zu verzichten. Die Zeit heilt alle Wunden, war der einzige Kommentar, den sie seufzend und verständnisvoll äußerte.

Schließlich beschloss Ralf, sich wie ein Mann zu benehmen. Er duschte, rasierte sich, zog seine besten Sachen an und lud sich selbst zu einem guten Essen ein, um die schöne Zeit mit Viona_Herzilein angemessen zu beenden.

Das Restaurant war wegen seiner bodenständigen, deutschen Küche beliebt. Er bestellte sich Rouladen, ein kleines Bier und als Nachtisch einen warmen Apfelstrudel mit karamellisierter Vanillesoße. Das Restaurant war gut besucht und die Gäste waren blendender Laune.

Mir geht es auch gut, suggerierte er sich mehrfach und beobachtete dabei die Anderen.

Plötzlich hatte Ralf das Gefühl, sein Herz würde fallen oder doch zumindest stolpern. An einem Tisch in einer Nische des Gastraumes saß sie: Viona_Herzilein. Offensichtlich traf sie sich mit Freundinnen oder Kolleginnen, um irgendetwas zu feiern. Noch hatte sie ihn nicht entdeckt. Selbst einer ihrer Blicke in seine Richtung, den er mit einem angedeuteten Nicken beantwortete, blieb ergebnislos. Zwar schaute sie ihn nachdenklich an, wendete sich jedoch dann, als wäre er ein Fremder, wieder ihren Freundinnen zu.

Das ertrug Ralf nicht. Nach all dem, was er ihr offenbart hatte, all seinen Träumen, Sehnsüchten, den Problemen mit seiner Mutter, wäre zumindest ein Lächeln angebracht gewesen. Niemals vorher hatte er sich einem Menschen so umfassend anvertraut. Enttäuscht ließ er sein Essen abräumen, bezahlte und ging.

Es dauerte eine Weile, bis sich die Freundinnen voneinander verabschiedet hatten. Sie umarmten sich, küssten einander nach unerklärlichen Regeln ein bis dreimal auf die Wange, kicherten oder kreischten, bevor sie ihrer Wege gingen.

Viona_Herzilein hatte es eilig. Er konnte ihre Absätze hören, die nicht gerade rhythmisch auf den Gehweg trommelten. Offensichtlich hatte sie ein Glas zu viel getrunken und ihr Versuch, dies durch schnelle und gebieterische Schritte zu kaschieren, misslang. Ihm konnte sie nichts vormachen. Ihre Unbeholfenheit amüsierte ihn. Dass sie offensichtlich ganz in seiner Nähe wohnte, war ein gutes Zeichen. Wenn es überhaupt noch eine Chance gab, ihr seine Liebe zu erklären, dann schien jetzt der richtige Zeitpunkt.

»Viona_Herzilein, warte auf mich«, rief er mit gedämpfter Stimme, als er nur noch wenige Schritte hinter ihr war.

Erschrocken drehte sie sich um. Ihr Blick verriet, dass ihr Erstaunen in Angst umschlug. Ihre Schritte beschleunigten sich. Auch wenn die Schuhe dafür ungeeignet waren, versuchte sie, zu rennen. Ein sinnloses Unterfangen. Schon nach wenigen Schritten hatte er sie eingeholt. Viona_Herzilein begann zu schreien. Erschrocken hielt er ihr den Mund zu.

»Ich bin es, dein Knuddelbär_39. Erkennst du mich nicht?«

Sie versuchte sich loszureißen. Er konnte ihre warmen Lippen in seiner Handfläche spüren. Seiner Kraft hatte sie nichts entgegenzusetzen. Um keine Aufmerksamkeit auf sich zu ziehen, drängte er sie in den Schatten eines Hauseinganges.

»Ich liebe dich. Schon vom ersten Moment an habe ich dich geliebt. Und du liebst mich. Ich weiß es«, flüsterte er, presste sein Gesicht in ihr Haar und atmete ihren Duft. Er spürte Tränen auf seinem Handrücken. Einen Augenblick lang glaubte er, dass es Tränen des Glückes seien, dass sie ihn erkannt hatte und sich ihre Liebe zu ihm eingestand. Erleichtert nahm er die Hand weg und fuhr er mit seinen Fingern durch ihr Haar, als ihr Schrei ihn mit voller Wucht traf.

Entsetzt krampften sich seine Hände um ihren Hals und lösten sich erst, als ihr Körper kraftlos zusammensackte. Ängstlich schaute Ralf sich um. Er war allein. Die Schatten der Hauswände nutzend, begab er sich eilig auf den Heimweg. Niemand schien etwas von dem Geschehen bemerkt zu haben.

Der Rechner beleuchtete fast gespenstisch Ralfs Gesicht, als seine Mutter den Raum betrat und ohne zu fragen, das Licht einschaltete.

»Seit Tagen sitzt du wie ein Trauerkloß vor dem Bildschirm. Du wirst dir noch die Augen verderben.«

Wortlos nickte er.

»Ralfi, ich geh zu einer Freundin. Es wird ein bisschen später werden. Dein Essen steht in der Küche. Ich habe dir auch ein Schälchen Erdbeeren mit Sahne in den Kühlschrank gestellt.«

Gleichgültig winkte er ab und antwortete: »Das hat sicherlich ein Vermögen gekostet. Erdbeeren im Winter.«

Auf dem Bildschirm war Viona_Herzileins Profil zu sehen. Er machte sich nicht die Mühe, es wegzudrücken.

»Sie sieht nett aus!«, bemerkte seine Mutter und versuchte ein Lächeln. »Vielleicht bin ich wirklich ein bisschen unmodern.«

Als er wieder allein war, vergrößerte er das Foto und streichelte mit dem Finger über Viona_Herzileins Lippen. Wenn er sich konzentrierte, konnte er sie noch immer in seiner Handfläche spüren.

In den letzten Tagen hatte die Presse über den Mord berichtet und sich dann anderen, aktuelleren Themen zugewandt.

Er stand auf, ging in die Küche und holte sich sein Abendbrot. Ein letztes Mal betrachtete Ralf das Foto. Es hätte so schön werden können, dachte er. In dem Moment, als er ihr Profil aus seinen Kontakten löschen wollte, öffnete sich ein Fenster.

»Geliebter Knuddelbär_39. Ich weiß, dass ich Dich verletzt habe.«

Ungläubig schaute er auf den Text und schüttelte den Kopf. Verwirrt rieb er sich die Schläfen. Dass er wahnsinnig wurde, schien auf einmal nicht mehr abwegig zu sein.

»Dein Wunsch, mich zu treffen, hat mir Angst gemacht. Ich brauche noch etwas Zeit.«

»Schön, Dich zu lesen«, tippte er fast mechanisch in die Tastatur.

»Was machst Du gerade?«, fragte sie in der nächsten Zeile, als wäre in der Zwischenzeit nichts geschehen.

»Ich esse. Ein paar belegte Brote. Ein bisschen Obst.«

»Vitamine sind im Winter besonders wichtig. Wusstest Du, dass Erdbeeren sehr viel Vitamin C haben?«

Er lächelte bitter, als er die Worte las. Tief in seinem Inneren hatte er es immer gewusst. Einen Augenblick lang fragte er sich, woher das Foto wohl stammte.

Langsam, als wären die nächsten Worte wichtig, tippte er mit seinem Zeigefinger auf die abgegriffenen Buchstaben seiner Tastatur.

»Es ist vorbei. Komm nach Hause, Mutter.«

VON GEWINNERN UND VERLIERERN

Als Philip Lohmann sich im Spiegel betrachtete, huschte ein Lächeln über sein Gesicht. Zu wissen, dass andere ihn als charismatisch bezeichneten und ihre neidvollen Blicke seinem Äußeren und der brillanten körperlichen Verfassung galten, gab seinem Lächeln jene Ausstrahlung, die er selbst mit *charmant* umschrieb.

Lohmann war äußerst zufrieden mit sich. In allem, was er tat, war er erfolgreich. Gesellschaftlich hoch geachtet, frei von existenziellen Sorgen, stand er in der Blüte seines Lebens. Morgen würde er dem Vorstand mitteilen, dass er den Auftrag für die Imagekampagne der neuen Produktlinie an Sofie Rundstedt vergeben würde, vorausgesetzt, der heutige Abend verlief so, wie sie es angedeutet hatte. Selbstverständlich war Sofie für diese Aufgabe zu jung und ihre berufliche Reputation eher dürftig, aber Lohmann war sich sicher, dass niemand intervenieren würde.

Sofie Rundstedt bewohnte eine kleine Einliegerwohnung in einem der beschaulichen Bergdörfer, gut eine Autostunde entfernt von ihrem Büro. Die Wahl des Wohnortes hatte sie allein damit begründet, dass die klare Bergluft unbezahlbar sei. Lohmann war das egal. Wichtiger war, dass ihn niemand dort kannte.

»Dein Bruder hat angerufen. Er sagte, er hätte mehrfach versucht, dich in deinem Büro zu erreichen.«

Lohmann hatte seine Frau nicht kommen hören. Es ärgerte ihn jedes Mal, wenn sie sich anschlich und ihn mit jenem misstrauischen Blick taxierte, der nicht verhehlte, dass sie ihn durchschaut hatte.

»Ich hatte zu tun. So etwas nennt man Arbeit. Das scheint ihm offensichtlich entfallen zu sein.«

»Du hast doch nie Zeit. Nicht einmal für mich«, antwortete sie, und es klang ein wenig verbittert.

Es bedurfte nur eines kurzen Blickes und Lohmann wusste, dass sie wieder ein neues Kleid trug. Wie immer sah es sündhaft teuer aus, viel zu aufreizend und außerdem empfand er es erneut als Beweis ihrer Geschmacklosigkeit. Heute allerdings würde sich Philip Lohmann jeden Kommentar verkneifen. Er verspürte keine Lust, sich zu streiten. Sofie Rundstedt hatte signalisiert, dass sie alles dafür tun würde, die Karriereleiter hinaufzufallen. Eine Trotzreaktion ihrerseits nur weil er sich verspätete, wollte er keinesfalls provozieren.

»Stimmt es, dass du die Handyanrufe deines Bruders blockierst? Er sagt, dass er dich seit einiger Zeit nicht mehr erreichen kann.«

Lohmann betrachtete sich erneut im Spiegel, strich sich die Augenbrauen glatt und beobachtete seine Frau, die keine Anstalten machte, das Gespräch zu beenden.

»Ja, ich habe seine Nummer gesperrt, weil ich keine Zeit habe, mit ihm über belanglose Dinge zu schwätzen. Er weigert sich jedoch, das zu begreifen. Ergo interessiert es mich nicht, ob er mich anruft oder nicht.«

Seine Frau nickte leicht und atmete hörbar aus. Es war ein Geräusch, das er nicht mochte. »Es ist dein Bruder, nicht meiner!«

Nachdem er sie vor drei Jahren geehelicht hatte, um ihren Vater als einzigen ernst zu nehmenden Konkurrenten zum Partner zu haben, war sein Interesse an ihren mehr als dürftigen Reizen augenblicklich verblasst. Da halfen auch keine raffiniert geschnittenen Designerkleider.

Philip Lohmann lächelte. Im Grunde genommen war es ihm egal. Er konnte es sich leisten, generös zu sein. Großzügigkeit hielt sie auf Distanz, und ihre Sticheleien waren bis jetzt im Rahmen des Erträglichen geblieben. Lohmann wusste, dass seine Frau auf eine Antwort wartete.

Nichts sagen, nur warten. Es war eine zermürbende Taktik, die sie perfekt beherrschte. Warten zu können, hielt sie für eine ihrer Stärken. Zwar konnte es in einem Anflug von Resignation durchaus einmal vorkommen, dass sie ihm drohte, dass ihr Tag noch kommen würde. Aber darauf gab Lohmann nichts.

»Muss ich dir schon wieder erklären, warum es uns gut geht?«, fragte er genervt und entschloss sich, die Krawatte noch einmal zu binden, weil der Knoten eine Nuance zu groß geraten war.

»Dein Bruder klang ziemlich aufgeregt«, versuchte sie es erneut. »Er meinte, es wäre außerordentlich dringend.«

»Wird wohl wieder seine Miete nicht zahlen können. Es ist doch immer das Gleiche. Vielleicht sollte er es einmal mit redlicher Arbeit probieren.«

Die Frau verzog das Gesicht. »Schöne Familie.«

Lohmann dachte nicht daran, seinem Bruder zu helfen. Diesmal nicht. Für ihn war der Bruder ein hoffnungsloser Fall. Sicher war er künstlerisch begabt, handwerklich begnadet und voller ungewöhnlicher Ideen; spontan, fast hitzig zuweilen, ehrlich betrachtet sogar brillant. Nur wusste er das nicht. Schon immer war ihm die Fähigkeit abgegangen, zur richtigen Zeit das Richtige zu tun. Im Gegensatz zu ihm selbst war sein Bruder auf der ganzen Linie ein Verlierer.

Nein, entschloss sich Lohmann, diesmal würde er ihm nicht helfen. Schon oft hatte er ihn mit Geld unterstützen müssen, und es waren durchaus keine kleinen Summen gewesen.

Du schuldest mir diesen einen Gefallen, dachte Lohmann und sah dabei seinen Bruder vor sich. *Nur diesen einen einzigen Gefallen.*

Im Verhältnis zu dem, was er für seinen Bruder all die Jahre getan hatte, war das eine Kleinigkeit. Niemand würde etwas merken. Alles war perfekt durchdacht. *Ohne mich wärst du schon längst am Ende*, resümierte er in Gedanken.

»Du willst ihn also nicht anrufen. Meinst du nicht, dass es wichtig sein könnte?«, versuchte seine Frau es erneut.

Ohne die Frage zu beantworten, nahm Philip seinen Mantel und drückte ihr gleichgültig einen Kuss auf die Wange.

»Ich muss los! Klär du das bitte. Frag ihn, wie viel er diesmal braucht. Ich überweise das Geld morgen.«

Ein Lächeln huschte über ihr Gesicht. Soll sie ihren Erfolg haben, dachte Lohmann, nur nicht auf eine Diskussion einlassen. Er war spät dran – viel zu spät! Selbst wenn er ordentlich aufs Gaspedal trat, bis in die Berge würde es seine Zeit dauern.

Verwundert stellte er fest, dass seine Autoschlüssel nicht am üblichen Platz lagen, konnte sich jedoch nicht erinnern, wo er sie zuletzt gesehen hatte.

»Weißt du, wo ich die Autoschlüssel hingelegt habe?«, fragte er, ohne wirklich eine Antwort zu erwarten.

Seine Frau zuckte die Schultern und verschwand wortlos auf der Terrasse, wo im Anschluss ein paar Eiswürfel ihren verräterischen Klang von sich gaben.

Philip Lohmann rief ihr zu: »Schatz, ich nehme deinen Wagen. Offensichtlich wirst du ihn ja heute nicht mehr brauchen«, und ging hinaus.

Als Lohmann etwas zu sportlich, wie sie fand, von ihrem Anwesen fuhr, prostete sie sich zu.

»Nein, heute werde ich nicht mehr fahren«, sagte sie lächelnd, nahm einen tiefen Schluck aus ihrem Glas, stand auf und steckte den Stecker des Telefonkabels in die Dose. Sofort begann es zu klingeln, und sie wusste, es würde nicht eher aufhören, bis jemand abnahm. Sie meldete sich kurz und lauschte der aufgeregten Stimme am anderen Ende der Leitung.

»Ich habe ihn nicht erreicht. Weder im Büro noch auf seinem Handy. Er geht einfach nicht ans Telefon.«

Die Stimme des Mannes zitterte, und seine Worte klangen gehetzt. Sie konnte förmlich hören, wie sein Herz schlug.

»Du musst mir glauben, ich habe nichts gegen dich. Es war *seine* Idee. Er hat mich unter Druck gesetzt. Ich flehe dich an, bitte rufe nicht die Polizei. Ich verspreche dir, dass ich gleich morgen deinen Wagen in die Werkstatt bringe. Bremsschläuche auszutauschen, dauert keine Stunde.«

Die Frau kicherte leise und schob den Autoschlüssel ihres Gatten lautlos unter einen Stapel Geschäftspost, der unbeantwortet auf seinem Schreibtisch lag.

»Ich glaube, das wird nicht mehr notwendig sein«, erwiderte sie, legte den Hörer auf und prostete sich erneut zu.

MORD AUF VERLANGEN

Der Inhalt des Briefumschlages ließ keinen Zweifel zu. Ein Foto, dazu ein Blatt mit Instruktionen und eine Skizze, die zeigte, wo sich die Waffe befinden würde, ein Paar Gummihandschuhe und ein beträchtliches Bündel Geldscheine.

Jörg Falkner fragte sich, ob eine Verwechslung vorlag. Er verdiente sein Geld mit der Vermittlung von Finanzdienstleistungen, die nach seiner Einschätzung zwar am Rande des Legalen lagen – einen Menschen umzubringen, war jedoch nicht Bestandteil seines Portfolios.

25.000 Euro waren ein Betrag, für den Jörg Falkner sonst mehr als ein halbes Jahr schuften musste. Wer immer ihn ausgewählt hatte, schien zu wissen, dass er Geld gegenüber nicht abgeneigt war.

Der Mann, den er laut Anweisung töten sollte, war Mitte fünfzig und gut genährt. Auf dem Foto stand er an einer Straßenkreuzung, rauchte und schien ungeduldig auf etwas zu warten. Jörg Falkner kannte den Mann nicht, und war sich dennoch sicher, dass einer seiner Klienten für den Auftrag verantwortlich sein musste.

Laut Instruktionen würde der Mann in drei Tagen exakt um 23 Uhr aus dem Hintereingang eines zweifelhaften Etablissements kommen und noch eine Zigarette rauchen, bevor er den Heimweg antrat. Der beste Platz, um ihn zu erschießen, sei eine dunkle Nische auf der anderen Seite des Hofes, hieß es in dem Schreiben. Dies sei ein dunkler Ort, den Falkner problemlos vom Nachbarhof aus erreichen könne. Niemand würde ihn dort entdecken. Alle sechs Schüsse sollten auf das

Herz abgefeuert und danach die Waffe vor Ort weggeworfen werden. Damit wäre sein Auftrag erfüllt. Er hätte ausreichend Zeit, zu verschwinden. Wichtig sei nur, dass er die Gummihandschuhe trage, um keine Spuren zu hinterlassen. Selbstverständlich müsse er sie anschließend vernichten.

Falkner war sich sicher, dass eine Frau versuchte, ihn für den Auftrag zu gewinnen, wahrscheinlich aus dem Motiv heraus, so ihren treulosen Gatten loszuwerden. Er fragte sich, ob er der Unbekannten trauen konnte, und ob er, falls er tatsächlich – rein hypothetisch natürlich – den Mord beging, unbehelligt bliebe. Er würde zur eigenen Sicherheit Brief, Skizze und Foto aufbewahren. Ob das ausreichte, den Auftraggeber später zu belasten, wusste er nicht genau. Andererseits waren 25.000 Euro ein verdammt gutes Argument, eines, das er nicht einfach so vom Tisch wischen konnte.

Fabian von Sternberg hatte Schmerzen in der Brust. Sein Herz raste wie wild. Bei jedem Atemzug, den er einsog, machte sich ein Gefühl breit, als kollabierten ein paar Blutgefäße. Er lächelte bei dem Gedanken, dass dies wahrscheinlich seine letzte Zigarette sein würde. Die Aussage des Arztes, dass jede weitere Zigarette sein Leben halbiere, war unmissverständlich gewesen. Sein Herz könne keine Belastung mehr ertragen. Und ihm bliebe sowieso nicht mehr viel Zeit.

Sternberg fragte sich, ob alles wie geplant klappen würde. Wenn seine Menschenkenntnis stimmte, würde er in den nächsten Minuten sterben. Wichtig war nur, dass der Kerl sich streng an alle Vorgaben hielt.

Von Sternberg schmunzelte über seinen diabolischen Plan. Seine Frau wollte ihn so schnell es nur ging, tot sehen. Den Gefallen würde er ihr auch tun, jedoch nicht so, wie sie es erwartete!

Die Polizei würde die Waffe finden, sie seiner Frau zuordnen und ihre Fingerabdrücke sicherstellen. Die Beamten würden keine große Mühe haben, zu ermitteln, dass er eine Affäre mit einer der Nutten gehabt hatte, vor deren Etablissement er erschossen worden war. Sein Vorhaben, sein Testament zu Gunsten von Jasmin, Pamela oder wie sie auch heißen mochte, ändern zu lassen, würde auch den letzten Beamten restlos von der Schuld seiner Frau überzeugen. Es war ein perfektes Motiv, das jeder Richter ohne Diskussion akzeptieren würde.

Mit der linken Hand strich von Sternberg sich sorgenvoll über seine feuchte Stirn und schaute dann zum wiederholten Male auf die Uhr und hinüber in die dunkle Nische auf der anderen Seite des Hofes.

Die Frau, die plötzlich ins fahle Licht trat, trug ein klassisches, schwarzes Kostüm und wirkte schon jetzt wie eine Witwe. Schnell und erbarmungslos donnerten die Schüsse in die Nacht. Von Sternberg griff sich an die Brust. Sein Herz explodierte im Körper. Die Schmerzen waren unerträglich. Entsetzt betrachtete er seine Hände, die er voller Blut erwartet hatte und fixierte anschließend fragend die Frau – seine Frau – bis er begriff: Platzpatronen. Als sein Körper zusammensackte, war sein letzter Gedanke: Herzinfarkt.

Das Foto aus dem Umschlag hatte einen Straßennamen geliefert. Alles andere war für Falkner simple Computerrecherche gewesen. In dieser Gegend gab es nur eine Klientin seiner Agentur. Sein Vorschlag, die Wünsche ihres Mannes mit ihren Interessen zu kombinieren, brachte ihm noch einmal 25.000 Euro ein, abgesehen von der weiteren Betreuung ihres beträchtlichen Erbes.

DER ZWEITGEBORENE

Es war ein lautes, gemeines Lachen. Aber keiner der anderen Gäste beachtete es. Die Frau, die in einer dunklen Ecke der Bar saß und den Mann gegenüber genau beobachtete, nahm eine Mappe aus ihrer Tasche und schob sie über den Tisch.

»Ich habe Kopien davon. Versuch also nicht, mich zu betrügen«, zischte sie leise und bemühte sich, möglichst überzeugend zu wirken.

Der Mann runzelte die Stirn und überlegte, ob er das Gespräch lieber gleich abbrechen sollte. Sein Bruder hatte ihm mit dem Hinweis, der Monatsabschluss könne unmöglich warten, einen Zettel auf den Schreibtisch gelegt und ihn angewiesen zu klären, was diese Person überhaupt wolle. Angeblich verfügte sie über brisante Informationen, die für die Zukunft des Unternehmens von Relevanz waren. Nicht, dass sein Bruder sich ernsthaft Sorgen machte, aber derartigen Hinweisen ging man besser nach.

Genervt nahm der Mann die Mappe in die Hand und betrachtete die Frau einen Augenblick lang. Offensichtlich hatte sie Mühe, sich mit der Tatsache abzufinden, dass ihr Äußeres seinen Reiz verloren hatte. Sie war übermäßig geschminkt, trug ein unpassend provozierendes Kleid, eine Kette aus Goldimitat und einen Ring, der müde funkelte. Er ahnte, dass sie früher eine Schönheit gewesen war. Aber das musste schon eine Weile her sein.

»Was meinen Sie damit, Sie hätten Informationen, die von gewisser Bedeutung wären«, fragte er gelangweilt, nahm sich eine Zigarette aus seiner Schachtel und zündete sie an. Ohne ihn zu fragen, bediente sie sich ebenfalls.

»Auf deine alten Tage wirst du auch noch unhöflich. Du erinnerst dich nicht mehr an mich, oder?«

Erstaunt schaute er sie an. Egal, wie sehr er sich bemühte, er hatte keinerlei Erinnerung an sie.

»Wir kennen uns?«

»Ist schon eine Weile her. Ich sage es dir noch einmal im Guten. Treib keine Spielchen mit mir.«

Sein Vater hatte beiden Söhnen die Firma zu gleichen Teilen vererbt, ihm aber nicht die gleichen Rechte eingeräumt. Zeit seines Lebens hatte der Vater ihn für einen oberflächlichen und nicht gerade zielstrebigen Menschen gehalten und ihn ständig mit seinem Bruder verglichen. Den Vorwurf des Vaters, er habe es zu nichts gebracht, hatte er noch auf dem Sterbebett von dessen Lippen ablesen können.

Sein Bruder hingegen war glücklich verheiratet, hatte drei Kinder und mit den Jahren sein Geld konservativ aber erfolgreich angelegt. Mit der Zeit hatte der Bruder auch politisch und gesellschaftlich einiges Ansehen erworben. Vom Vater war er immer bevorzugt worden. Dass ein Unterschied von drei Minuten zum Erstgeborenen reichte, um als Versager abgestempelt zu werden, hatte er in all den Jahren bitter erfahren müssen. Ginge es nach ihm, hätte er die Firma längst verkauft und das Weite gesucht. Aber darüber war mit seinem Bruder nicht zu reden. Noch heute hörte er dessen abfälliges Lachen und die Zurechtweisung, dass er im Unternehmen lediglich die Nummer Zwei sei. Manchmal fragte er sich, wen er eigentlich mehr hasste, seinen Vater oder seinen Bruder.

»Ich kann Ihnen nicht so richtig folgen. Was wollen Sie eigentlich?«, fragte er die Frau, die sich nervös umschaute. Niemand in der Bar beachtete sie.

»Steht alles da drin. Ich will 3.000 Euro. Ansonsten …«

Aufgeregt zog sie an der Zigarette.

Der Mann öffnete die Mappe. Alles war sorgsam kopiert worden: Quittungen von teuren Restaurants, Hotelrechnungen, indiskrete Fotos, handgeschriebene Berichte. Er nahm jedes einzelne Bild heraus und betrachtete es eingehend. Dann schmunzelte er. Nach den Quittungen zu urteilen waren die Fotos zehn Jahre alt. Er las die Berichte und amüsierte sich.

»Chantal? Ist das Ihr Künstlername?«

Die Frau schaute verständnislos. Bevor sie antworten konnte, fragte er weiter.

»Was meinen Sie mit Ageplay?«

Wütend drückte sie die Zigarette im Aschenbecher aus und lehnte sich über den Tisch.

»*Du* wolltest doch ständig, dass ich dich übers Knie lege. Lehrer-Schüler-Spiele. Böser, böser Junge! Hast du das vergessen? Deine Sexualpraktiken waren schon immer etwas kindisch.«

Der Mann lachte derart laut, dass die anderen Gäste neugierig herüberschauten. Die Frau starrte ihn verständnislos an. Einen Augenblick lang schien sie zu fürchten, dass ihr Plan nicht aufgehen würde. Zu sehr hatte sich ihr Gegenüber verändert.

»Ich bin auch mit der Hälfte des Geldes zufrieden. Du willst doch nicht, dass die Unterlagen in die falschen Hände geraten«, versuchte sie zu retten, was noch zu retten war.

Der Mann wischte sich die Tränen aus dem Gesicht und beruhigte sich allmählich.

»Ich gebe Ihnen die 3.000 Euro gern, wirklich gern.«

Er nahm sein Scheckheft aus der Jackentasche und schrieb die Summe aus.

»Ist der auch gedeckt? Die anderen Kopien vernichte ich erst, wenn ich das Geld habe.«

Die Frau griff nach dem Scheck und verließ schnell und ohne einen Gruß die Bar.

Zufrieden bestellte sich der Mann einen Brandy und wählte, nachdem der Kellner ihn serviert hatte, die Telefonnummer seines Bruders. Der meldete sich ungehalten. Er mochte es nicht, wenn man ihn aus seiner Arbeit riss.

»Ich stecke mitten in den Abschlüssen. Du weißt, dass ich dabei nicht gestört werden möchte.«

»Bruderherz, ich bin in den Besitz sehr aussagekräftiger Unterlagen gekommen.«

Noch einmal atmete der Mann tief durch, bevor er amüsiert weitersprach: »Du böser, böser Junge! Ich soll dich ganz lieb von Chantal grüßen.«

Er konnte spüren, wie sich der Schreck ins Bewusstsein seines Bruders brannte.

»Ich verstehe nicht? Chantal?«

Zufrieden lehnte der Mann sich in seinem Stuhl zurück. Es war keine Höflichkeit, dass er dem Bruder Zeit ließ, sich über die Tragweite seines Wissens klar zu werden. Er betrachtete seinen Brandy und ließ das Glas ruhig in seiner Hand kreisen. Zum ersten Mal würde er das letzte Wort haben.

»Ich denke, wir sollten noch einmal über den Firmenverkauf reden.«

Genussvoll nahm er einen Schluck und genoss die Stille am anderen Ende der Leitung.

WER EINMAL LÜGT

»Wie kommen Sie darauf, dass Ihr Nachbar … Wie war sein Name?«

»Opitz! Mozartstraße 7, im Musikerviertel.«

»Ja richtig. Wie kommen Sie denn darauf, dass er seine Frau umgebracht hat?«

Die Stimme des Kriminalbeamten klang ungehalten. Aber Frank Buchmann ließ sich davon nicht einschüchtern. Er wusste, was er wusste und würde nicht eher Ruhe geben, bis die Kripo einen Beamten bei Opitz vorbeigeschickt hatte, der seine eigenen Beobachtungen bestätigte.

»Frau Opitz ist seit drei Tagen verschwunden. Ich sehe sie sonst jeden Morgen am Zeitungskiosk, wo sie sich ein Rätselheft holt. Montags lässt sie ihren Tippschein prüfen, und sich einen eventuellen Gewinn auszahlen.«

Zufrieden mit sich, strich Frank Buchmann über seinen Bauch und nippte an dem Beruhigungstee. Nach seiner letzten Herzattacke hatte der Arzt ihm unmissverständlich mitgeteilt, dass ihn Kaffee und Weinbrand innerhalb kürzester Zeit in die Waagerechte bringen würden. Wenn er vorhabe, den Platz neben seiner Frau auf dem städtischen Friedhof möglichst schnell einzunehmen, solle er nur so weitermachen. Besser wäre, sich etwas Sinnvolles zu suchen: lesen, spazieren gehen, sich einem anderen Menschen zuwenden. Seitdem trank Frank Buchmann verschiedene Gesundheitstees und beobachtete argwöhnisch alle Nachbarn.

»Herr Buchmann! Sind Sie sicher? Das ist ein schwerer Vorwurf«, versuchte der Beamte es erneut.

»Ja, ich bin mir absolut sicher. Ich verstehe Ihre Zweifel überhaupt nicht.«

Ein paar Sekunden lang war es ruhig. Offensichtlich übte sich der Kriminalbeamte in Geduld.

»Wären Sie so freundlich, mir Ihr Alter zu verraten?«, fragte er höflich.

Sie glaubten ihm mal wieder nicht. Der Beamte am anderen Ende der Leitung hielt ihn für einen alten, senilen Trottel. Aber Frank Buchmann hatte nichts anderes erwartet.

»Was soll die Frage?«, erwiderte er leicht ungehalten.

»In der letzten Woche haben Sie uns einen Selbstmordattentäter gemeldet. Erinnern Sie sich? Der Mann war von den Stadtwerken und hat eine Luftmessung vorgenommen. Das Gerät auf seinem Rücken, das nach Ihrer Interpretation eine Bombe gewesen sein soll, war lediglich eine elektronische Messeinrichtung.«

Buchmann kratzte sich verlegen am Kopf.

»Das war ein Irrtum. Es hätte aber auch anders sein können. So etwas passiert andauernd.«

»Ein paar Wochen vorher haben Sie den ganzen Ort verrückt gemacht, weil Sie fest davon überzeugt waren, eine der gelieferten Milchflaschen wäre mit Formaldehyd versetzt worden. Von den ganzen Diebstählen und vermeintlichen Entführungen will ich gar nicht anfangen.«

»Maria ist jeden Montag um 10 Uhr am Kiosk und lässt ihren Lottoschein prüfen.«

»Maria?«

»Ja, Maria Opitz«, antwortete Buchmann und schaute verzweifelt in Richtung Himmel.

»Sie kennen sich näher?«

»Nein, ich kenne nur ihren Namen. Während wir hier sinnlos unsere Zeit vergeuden, beseitigt dieser Verbrecher alle Spuren.«

Buchmann begann allmählich, sich über den uneinsichtigen Beamten zu ärgern.

»Vielleicht ist sie verreist oder krank. Vielleicht ist etwas dazwischen gekommen, und sie ist später zum Kiosk gegangen. Oder vielleicht hat sie einfach keine Lust gehabt«, gab der Beamte zu bedenken.

»Maria Opitz ist eine sehr höfliche und freundliche ältere Dame. Sie hat Prinzipien. Und gestatten Sie mir, wenn ich das sage, wir führen seit fast zwei Jahren jeden Tag eine kleine und sehr angenehme Konversation, zumeist über Alltäglichkeiten oder über die Launen des Glücks. Es mag in Ihren Ohren albern klingen, aber die Freude an unseren Begegnungen war gegenseitig. Ich habe mich im Übrigen erkundigt. Maria Opitz war weder am Montag noch am Dienstag und auch nicht heute am Kiosk.«

Am anderen Ende der Leitung war schweres Atmen zu hören. Der diensthabende Polizist schien ratlos zu sein. Es dauerte eine Weile, bevor er erneut versuchte, den alten Mann von seiner Idee abzubringen.

»Sie sind sich also sicher, dass Herr Opitz seine Frau umgebracht hat. Können Sie mir sagen, warum er das getan haben sollte? Ich meine, er muss doch ein Motiv gehabt haben?«

»Ich nehme an, dass sie im Lotto gewonnen hat, und ihr Mann das Geld für sich allein wollte. Das Motiv ist Habgier. Habgier oder Geldgier? Ich weiß nicht, wie Sie das nennen. Sie müssen den Mann festnehmen.«

Eine Sekunde lang glaubte Frank Buchmann, dass die Leitung unterbrochen worden sei. Doch ein weiteres schweres Atmen verriet ihm, dass es nicht an dem war.

»Ihr Verdacht ist durch nichts begründet. Sie können doch nicht einfach behaupten …«

»Ich habe auf ihrer Terrasse einen Sack Kalk stehen sehen«, unterbrach Buchmann den Beamten ungehalten. »Kennen Sie den Garten von Herrn Opitz? Der Mann ist ein Vollblutgärtner, ein passionierter Rhododendrenzüchter. Seitdem er Rentner ist, kennt er nur noch seine Rhododendrenbüsche. Kalk ist das Letzte, was diese Pflanzen vertragen.

Sie brauchen sauren, humusreichen Boden. Kalk bringt sie um!«

»Beim besten Willen, Herr Buchmann, ich kann einen Menschen nicht verhaften, nur weil sein Nachbar aus Langeweile mit der Polizei plauschen will. Sollten Sie in den nächsten Tagen feststellen, dass Frau Opitz wirklich nicht wieder auftaucht, rufen Sie uns noch einmal an.«

Dann legte der Beamte grußlos den Hörer auf.

Frank Buchmann schaute ungläubig auf das Telefon. Aber es war niemand mehr zu hören. Enttäuscht lehnte er sich zurück und richtete den Blick auf den inzwischen kalt gewordenen Tee. Ein Mord war geschehen. Doch offensichtlich war er schon zu alt, als dass man ihm glaubte.

Schon längere Zeit hatte Buchmann tief in seinem Inneren gespürt, dass er sich zu Maria Opitz hingezogen fühlte. Auch wenn sie nie mehr als ein paar Worte miteinander gewechselt hatten, freute er sich doch jeden Tag wie ein Jungverliebter auf ihre Begegnung. Dass sie nicht mehr stattfinden sollte, machte ihn wütend. Wenn schon die Polizei nicht bereit war, den Mörder zur Verantwortung zu ziehen, er würde es tun.

Längst waren die letzten Bewohner des Ortes schlafen gegangen, als der Rentner Frank Buchmann, bewaffnet mit einem Spaten, einer Taschenlampe und seinem Fotoapparat, die kleine Pforte zum Garten der Familie Opitz öffnete. Nur die Geräusche der Nacht und sein schwerer Atem, der sich nicht beruhigen wollte, waren zu hören. Er schlich an den mannshohen Rhododendrenbüschen vorbei und tastete mit den Händen vorsichtig den Boden ab. Frank Buchmann ließ sich Zeit und vermied jede hektische Bewegung. Schließlich fand er, was er suchte. Der Boden war erst vor Kurzem ausgehoben und nur notdürftig verdichtet worden.

Aufgeregt wischte Buchmann sich den Schweiß von der Stirn und schaute sich noch einmal ängstlich um, bevor er zu graben begann.

Die Leiche war in ein Bettlaken gewickelt, mit Kalk bestreut und höchstens einen halben Meter in der Erde verscharrt. Er hatte recht gehabt. Jetzt würden sie ihm glauben müssen.

Mit zitternder Hand griff Frank Buchmann nach seinem Fotoapparat. Nur ein Bild würde er machen, ein einziges Bild, einen unwiderlegbarer Beweis. Mit der freien Hand zog er der Leiche das Laken vom Kopf. Aber statt in das vertraute Gesicht Marias zu blicken, starrte er in die toten Augen ihres Mannes.

Am nächsten Tag nahm der diensthabende Polizeibeamte das Telefongespräch nur widerwillig entgegen, während die Kollegen genussvoll ihre Frühstücksbrote aßen und sich dabei köstlich über seine Verzweiflung amüsierten.

»Buchmann am Apparat. Wir hatten gestern miteinander gesprochen. Sie erinnern sich?«

»Wie könnte ich das vergessen. Welches Kapitalverbrechen darf es denn heute sein?«

»Ich möchte einen Mord melden. Ich habe Herrn Opitz getötet! Erschlagen mit einem Spaten! Aus Eifersucht!«

»Herr Buchmann, es reicht. Erst erzählen Sie mir, dass Frau Opitz tot ist. Ich Idiot glaube Ihnen auch noch und statte der ahnungslosen Frau einen Besuch ab. Für wie dumm halten Sie mich eigentlich? Wenn Sie diese Spielchen nicht unterlassen, sehe ich mich gezwungen, Sie wegen ungebührlichen Verhaltens vor Gericht zu bringen.«

Buchmann hielt den Telefonhörer in sicherer Entfernung. Als die Stimme am anderen Ende der Leitung endlich schwieg, legte er den Hörer leise auf. Ein Lächeln nistete in seinem Mundwinkel, als Maria ins Zimmer kam. Sie legte zwei Flugtickets auf den Klubtisch und setzte sich neben ihn auf das Sofa. Mit ihrem Lottogewinn konnten sich beide die Weltreise leisten. Glücklich nahm er ihre Hand.

»Ich habe versucht, mich zu stellen. Aber du hattest recht, sie haben mir kein Wort geglaubt.«

WENN MÄNNER SICH ÄNDERN

Pünktlich um 04:30 Uhr klingelte der Wecker. Hauptkriminalkommissar a. D. Günther Schmidtke setzte sich ruckartig auf und wartete, bis das mechanische Ungetüm vor Erschöpfung zu klingeln aufhörte. Obwohl Schmidtke seinen wohlverdienten Ruhestand längst erreicht hatte, begann er den Tag mit dem immer gleichen Ritual. Etwas daran zu ändern, wäre ihm einem Verrat gleichgekommen.

Eine Viertelstunde später absolvierte er, gerüstet mit Zollstock, Fotoapparat und Notizblock seine tägliche Runde durch die Gartensiedlung. Hauptkriminalkommissar a. D. Schmidtke befand sich in permanentem Kampf gegen die Missachtung und Gleichgültigkeit gegenüber geltenden Verordnungen. Ob ein Auto den vorgeschriebenen Abstand zum Bordstein nicht eingehalten hatte, eine Hausnummer unbeleuchtet blieb oder gar Zweige in ihrem Wachstum die Toleranzgrenze zum öffentlichen Gehweg überschritten hatten, er duldete keines dieser Vergehen und brachte beharrlich jede Übertretung zur Anzeige.

Obwohl den Mitarbeitern des Ordnungsamtes der Gemeindefrieden selbstverständlich am Herzen lag, waren sie über die zusätzlichen Einnahmen durchaus erfreut. Beschwerden der Angezeigten wurden mit dem Hinweis, dass ihnen die Hände gebunden seien, freundlich abgewiesen und es wurde die Bitte geäußert, sich doch einfach an die geltenden Vorschriften zu halten.

Beschimpfungen, Beleidigungen oder gar Drohungen wurden von Schmidtke genauso zur Anzeige gebracht wie eine schallende Ohrfeige, die er von einer Witwe bekommen hatte, als er während einer Trauerfeier die Trauergäste aufgefordert hatte, ihre Autos sofort von den Gehsteigen zu entfernen.

In den zwei Jahren seines wohlverdienten Ruhestandes hatte es so gut wie keinen Bürger gegeben, der nicht zu der einen oder anderen Ordnungswidrigkeitsanzeige hatte Stellung nehmen müssen.

Obwohl niemand Schmidtke mochte und eine zunehmende Anzahl von Bürgern ihm alles Schlechte wünschte, empfand er seine Tätigkeit als Dienst an der Gesellschaft. Irgendwann würden sie es schon verstehen.

An diesem Morgen hatten ihn seine Bemühungen um Disziplin und Ordnung unerwartet lange beschäftigt. Doch mehr als die auffallend vielen Vergehen wunderte Günther Schmidtke die permanente Freundlichkeit der meisten Bürger, welche ihn allesamt höflich und mit einem Lächeln begrüßten. Anfänglich glaubte er noch, dass die Mühen seiner Arbeit endlich Früchte tragen würden, doch als ihn die Postfrau fast schon liebenswürdig darauf hinwies, dass sich das Briefporto zu seinen Gunsten geändert habe, wurde er misstrauisch. Seit Jahren hatte Schmidtke keinen Brief mehr geschrieben. Letztendlich tat er den Zwischenfall als Verwechslung ab.

An diesem Morgen ging Hauptkriminalkommissar a. D. Schmidtke zufrieden, wenn auch ein wenig erschöpft von all den Anzeigen, die er hatte ausschreiben müssen, nach Hause. Verwundert nahm er noch den Gruß des Bäckers entgegen, der um diese Zeit eigentlich längst zu schlafen pflegte und betrat verunsichert seine Wohnung.

Den Duft des Todes nahm Schmidtke sofort wahr. Dieser süßliche, schwere Geruch toten Fleisches war ihm zu oft begegnet, als dass er sich täuschen ließ. In seinem Haus lag eine Leiche.

Noch bevor Schmidtke nach der Quelle des Geruchs suchen konnte, klingelte es an der Haustür. Erstaunt schaute er sich um. Er konnte sich nicht erinnern, wann die Klingel das letzte Mal betätigt worden war, aber einen ungünstigeren Zeitpunkt als diesen Moment konnte es nicht geben.

Vorsichtig öffnete Schmidtke die Tür einen Spalt. Vor seinem Eingang standen zwei Polizisten, Kollegen, die er noch von früher kannte.

»Hallo Günther! Gar nicht so einfach, dich anzutreffen«, begrüßte ihn der Ältere, dessen Name Schmidtke entfallen war. Der Jüngere brachte die Lippen kaum auseinander und nuschelte gleichgültig eine Begrüßung durch seine schmalen Lippen.

»Was kann ich für euch tun?«, fragte Schmidtke vorsichtig und trat einen Schritt vor die Tür.

»Kennst du diese Frau? Sie soll sich hier in der Gegend aufhalten.«

Schmidtke schaute sich das Bild genau an. Er hatte die Person noch nie gesehen und wusste dennoch sofort, dass sich ihre Leiche in seinem Haus befand. Zwar hatte er keine Ahnung, wie sie dort hingekommen war, aber jeder Erklärungsversuch würde ihn nur belasten.

»Nein, Jungs! Kenne ich nicht. Was ist mit ihr?«, versuchte er, möglichst gleichgültig zu fragen.

»Eigentlich gehörst du ja nicht mehr zu uns. Aber für einen alten Kollegen kann man schon mal eine Ausnahme machen«, sagte der Polizist, dessen Namen er vergessen hatte. »Edith Sanders, eine Heiratsschwindlerin! Hat es auf betuchte, ältere Herren abgesehen. Borgt sich von ihnen nicht gerade unbeträchtliche Summen Geld und verschwindet dann. Das Übliche halt.«

»Wie seid Ihr darauf gekommen?«

»Ein Betrogener hat sie angezeigt. Anonym, versteht sich. War ihm wohl peinlich«, bemerkte der Jüngere und kicherte albern.

Es war alles gesagt. Die beiden Polizisten grüßten lässig und gingen zu ihrem Wagen. Bevor der Ältere ins Auto einstieg, rief er Schmidtke noch amüsiert zu: »Bist du immer noch als Bürgerschreck unterwegs?«

Schmidtke nickte, strich sich nachdenklich die Haare nach hinten und wartete, bis das Auto in der Ferne verschwunden war. Erst dann betrat er die Wohnung wieder.

Er hatte sich nicht geirrt. Die Frau lag auf dem Sofa. Die Abdrücke an ihrem Hals waren eindeutig. Irgendjemand hatte sie erwürgt. Schmidtke schätzte, dass sie ungefähr drei, höchstens vier Tage tot war. Der Verwesungsgeruch war schon deutlich wahrnehmbar und würde, wenn die Sonne erst einmal aufs Haus schien, unerträglich werden.

Doch sein Erstaunen nahm noch zu. Auf dem Tisch standen zwei Tassen. Ein Teller war an der Wand zerschellt. Kaffee war auf den Teppich gelaufen. Die Stehlampe lag auf dem Boden. Offensichtlich hatte es einen Kampf gegeben.

Als Schmidtke einen neuen Film für seinen Fotoapparat aus dem Schrank holen wollte, um das Verbrechen akribisch zu dokumentieren, fand er ihre Sachen ordentlich neben seinen aufgehängt vor. Diverse Kleider, Jacken, selbst Unterwäsche, die unmöglich von Männerhänden zusammengelegt worden sein konnte, lagen ordentlich in einem der Fächer. Im Bad stand ihre Zahnbürste neben seiner. In seinem Bett fand er ihr Nachthemd. Selbst im Postständer entdeckte er zwei Tickets für eine Reise nach Tunesien. Schmidtke war sich zudem sicher, dass sich in seiner Wohnung mehr Fingerabdrücke von ihr befanden, als er würde erklären können. Über die DNA-Spuren dachte er lieber gar nicht erst nach.

Da weder ein Fenster noch die Tür eingeschlagen worden waren, mussten die Täter – denn dass es mehrere gewesen waren, stand für ihn längst fest – die Tür mit einem Nachschlüssel aufgesperrt haben. Schmidtke öffnete die Wohnungstür noch einmal und betrachtete das Schloss eingehend. Ein paar frische Kratzer bestätigten seine Vermutung. Hier hatte sich jemand Zugang verschafft.

»Guten Tag, Herr Schmidtke!«

Wie ein erwischtes Kind richtete er sich auf. Die Freundlichkeit der Nachbarn war ihm von Anfang an verdächtig vorgekommen. Dass ausgerechnet die neugierige Frau Rudeck, die ihn sonst nur mit tiefster Verachtung strafte, auf einmal liebenswürdig und gesprächig war, ließ Günther Schmidtke ängstlich aufhorchen.

»Ich habe ein paar Erdbeeren für Ihre Freundin gepflückt. Sie war leider heute früh nicht da. Eine wirklich nette Person«, sagte die Rudeck mit einer Unschuldsmiene, die ihn fast zum Lachen brachte. Er nahm den Korb Erdbeeren kommentarlos entgegen und starrte sie nachdenklich an.

»Es ist schon erstaunlich, wie sehr eine Frau das Leben eines Mannes zu verändern vermag«, resümierte die Nachbarin gekünstelt und lächelte scheinheilig. Etwas linkisch bedankte sich Schmidtke für die Erdbeeren. Frau Rudeck ging ohne ein weiteres Wort zurück in ihr Haus und winkte ihm noch einmal unverfroren zu.

Günther Schmidtke war viel zu sehr Profi, um nicht zu erkennen, dass es für ihn keine Alternative gab. Zurück in seiner Wohnung setzte er sich erschöpft gegenüber der Leiche in den Sessel und wartete auf die Nacht. Sie muss eine wirklich schöne Frau gewesen sein, ging es ihm durch den Kopf. Wahrscheinlich hatte jemand sie aus Enttäuschung umgebracht. Ein einsamer alter Herr, wie er selbst einer war.

Hauptkriminalkommissar a. D. Schmidtke zerriss die Anzeigen des Vormittages und begann auf seinem Notizblock akkurat alle Schritte aufzuschreiben, die notwendig waren, um ein Verbrechen zu vertuschen.

DAS LÄCHELN EINER STIMME

»Guten Tag! Sie sprechen mit Ronald Köstner. Was kann ich für Sie tun?«

Es kam immer mal wieder vor, dass jemand keine Antwort gab. In der Regel meldete sich der Anrufer jedoch. Meist dauerte es eine Sekunde, bis er begriff, dass er falsch verbunden war. Eine Mischung aus gestammelten Entschuldigungen, Ungläubigkeit und albernem Getue war die übliche Reaktion.

Auf der anderen Seite wurde die Verbindung unterbrochen.

Ronald Köstner gab nichts darauf. Vielleicht war es ein Rentner gewesen, der sich langweilte und wahllos Telefonnummern wählte oder ein paar Kinder, die sich einen Spaß machten.

Als der Anrufer aufgelegt hatte, schaute Ronald Köstner nur gelangweilt auf den kleinen grünen Knopf, der längst abgegriffen war. Ein Aufleuchten würde den nächsten Anrufer ankündigen. Aber es war ein ruhiger Wintermorgen mitten in der Woche und nur selten rief jemand an, um sich nach den aktuellen Streckensperrungen oder wetterbedingten Verspätungen zu erkundigen. Es war viel zu warm für die Jahreszeit und nichts deutete darauf hin, dass sich die Wetterlage in den nächsten Tagen ändern könnte.

Es war ein unwichtiger Anruf, scheinbar ohne jegliche Bedeutung. Erst später würde sich Ronald Köstner fragen, ob er an einem anderen Tag als an jenem unbedeutend schwermütigen Morgen einen ausgebliebenen Herzschlag hätte hören können.

Ebba Pfeiffer starrte entsetzt auf ihr Telefon. Sie war sich sicher. Er war es. Diese Stimme bekam sie nicht mehr aus ihrem Kopf. Seit ihrer Kindheit klebte sie in ihrem Hirn und ließ sich nicht vergessen. Salzhonig hatte sie es als Kind genannt, seine Stimme hat die Farbe von Salzhonig.

Damals hatten Ärzte ernsthaft an ihrer Geistesverfassung gezweifelt. Wie konnte eine Stimme nach etwas schmecken? Dass dieser Salzhonig jedes Mal träge durch ihren Kopf sickerte, wenn sie sich nachts auf die andere Seite drehte, wurde als irreparables Trauma gedeutet. Kein Wunder, nach dem, was sie durchgemacht hatte.

Er war es! Es gab keinen Zweifel.

Die zwanzig Jahre hatten seine Stimme nicht verändert. Sicher, sie war glasiger geworden, aber noch immer schmeckte sie widerlich. Salzhonig!

Die Büroräume der Zugauskunft in Berlin befanden sich nur wenige U-Bahn-Stationen von Ebba Pfeiffers Wohnung entfernt. Fassungslos schaute sie auf den Stadtplan. Konnte es möglich sein? Konnte es wirklich möglich sein, dass er jahrelang fast neben ihr gelebt hatte, und sie dennoch von seiner Existenz nichts geahnt hatte?

Bei dem Gedanken wurde ihr schwindlig, und sie musste sich hinlegen. Ebba versuchte, Halt auf dem Sofa zu finden. Aber es half nichts. Auch das autogene Training versagte. Die Erinnerungen wucherten und nichts schien dies verhindern zu können.

In ihrer Erinnerung sah sie das verwitterte Backsteingebäude, umgeben von einem verwilderten Garten. Das Gebäude stand verlassen direkt an einer Weggabelung parallel zu den Schienen.

Ebba hatte es eilig. Sie sah sich rennen, mit ihren langen Zöpfen und dem abgewetzten Schulranzen. Elf Jahre war sie alt. Es war Sommer und schrecklich warm. Ihre Schwester hatte ihr in der Hofpause einen Zettel zugesteckt: *Ich habe den Eingang gefunden!*

Ebba hatte nicht daran gezweifelt. Wenn jemand den Eingang hatte entdecken können, dann Linda.

Ursprünglich hatte das Backsteinhaus einem Schrankenwärter und seiner Familie als Wohnung gedient. Später, als die Bahn niemanden mehr benötigte, der die Schranke dreimal am Tag herunter- und wieder heraufkurbelte, verfiel das Gebäude. Abgesehen von den wenigen Güterzügen, die ab und an vorbeifuhren, war dies mit Abstand der einsamste Ort, den man finden konnte. Hier fühlte sich Ebbas Schwester wohl, obwohl es ein verbotener Ort war. Der Vater hatte es ihnen untersagt, dort zu spielen. Dennoch zog das Haus die beiden Schwestern magisch an. Es war ihr Geheimnis.

Und jetzt hatte Linda den Eingang gefunden. Manchmal kam es Ebba so vor, als sei Linda nur ein Spiegelbild von ihr, und dem silbrigen Glas entsprungen, um mit ihr zu spielen.

Linda war so zerbrechlich. Ihre Haut war dünner als die normaler Menschen, die Adern lagen wie feine Wurzeln unter ihrer Haut. Linda war zu früh geboren worden. Schon immer war sie ungeduldig und endlos neugierig gewesen. Sie hatte keine Zeit, zu warten. Sie wollte leben. Dass sie ein Frühchen war, hatte Linda zu etwas Besonderem gemacht. Für Ebba war ihre Schwester eine Fee.

Ich habe den Eingang gefunden!

Ebba wollte ihr zu gern glauben. Aber Linda log. Linda log immer. Nie konnte sie die Wahrheit sagen. Wenn es schön war, behauptete sie, dass es regnete. Und wenn es regnete, sagte sie, die Sonne schiene. Wenn es ihr schlecht ging, strahlte sie alle an. Wenn es ihr gut ging, ließ sie sich trösten. Und wenn sie Angst hatte, lachte sie.

Damals hatte Linda gerade ihren zehnten Geburtstag gefeiert. Sie würde immer zehn Jahre alt bleiben.

Der geheimnisvolle Eingang führte zu dem Märchenschloss, von dem ihr Vater erzählt hatte. Wieder und wieder musste er von diesem Ort berichten. Ebba und Linda liebten die Geschichte. Er durfte nie auch nur ein kleines Detail weglassen. Einen ganzen Winter lang hatte er sie erzählen müssen.

Eng umschlungen lagen die beiden Schwestern jedes Mal in seinem Bett und warteten. Wenn er dann die Decke, die auf dem warmen Ofen gelegen hatte, über sie breitete, kicherten sie. Erst, wenn der Vater sich räusperte und mit wichtiger Stimme zu sprechen begann, waren sie schlagartig ruhig.

Es war einmal ein riesiges Schloss mit ganz vielen riesigen Türmen. Ein wunderschöner Garten mit Blumen, die nur dort wuchsen, befand sich im Innenhof. Kein Erwachsener konnte dieses Schloss finden, egal, wie sehr er sich auch bemühte. Das Schloss stand an einem geheimen Ort. Nur Kindern gelang es manchmal, wenn sie ganz fest daran glaubten, den Eingang zu finden.

Im Schlossgarten war es immer warm, und es duftete herrlich. Vögel zwitscherten das ganze Jahr. In der Mitte des geheimnisvollen Gartens sprudelte aus einem blassblauen Stein, der wie die Iris eines Auges aussah, eine Quelle. Das Wasser schien zu singen. Wenn man ganz leise war, konnte man Hunderte – ach was Tausende – von Stimmen hören, die eine wunderschöne Melodie summten.

Dieses Wasser hatte Zauberkräfte, und wer sich auch nur einen winzigen klitzekleinen Tropfen davon, nicht größer als eine Träne, auf die Nasenspitze tröpfelte, dem erfüllte der Steinwächter einen Wunsch.

Der Steinwächter war ein Hüne, der in dem Schloss lebte. Er bewachte den Eingang und beschützte die Quelle. Er achtete darauf, dass jeder nur einen einzigen Tropfen davon bekam. Wer zu gierig war und zu viel von dem Wasser nahm oder wer ihn gar belog, den verwandelte er auf der Stelle in einen Stein, den er dann nachts auf ein Feld warf. Nie wieder hörte man etwas von solchen armen Kindern. Den anderen aber erfüllte er ihre Wünsche.

Als sie klein gewesen waren, hatten Ebba und Linda danach noch lange in Vaters Bett gelegen, einander Mut geschworen und sich endlos viele Wünsche zugeflüstert, bis sie vor Müdigkeit eingeschlafen waren.

Ebba wollte sich nicht mehr erinnern. Sie spürte, wie ihr die Tränen über das Gesicht liefen und konnte nichts dagegen tun. Sie hatte Angst vor diesen Erinnerungen. Sie wollte aufspringen, wegrennen, aber sie lag auf dem Sofa, ohne sich rühren zu können.

Es war *seine* Stimme am Telefon gewesen, die Stimme des Steinwächters. Nur *sie* hatte die Farbe von Salzhonig.

Ich habe den Eingang gefunden!

Ungelenke Worte auf einem winzigen Zettel. Sie durften in dem alten Bahnwärterhäuschen nicht spielen. Der Vater hatte es ihnen verboten. Doch nur hier konnte sich der Eingang befinden. Ebba hatte es gewusst. Sie wusste es schon immer.

Sofort nach der Schule war sie dort hingeeilt. Linda hatte nicht auf sie gewartet. Sie konnte nicht warten.

Ich habe den Eingang gefunden!

Aus den Tiefen des Backsteingebäudes hatte Ebba bedrohliche Geräusche gehört und ängstlich die Schultasche auf den Boden fallen lassen. Sie war in den Keller geschlichen. Es war dunkel. Sie konnte kaum etwas erkennen. Nur den Schatten eines Mannes sah sie. *Den Steinwächter.*

Linda saß auf seinem Schoß. Linda lachte. Linda hatte Angst. Immer, wenn sie Angst hatte, lachte sie.

Lass sie los, hörte Ebba sich rufen. *Lass sie gehen!* Und dann hatte sie versprochen, an Lindas Stelle zu treten.

Ein Gefühl war über sie gekommen, als ob sich feinste Steinfasern in ihrem Unterleib ausbreiteten und erstarrten. Sie konnte sich nicht bewegen. Als würde ihr Körper versteinern. Der Steinwächter war über ihr. Er stöhnte und schnaufte und sagte schreckliche Dinge.

Linda wollte helfen. Linda schrie. Ein einziger Schrei. Ein Schrei, den man nie wieder vergisst. Die kleine, zarte Fee sprang dem Steinwächter auf den Rücken und schlug mit ihren winzigen Fäusten auf ihn ein. Aber er war stark, so unendlich stark. Er griff Linda mit einer einzigen Bewegung und warf sie einfach weg. Es gab ein schreckliches Geräusch, ein Geräusch wie Zersplittern von feinem Glas.

Ebba hatte es sofort gewusst. So klang es, wenn eine Fee zerbricht.

Sie wollte aufspringen, aber sie konnte es nicht. Sie war zu Stein geworden. Der Steinwächter hatte sie verwünscht. Er ließ nicht los. Er hörte nicht auf. Sein Speichel lief ihr über das Gesicht. Seine Worte versickerten in ihrem Kopf.

Salzhonig. Salzhonig. Salzhonig.

Der Hund eines Spaziergängers hatte Ebba zwei Tage später gefunden. Sie war mehr tot als lebendig gewesen. Linda hatte niemand mehr helfen können. Die kleine Fee war an der Wand zerschmettert worden.

Der Mann war nie gefunden worden. Ebba hatte ihn nicht beschreiben können, es war zu dunkel im Keller gewesen.

Ebba lag auf dem Sofa. Schmerz kann man nicht erinnern, hatten sie ihr gesagt. Aber es stimmte nicht. Sie war sich sicher.

Er war es. Seine Stimme. Seine Worte. Nur sie allein konnte das wissen. Nur sie würde ihn identifizieren können. Aber niemand würde ihr glauben.

Der Mann am Telefon war der Steinwächter. Er hatte ihre Schwester zerschmettert und Ebbas Innerstes zu Stein erstarren lassen. Keine Stimme ist gleich. Seine Stimme hatte die Farbe von Salzhonig.

Als Ronald Köstner wenige Tage später in den Lauf der Pistole blickte, fragte er sich, ob er an einem anderen Tag als an jenem unbedeutenden, schwermütigen Morgen ihren ausgebliebenen Herzschlag hätte hören können. Aber die Frage war nicht mehr wichtig. Sie hatte ihn gefunden. Sie war der erste und einzige Fehler, den er in all den Jahren gemacht hatte. Stets hatte er sorgfältig darauf geachtet, keine Spuren zu hinterlassen. Doch damals war er noch zu jung gewesen, um zu erkennen, dass auch Worte Spuren hinterließen.

DER TEUERSTE WHISKY DER WELT

Jane wusste, wo das Geld versteckt war. Sie wusste auch, dass die Scheine nicht registriert waren. Es wäre für sie ein Leichtes gewesen, damit durchzubrennen. 250.000 Euro waren selbst für eine Frau, die liebte, eine große Versuchung.

»Sie müssen noch unterschreiben, damit alles seine Richtigkeit hat«, sagte der Vollzugsbeamte und schob einen A4-Umschlag und ein Formular über den Tisch.

Artur Polchen erwachte aus seinen Gedanken und schaute den Mann, der einen graumelierten Schnauzbart in einem verbrauchten Gesicht trug, fragend an. Dann blickte er kurz in den Umschlag, und als er den alten, schon leicht angerosteten Vierkantschlüssel entdeckte, nahm er den Stift und unterschrieb. Der Beamte prüfte die unleserlichen Buchstaben, schien aber nichts beanstanden zu wollen.

»Werden Sie abgeholt?«

Polchen verspürte keine Lust, mit seinem Gegenüber zu reden. Mit den Jahren hatte er gelernt, dass Worte trügerisch sein konnten, zudem verband ihn nichts mit dem ergrauten Beamten. Warum sollte er mit ihm über seine Hoffnungen und Wünsche reden. Jane würde nicht da sein, um ihn abzuholen. Sie beide hatten es so bestimmt.

»Was ist, werden Sie nun abgeholt?«

»Was interessiert Sie das?«

»Ja, ich freue mich auch, Sie wieder zu sehen«, erwiderte der Schnauzbart gleichgültig. Ob seine Prophezeiung auf jahrelangen Erfahrungen basierte oder einer mit den Jahren eingeschliffenen Resignation entsprungen war, Polchen verschwendete keinen Gedanken daran.

Wenig später stand er am Tor und wartete darauf, dass es sich öffnete. Es war kalt, und der Frost schnitt ihm in Gesicht und Hände. Seine Unterschrift wäre nicht lesbar, behauptete der Diensthabende und versicherte sich nochmals telefonisch, ob auch alles formal richtig sei. Die kleine Rache eines unbedeutenden, schnauzbärtigen Beamten. Artur Polchen gönnte sie ihm. Die paar Minuten würde er auch noch herumbringen.

Zuerst hatte er vor, sich einen *69 Linkwood* von *Gordon & MacPhail* zu leisten, einen schottischen Whisky, passend zu seinem Alter. Er mochte die feine Rauchigkeit, die Vielzahl der Fruchtaromen, den sanften Geschmack nach Sherry und die leichte Torfnote.

Er würde ihn mit Jane trinken. Jane war eine gute Frau. Sie hatte auf ihn gewartet. Für eine Frau ihrer Klasse waren zehn Jahre eine verdammte Ewigkeit. Polchen hatte immer damit gerechnet, dass sie ihn wegen eines anderen Kerls verlassen und mit seinem Geld durchbrennen würde. Immerhin war sie, als er eingefahren war, nicht nur jung und ausgesprochen hübsch, sondern auch kein Kind von Traurigkeit gewesen. *Nur nicht an morgen denken*, war ihre Maxime. *Einzig der Augenblick zählt.* Jane lebte gern großzügig, und einer geregelten Tätigkeit nachzugehen, gehörte definitiv nicht zu ihren Stärken. Er wäre ihr nicht einmal böse gewesen, wenn sie ihn vergessen hätte. Dennoch hatte Jane trotz seiner Zweifel zu ihm gehalten.

Im Grunde genommen hätte damals gar nichts schief gehen dürfen. Der Tipp war grandios gewesen. Eine gute Freundin von Jane hatte beim Putzen im Haus eines Geschäftsmannes, der gleichzeitig Katzenfreund war, den Koffer mit dem Geld zufällig unter den Dielen entdeckt. Sie hasste Katzen, und als ihr wieder einmal eine vor die Beine gelaufen war, war sie ungeschickterweise über einen Eimer Wischwasser gestolpert und hatte ihn umgerissen. Verwundert hatte sie daraufhin festgestellt, dass das Wasser sofort zwischen den Dielen versickerte. Aus Angst, ihren Job zu verlieren, hatte sie mit einem Schraubenzieher eine Bodendiele angehoben und so das Versteck entdeckt. Der Koffer war durch das Wasser kaum zu Schaden gekommen, das Geld darin trocken geblieben. Janes Freundin hatte den Rest der Flüssigkeit aufgewischt, alles wieder in Ordnung gebracht, ihren Putzlohn genommen und sich anschließend mit Jane zur Maniküre getroffen. Schnell war man sich einig gewesen. Die Freundin hatte Sehnsucht nach ihrer polnischen Heimat, und mit einem angemessenen Anteil hätte sie sich eine triumphale Rückkehr in ihr kleines Dorf leisten können.

Zwei Wochen später, in der Nacht von Sonntag zu Montag, war Artur Polchen in die Wohnung eingestiegen. Der Geschäftsmann befand sich auf einer Dienstreise und alles schien ein Kinderspiel zu sein. Polchen war direkt zu der Stelle gegangen, wo das Geld versteckt sein sollte und hatte die Diele geöffnet, lediglich beobachtet von ein paar neugierigen Katzen, die gemaunzt, gefaucht und ein bisschen beleidigt geschnurrt hatten, weil er sie so gar nicht beachtete. Er hatte den Koffer nehmen und wieder verschwinden wollen. Damit, dass eigens jemand zur Betreuung der Katzen engagiert worden war, hatte Polchen nicht gerechnet. Ein paar schlurfende Schritte hatten ihm verraten, dass er nicht allein in der Wohnung war. In der Dunkelheit hatte er nicht erkannt, was für einen Gegenstand er vom Schreibtisch genommen hatte.

Der Gerichtsmediziner identifizierte ihn später als Porzellanaschenbecher im CATS Art Deco. Er wies Fingerabdrücke des Verdächtigen in einer hervorragenden Qualität auf.

Polchen wurden wegen Totschlags zehn Jahre aufgebrummt. Es gelang ihm, Jane aus allem herauszuhalten. Wahrscheinlich war sie ihm deswegen noch immer dankbar. Dass weder der Geschäftsmann, noch die Polizei oder das Gericht nach dem Geld gefragt hatten, war verwunderlich, doch Polchen war es recht gewesen. Es war gutes Geld. Nur der Sohn des Katzenfreundes hatte ihm bei der Urteilsverkündung einen Augenblick lang verschmitzt zugezwinkert, schien sich dann allerdings mehr für Janes Beine zu interessieren.

Endlich bewegte sich das Gefängnistor.

»Hat alles seine Richtigkeit«, sagte der Beamte. »Ist immer besser, noch mal nachzufragen. Typen wie Sie …«

Polchen hörte ihn nicht mehr. Sobald die Lücke groß genug war, schlüpfte er hindurch. Jane hatte sich an die Absprache gehalten. Er stand allein auf der Straße und atmete die Luft, die angeblich so frei war. Sie roch etwas feucht und abgestanden, wie er fand. Die Vorstellung, einfach nur nach Hause zu gehen, ließ ein Lächeln über Artur Polchens Gesicht huschen. Sollte er auf seine späten Tage noch romantisch werden?

Der Taxifahrer ließ sich von Polchen erst das Geld zeigen, bevor er ihn auf der Rückbank Platz nehmen ließ. Angeblich war er nicht der Erste, der die Bezahlung schuldig blieb. Polchen nannte ihm die Adresse und machte es sich bequem.

»Was soll denn da sein?«, fragte der Taxifahrer neugierig. »In der Ecke sagen sich doch nur Hunde und Katzen Gute Nacht.«

»Wenn, dann Füchse und Hasen. Fahren Sie einfach.«

Beleidigt gab der Mann Gas. Eine halbe Stunde später stand Polchen allein an einer Weggabelung. Um ihn herum gab es nur Felder. Am Horizont begann der Wald. Er wartete, bis das Taxi verschwunden war und ging auf der Straße zurück. Die Obstbäume waren in der Zwischenzeit gewachsen. Dennoch fand er die Betonringe der alten Wasserstelle sofort und kletterte, ohne zu zögern die verrostete Leiter hinab.

Weiter unten befand sich eine Luke in der Wand. Polchen nahm den Vierkantschlüssel aus dem Briefumschlag und öffnete sie. Der Koffer stand an seinem Platz. Aufgeregt öffnete er ihn und stellte fest, dass das Geld noch immer wie neu aussah. Heute ist mein Glückstag, dachte Polchen und steckte sich ein paar Scheine in die Tasche.

Ein Kurierfahrer nahm ihn bis in die Stadt mit. Polchen kaufte Blumen und Pralinen, von denen er wusste, dass sie Jane schmeckten, dazu ein paar hübsche Ohrringe. Bei *WHISKY & CIGARS* erstand er die Flasche *69 Linkwood* von *Gordon & MacPhail*, legte ein paar große Scheine auf den Tisch und steckte das Kleingeld ein. Gut gelaunt grüßte er dann in die Überwachungskamera, bevor er ging.

Jane erwartete ihn. Sie wirkte verspannt. Wahrscheinlich war sie aufgeregt, kein Wunder nach so langer Zeit. Beide waren älter geworden und dennoch sah sie noch immer verführerisch aus. Sie freute sich über die Geschenke, stellte artig die Blumen in eine Vase und servierte Kaffee und Kuchen. Lieber wäre Artur sofort mit ihr ins Bett gegangen. Aber jetzt hatte er ja Zeit, und ein wenig Einfühlungsvermögen konnte nichts schaden. Jane war ein gutes Mädchen. Vielleicht ein bisschen still geworden mit den Jahren.

Am Abend tranken sie ein Gläschen *69 Linkwood* und hingen beide ihren Gedanken nach. Er war froh, endlich wieder zu Hause zu sein.

Am nächsten Morgen klingelte es an der Haustür und Polchen öffnete sie, ohne sich dabei etwas zu denken. Zwei Polizeibeamte warteten nicht darauf, dass er sie hereinbat. Bevor er überhaupt eine Frage stellen konnte, lag er schon mit Handschellen an den Gelenken auf dem Boden. Ihre Anschuldigung, er wäre vor gut einem Jahr während eines Freiganges noch einmal in dieselbe Wohnung eingebrochen, hätte dieses Mal den Besitzer erschlagen und dann einen Koffer mit Geld geraubt, bezeichnete Artur Polchen als absurd. Niemand könne doch ernsthaft glauben, dass er so dumm sei. Jane würde das bestätigen.

Aber Jane bat um psychologischen Beistand. Sie erklärte, dass er einfach so aufgetaucht wäre, mit einer Selbstverständlichkeit, die ihr Angst gemacht hatte, und dass es ein Wunder sei, dass er nicht einfach über sie hergefallen wäre. Polchen konnte nicht glauben, was er hörte.

In der Urteilsbegründung stand später, dass es keinen Zweifel an der Wiederholungstat gebe, obwohl es dem Verurteilten gelungen sei, all seine Spuren zu beseitigen. Der schwere Aschenbecher war penibel abgewischt worden und auch sonst konnten keinerlei verwertbare Spuren gesichert werden. De facto gab es nichts, das Artur Polchen hätte überführen können. Nur dank der gestohlenen Geldscheine hatte der Mord nachgewiesen werden können, denn sie waren alle registriert. Ein glücklicher Zufall, der dem Tick des in die Jahre gekommenen Geschäftsmannes zu verdanken war, der niemandem über den Weg getraut und sich alles notiert hatte. Als nach Ladenschluss das Geld in der Bank eingezahlt wurde, meldete der Computer einen Treffer. Pech für Artur Polchen. Sein breites Lächeln in die Überwachungskamera bei *WHISKY & CIGARS* und seine Vorliebe für guten Whisky hatten die Beamten schnell auf seine Spur geführt.

Es dauerte eine Weile, bis Polchen begriffen hatte. Der Sohn des Katzenfreundes musste schon vor der ersten Tat einen Geldkoffer heimlich im Zimmer seines Vaters versteckt haben. Damit erklärte sich auch, dass niemand während der ersten Gerichtsverhandlung nach dem Geld gefragt hatte.

Nachdem Artur Polchen für zehn Jahre in den Knast gewandert war, hatte der Mann die Gelegenheit genutzt, sich an Jane heranzumachen. Ob sie nun erpresst worden oder einfach dem Reiz des Geldes erlegen war, konnte Polchen nur mutmaßen. Sie führte den Sohn jedenfalls zum Versteck des Geldes. Gemeinsam verprassten die beiden 250.000 Euro und ließen Artur in dem Glauben, dass Jane auf ihn warten würde. Als er im letzten Jahr seinen Hafturlaub genossen hatte, nutzte der Sohn die Gelegenheit, erschlug den Vater mit dem schweren Aschenbecher, packte die gleiche Summe – die von ihm registrierten Scheine – in den alten Koffer und bracht ihn zurück in das Versteck. Ein teuflischer Plan.

Nicht nur, dass dieser Kerl das gesamte Vermögen des Vaters erbte, er bekam zudem das gestohlene Geld zurück und obendrein auch noch Jane.

Polchen war sich sicher, dass damit die teuerste Runde Whisky aller Zeiten auf seine Rechnung ging.

UNERWARTETE BEGEGNUNG

Normalerweise bekam er die Fotos in einem braunen Umschlag zugestellt. Die Adresse des Opfers war maschinengeschrieben und als separater Zettel beigelegt. Mehr nicht. Alles andere erledigte er.

Darüber, dass seine Agentur plötzlich auf weiße Umschläge zurückgriff und die Adresse per Hand auf die Rückseite des Fotos geschrieben war, würde noch zu sprechen sein.

Natürlich verbrannte er die Fotos jedes Mal nach Erledigung des Auftrags, schließlich war er ein Profi. Die Agentur konnte sich hundertprozentig auf ihn verlassen, aber die gleiche Professionalität erwartete auch er von seinen Auftraggebern.

Der Mann auf dem Foto war jung, höchstens zwanzig, schätzte er. Schon vor Tagen, als der neue Umschlag gekommen war, hatte ihn das Gefühl beschlichen, dass er das Gesicht schon einmal gesehen hatte. Nur wo?

Der Schuss hatte knapp oberhalb des rechten Auges getroffen. Der junge Mann war zusammengesackt und sofort tot gewesen. Die Opfer werden immer jünger, dachte der Mann. Er entzündete das Foto und wartete darauf, dass es sich in Asche verwandelte, wobei er sich fragte, was der Junge verbrochen haben mochte. Schnell verscheuchte er den Gedanken. Er war viel zu sehr Profi, um nicht zu wissen, dass derartige Fragen einen zerstören konnten.

Er hatte gerade die Asche weggespült, als es an der Tür klingelte. Die Frau hatte sich kaum verändert. Zwanzig Jahre waren an ihr fast spurlos vorübergegangen. Sie lächelte, und die Erinnerung an seine erste und wahrscheinlich einzige Liebe ließ seine Knie einen Augenblick lang weich werden.

»Ich wusste nicht, wie ich es dir nach all den Jahren sagen sollte«, begann sie. »Aber ich finde, du hast ein Recht darauf! Deswegen habe ich dir sein Foto geschickt. Wirklich erstaunlich, … dein Sohn hat die gleichen Gesichtszüge wie du!«

GEBURTSTAGSÜBERRASCHUNG

Er sah beeindruckend aus, war gut fünf Jahre jünger als sie, kräftig, und sein sanftes Lächeln brachte sie fast um den Verstand. Er war einer diesen stillen, geheimnisvollen Typen. Später würde er sich als Juan Rodriguez vorstellen. Angeblich war sein Vater Argentinier. Sandra Martini hatte sich bisher noch nie auf ein amouröses Abenteuer eingelassen. Ihren Freundinnen erschien ihre Ehe bewundernswert harmonisch. Und tatsächlich liebte Sandra Martini ihren Mann noch immer. Nach zwanzig Jahren Ehe war das durchaus keine Selbstverständlichkeit. Die meisten Beziehungen in ihrem Freundeskreis waren längst zerbrochen oder dämmerten in einem Zustand schaler Gleichgültigkeit dahin. Der Wunsch, sich mit jemand anderem zu vergnügen, war Sandra in einer jener einsamen Nächte gekommen, in der ihr Mann Werner, ein Chirurg, wieder einmal Nachtdienst gehabt hatte.

Werner war ein gewissenhafter und fleißiger Arzt, manchmal ein wenig zu fleißig, wie sie fand.

Sandra hatte sich in dieser Nacht einsam gefühlt. Zum ersten Mal in ihrer Ehe spielte sie mit dem Gedanken, sich einem anderen Mann hinzugeben. Dabei verlangte es sie nach etwas Extravagantem, durchaus auch leicht Anrüchigem. Der Hauch von Verdorbenheit hatte etwas Faszinierendes. Die Vorstellung erregte Sandra und ließ sie die halbe Nacht nicht schlafen. Erst als ihr Mann in den Morgenstunden vom Dienst kam, schlief sie ein.

In zwanzig Jahren Ehe war auch ihre Fantasie in die Jahre gekommen. Ihr Liebesleben glich einem biederen Eintopf. Natürlich liebte Sandra ihren Mann von Herzen, aber in einem Monat würde sie ihren vierzigsten Geburtstag feiern und sich endgültig als alternde Frau fühlen. Einmal ihre Fantasien ausleben – und sei es nur in einem Traum – konnte ihr niemand verwehren.

Eine der wenigen Freuden, die sich das Ehepaar Martini zuweilen gönnte, waren Klassik-Konzerte. Das Bostoner Streichorchester gab nur ein Konzert in Deutschland und ihr Mann hatte mit viel Glück Karten erstanden. Für Sandra Martini war es der Höhepunkt des kulturellen Jahres. Sie hatte sich schon lange darauf gefreut. Doch als ihr Mann gegen seinen Willen, wie er behauptete, die Nachtschicht eines erkrankten Kollegen hatte übernehmen müssen, war sie maßlos enttäuscht gewesen. Erst sein Zureden überzeugte sie schließlich, allein zum Konzert zu gehen.

Juan Rodriguez war ihr in der Pause des Konzertes begegnet. In seiner Ungeschicklichkeit hatte er ein wenig Sekt auf ihr Kleid verschüttet. Er hatte sich entschuldigt und ohne sie zu fragen, ein neues Glas geholt. Sandra Martini war vom ersten Moment an von Juan Rodriguez beeindruckt gewesen. Mit seinen dunklen Augen, seinen kräftigen Händen und seinem stillen Lächeln war es ihm sofort gelungen, sie in seinen Bann zu ziehen. Alles was dann folgte, war das übliche Spiel der Geschlechter.

Zwei Wochen später trafen sie sich in einem zweitklassigen Hotel.

Es war die Nacht vor Sandras vierzigsten Geburtstag. Ihr Mann hatte wieder einmal Dienst. Alles passte perfekt. Es in einem zweifelhaften Hotel mit einem fast fremden Mann zu tun, fand Sandra aufregend. Allein seine Vorbereitungen ließen sie vor Erwartung zittern. Kommentarlos bespannte er das Bett mit einem schwarzen Gummilaken und entkleidete sie dann langsam und sehr sinnlich.

Für diese Nacht hatte sich Sandra extra verführerische Dessous gekauft, etwas, was sie bisher noch nie getan hatte. Diese Nacht sollte ihr schönstes Geburtstagsgeschenk werden. Zum ersten Mal würde sie ihre Fantasien ausleben.

Mit seinen kräftigen Armen hob Juan Rodriguez sie hoch und legte sie auf das Bett. Sie konnte seinen Atem spüren und bewunderte seine Ruhe.

Ihr Mann ließ sich nie so viel Zeit. Er machte sich jedes Mal über sie her, als gelte es, einen Menschen wiederzubeleben. Am Anfang ihrer Ehe hatte dieses ungestüme Verlangen sie fasziniert. Später hatte sie es nur noch als unsensibel empfunden.

Sandra Martini schaute Juan Rodriguez, der ihr geheimnisvoll zulächelte, erwartungsvoll an.

Als er Handschellen aus seiner Tasche zog, verwunderte sie das nicht. Bereitwillig hielt sie ihm ihre Handgelenke entgegen und ließ sich ans Bett fesseln. Sie würde alles tun, was er von ihr verlangte, und sie würde es genießen. Ihr ganzer Körper war pure Erwartung. Einmal etwas Anstößiges tun. Nur ein einziges Mal. Nein, Sandra empfand keine Schuldgefühle. Egal, was dieser Rodriguez vorhatte, es war ihr Geschenk. Sie hatte es sich ausgesucht. Sie würde diese Lust genießen, und dann wieder die treue Ehefrau sein.

Juan Rodriguez lächelte ihr zu und betrachte genussvoll ihren Körper. Seine Hände folgten ihren Konturen. Sie spürte die Wärme seiner Handflächen. Aber er berührte sie nicht. Sie schaute ihn sehnsüchtig an. Er schien etwas von Frauen zu verstehen. Ihr ganzer Körper bebte vor Aufregung und ihre Augen flehten um eine Berührung. Noch nie hatte sie derartige Gefühle verspürt.

Es dauerte einen Moment lang, bis Sandra begriff, dass er ihr den Mund verband. Plötzlich nichts mehr sagen zu können, empfand sie als unangenehm und bedrückend. Doch selbst jetzt kamen ihr keinerlei Bedenken.

Plötzlich klopfte es an der Tür. Juan Rodriguez schaute auf die Uhr und nickte anerkennend. Noch hoffte Sandra Martini, der Zimmerservice werde etwas bringen: eine Überraschung, ein wichtiges Utensil, das er benötigte, um sie endgültig um den Verstand zu bringen.

Den Mann, der durch die Tür trat, erkannte sie zuerst nicht. Nur langsam begriff Sandra Martini, dass es ihr Mann war. Erst als er Juan Rodriguez Geld gab, bekam sie Panik. Sie wollte schreien, vermochte es jedoch nicht. Rodriguez nickte ihr noch einmal freundlich zu. Dann schloss er leise die Tür.

Werner Martini stellte die Aktentasche neben das Bett seiner Frau. Er zog seinen Mantel aus und hängte ihn ordentlich an die Garderobe. Noch immer trug er die grüne Kleidung eines Chirurgen.

Ihr Mann setzte sich neben sie und prüfte gewissenhaft ihren Puls. Ohne sie anzuschauen, fragte er: »Wusstest du, dass du nachts sprichst?«

Sandra Martini schüttelte den Kopf. Sie versuchte, ihre Hände zu befreien, aber die Handschellen schnitten nur schmerzhaft ins Fleisch. Ängstlich starrte sie ihren Mann an. Liebevoll strich der ihr eine Haarsträhne aus dem Gesicht.

»Juan Rodriguez ist nicht sein richtiger Name. Sein Vater ist auch kein Argentinier. In Wirklichkeit heißt er Frank Müller und ist Privatdetektiv. Spezialgebiet Treuetest. Ein wirklich begabter und loyaler Mann.«

Werner Martini atmete mehrfach gleichmäßig tief ein und aus. So zu atmen, war eine Kunst. Er hatte diese Technik bei einem chinesischen Heilkundesymposium gelernt. Sie half ihm, sich auf das Wesentliche zu konzentrieren. Die innere Ruhe, die sich dabei einstellte, hatte er jedes Mal als ein kleines Wunder empfunden.

»Ich versteh' dich besser als du glaubst«, erklärte er schließlich nachdenklich. Liebevoll streichelte er ihr über die Augenbrauen. Er wusste, dass sie das sonst mochte.

»Jeder hat Fantasien. Fantasien auszuleben ist ein menschliches Grundbedürfnis. Wer vermag sich schon auf Dauer gegen Grundbedürfnisse zu wehren? Irgendwann ist immer das erste Mal!«

Sanft küsste Werner sie auf die Stirn. Dann holte er aus seiner Arzttasche verschiedene chirurgische Instrumente hervor und deponierte sie fein säuberlich auf dem Nachtschrank.

Sandra Martini starrte ihren Mann entsetzt an. Werner Martini lächelte ihr noch einmal zu. Es war ein kaltes Lächeln.

EINE GESCHICHTE, DIE EIGENTLICH NICHT ERZÄHLT WERDEN KANN

Ich kannte Helmut Müller. Auch wenn ich nicht gerade behaupten kann, dass er zu meinen Freunden gehörte. Wir respektierten uns in dem Maße, wie sich zwei Männer respektieren können, deren Begegnungen fast ausschließlich in einer Kneipe stattfinden. Um es deutlich und unmissverständlich zu sagen, weder Herr Müller noch ich sind Trinker. Dass wir uns regelmäßig bei einem Bier oder Wein in der kleinen Eckkneipe über den Weg liefen, war einfach darin begründet, dass wir die eigenen vier Wände gelegentlich nicht mehr ertragen konnten.

Ich bin ein ambitionierter Autor, fest davon überzeugt, irgendwann in den Bestsellerlisten ganz oben zu stehen. Natürlich bin ich niemals mit diesem Anspruch hausieren gegangen. Selbstverständlich weiß auch ich, dass die meisten Bestseller keine Frage literarischen Wertes sind, sondern Ergebnis ausgeklügelter Werbestrategien und abhängig von der Höhe des Verlagsbudgets.

Dass Herr Müller von meinen Bestsellerbestrebungen erfuhr, war ein Versehen und ergab sich aus jener Geschichte, die ich gleich erzählen werde. Jedenfalls garantierte Müller mir, dass ich diesen Status – er sagte wirklich Status, als handele es sich bei mir um den Bearbeitungsstand eines beliebigen Antrages – dass ich den Status eines Bestsellerautors mit der Veröffentlichung seiner Lebensgeschichte erreichen werde. Aber ich will nicht vorgreifen.

Alles hatte an einem Donnerstag begonnen, an einem ganz durchschnittlichen Novembertag. Nachdem ich mein tägliches Pensum an skurrilen Typen, literarischen Morden und menschlichem Versagen zu Papier gebracht hatte, verlangte es mich nach einem Glas trockenen Rotweins und einem guten Gespräch. Schließlich bekam ich meine Inspirationen vom Leben und von dem, was andere mir berichteten. Mein neues Buch mit kriminellen Kurzgeschichten würde bald fertig sein. Es fehlte nur noch eine Erzählung, um alles abzurunden.

Die Kneipe, in die ich mich nach geleistetem Tagewerk gern zurückzog, hieß *Sternenstaub*. Es gibt selten Orte, die gleichzeitig eine perfekte Mischung aus Wohnzimmer, Therapiezentrum und absurdem Theater sind. Im *Sternenstaub* trafen sich Lebenskünstler, Welterklärer, Verweigerer, Gestrandete, Schach-Matt-Gesetzte und Alltagsschauspieler jeglicher Couleur, es war quasi ein Mikrokosmos vom Aussterben bedrohter Individualisten.

Zu denen, die meinten, nicht viel erzählen zu können, gehörte auch Herr Müller. Regelmäßig nach der Arbeit – er verwaltete Ordnungsangelegenheiten, speziell Anträge zur Parkraumbewirtschaftung – besuchte er die Eckkneipe, um ein Alsterwasser zu trinken. Meist lauschte er nur den Gesprächen, ohne selbst etwas beizutragen, zuweilen nickte er beifällig oder nachdenklich, je nach Thema.

Herr Müller gehörte zu den Typen, für die ein Autor sich schon von Berufs wegen interessiert. Er versammelte in seiner Person alles, was man dem Berufsstand eines Beamten zuschreibt: Disziplin, Ordnung, Gesetzestreue sowie das übertriebene Wichtignehmen der eigenen Person und des Amtes. Darüber hinaus vereinte er ausgeprägtes Misstrauen gegen jeden gestellten Antrag und zeigte stabile Widerstandsfähigkeit gegenüber Ausnahmen jeglicher Art. Seine Erscheinung passte genau zu seinen Eigenschaften. Müller war ein kleiner, etwas aufgedunsener, rosiger Mittvierziger, den der Verlust der Kopfhaare dazu veranlasst hatte, die freien Flächen mit dem überlangen Seitenhaar abzudecken. Auch achtete er peinlich darauf, dass die Nasen- und Ohröffnungen enthaart und die Hände gepflegt waren. Wie gesagt, er war der Prototyp eines Beamten, ideal, um als fiktiver Kapitalverbrecher, Selbstbereicherer oder Eifersuchtsdelinquent in Erscheinung zu treten.

Meine Vorstellung für die Geschichte ging eindeutig in Richtung eines Beamtendramas. Nur eine überzeugende Handlung war mir bisher einfach nicht eingefallen. Das war der Grund, warum ich das Gespräch mit Müller suchte.

Ich war mir sicher, dass er ein Geheimnis hatte, das niemand erfahren sollte. Das ist eine Berufskrankheit. Ich denke grundsätzlich, dass jeder Mensch eine dunkle Seite und Geheimnisse hat, die er nicht erzählen möchte.

An jenem Donnerstag war im *Sternenstaub* nicht viel los.

Herr Müller erschien zur üblichen Zeit. Wie immer antwortete er auf die Frage des Kellners, ob er das Übliche trinken wolle, mit einem angedeuteten Nicken. Ohne ein weiteres Wort setzte er sich auf seinen Stuhl und schaute in die Runde. Da keiner außer mir anwesend war, bestand die Runde aus meiner Person, also nickte er mir freundlich zu, bevor er sich dem *Üblichen*, nämlich seinem Alsterwasser, zuwendete.

»Sie sind doch der Herr der Parkplätze?«, begann ich und fand die Formulierung ziemlich dusselig. Ob er nun erstaunt über meine Wortwahl war oder darüber, dass er überhaupt angesprochen wurde, Müller betrachtete mich jedenfalls nachdenklich.

»Sie sind Schriftsteller, richtig?«

Der erste Schritt war getan. Der Beginn meiner Geschichte. Wir sprachen über alles Mögliche. Ich erzählte ein bisschen von mir, über die allgemeinen und spezifischen Probleme des Schreibens. Meistens interessieren sich die Leute dafür, und so war es auch bei ihm. Wir diskutierten über Bücher, die wir beide gelesen hatten. Müller war ein ausgesprochen belesener Gesprächspartner. Meiner Meinung, dass Bestseller gemacht und nicht geschrieben werden, stimmte er nur zum Teil zu. Dann überlegte er laut, dass die richtige Idee zur rechten Zeit die Bestsellerwahrscheinlichkeit erheblich verbessern würde. Außerdem müsste man authentisch sein, um in der Öffentlichkeit wahrgenommen zu werden, und es bedurfte nun mal absonderlicher Ideen, um dieses Ziel zu erreichen. Im Prinzip hatte er recht, aber meinem Einwand: »Ich kann ja nicht einfach Menschen umbringen, nur weil ich Krimiautor bin«, stimmte er nur zögerlich zu.

»Ich bin ja auch kein Autor«, sagte er. »Abgesehen von den üblichen jugendlichen Tagebuchergüssen hatte ich nie literarische Ambitionen. Sie mit ihren Geschichten haben wenigstens die Möglichkeit, in Erinnerung zu bleiben«, ergänzte er nachdenklich seine Worte und bestellte dann noch ein Alsterwasser. »An mich wird sich wohl niemand erinnern.«

Im Prinzip sah ich das auch so, wollte es ihm aber nicht so deutlich sagen.

»Allerdings«, sprach er weiter, »bin ich stolz darauf, dass ich für meine Tätigkeit als Beamter mit einem Wortschatz von nur 341 Worten problemlos jeden Antrag beantworten kann.«

Dass ich das grandios fand, schmeichelte ihm. Geschmeichelte Menschen neigen dazu, mehr über sich zu erzählen. Offensichtlich gab es bisher nur wenige, die sich für ihn, sein Leben oder für seine Arbeit interessiert hatten. So kam es wahrscheinlich, dass er mehr Alsterwasser trank als sonst. Ohne dass ich ihn dazu hatte auffordern müssen, erzählte mir Müller plötzlich aus seinem Leben.

»Ich bin das Kind eines Beamtenehepaars, Einzelkind, behütet, mit mittelguten Zensuren. Keine Leuchte in der Schule. Mittleres Segment. Ob nun die Beziehungen meines

Vaters oder meiner Mutter für den Ausbildungsplatz des Verwaltungsangestellten ausschlaggebend waren, kann ich heute nicht mehr mit Bestimmtheit sagen. Wahrscheinlich haben sich beide für mich eingesetzt.«

Ich nickte verständnisvoll und interessiert. Aus Erfahrung wusste ich, dass Zuhören besser war, als Fragen zu stellen. Ich drehte mich ihm zu, umfasste mein Bierglas und schob es ein wenig in seine Richtung.

Müller erzählte weiter: »Meine erste Frau habe ich beim Karneval des Ordnungsamtes kennengelernt, beim sogenannten Knöllchenfasching. An jenem Abend heirateten wir beide in einem äußerst angeheiterten Zustand, *pro forma carnevalis*, wie es auf der Urkunde hieß. Das sogenannte Narrenstandesamt, eine Erfindung meines damaligen Chefs, erteilte uns die Absolution für alle Eventualitäten der nächsten vierundzwanzig Stunden. Auf dem Ordnungsamt muss alles immer seine Richtigkeit haben, selbst beim Fasching. Danach küssten wir einander, jauchzten und frohlockten.

Wer wen ins Bett brachte und mit den üblichen Aktivitäten begann, konnten weder sie noch ich am nächsten Morgen sagen. Dummerweise war die Nacht erfolgreich gewesen, wie eine Untersuchung wenige Wochen später ergab.«

Ich klopfte Müller bewundernd auf die Schulter, so wie man einem Rennpferd auf den Hals klopft, wenn es als erstes über die Ziellinie gerannt ist. Der Wirt brachte mir ein neues Bier, und Herr Müller stieß freundschaftlich mit mir an, anscheinend stolz darauf, dass ich ihn getätschelt hatte. Dann räusperte er sich und erzählte weiter.

»Natürlich war ich alles andere als glücklich mit dem Ergebnis. Aber Sandra, so hieß meine erste Frau, erwies sich als akzeptable Gattin, pflegeleicht und angenehm häuslich. Außerdem war eine Ehe gut für die Karriere. Den standesamtlichen Freibrief für Narren ersetzten wir ein halbes Jahr später durch eine amtliche Heiratsurkunde und zwei Jahre danach durch einen Scheidungsbeschluss. Der Grund dafür war, dass meine erste Frau ihre beste Freundin Pauline auf das Sommerhoffest des Finanzamtes begleitete. Sandra berauschte sich am lieblichen Weißwein und wachte am nächsten Morgen in den Armen des Gruppenleiters für Kleingewerbe auf. Sie neigte eben leider dazu, sich unter Alkoholeinfluss schnell und umfassend zu verlieben.«

Ich schaute verständnisvoll und überlegte dabei, ob ich etwas wie – *ist mir auch schon passiert* oder *typisch Frau* – antworten könnte, entschied mich dann jedoch, nichts zu sagen und nur weiter zuzuhören.

»Ich hätte nie davon erfahren, wenn Sandras beste Freundin es nicht für ihre Pflicht gehalten hätte, mich zu informieren. Pauline, ein echtes Vollweib, konnte einen Mann schon rein visuell um den Verstand bringen. Anscheinend fand sie mich mehr als sympathisch, und nutzte Sandras Untreue, um mich von ihren Vorzügen zu überzeugen.

Ich hatte nichts dagegen, dass Sandra samt Kind zu ihrer Mutter zog und ließ mich in der Folgezeit ausgiebig von Pauline trösten. Kaum lagen die Scheidungspapiere auf dem Tisch, heirateten wir. Pauline und ich hielten das damals für das Vernünftigste, es war ökonomisch sinnvoll und förderlich für die Laufbahn mittlerer Beamter, zumindest für ihre.«

Ich war erstaunt über Müllers Naivität. Natürlich sagte ich nichts, klopfte stattdessen in Erwartung des kommenden Dramas erneut auf seine Schulter. Es war ein verständnisvolles, Mut machendes Klopfen, wie bei einem Hund, der unter Arthrose leidet und vor dem Gassigehen unschlüssig an einer Treppe steht. Ein du-schaffst-das-schon-alter-Freund-Klopfen.

»Ist ja interessant«, sagte ich beeindruckt. Langsam begann die Geschichte, Konturen zu bekommen.

Herr Müller ließ sich nicht lange bitten und berichtete weiter.

»Dann begann Pauline zu studieren, hatte deshalb nur noch wenig Zeit, überließ mir den Haushalt inklusive der Wäsche, wollte mich auch nicht mehr so häufig trösten und reiste an den Wochenenden immer seltener von ihrem Studienort nach Hause. Als mir bewusst wurde, dass sie nicht nur Verwaltungsrecht studierte, sondern auch einen Kommilitonen tröstete, beauftragte ich meinen Rechtsanwalt, die Scheidungsprozedur in die Wege zu leiten. Später sollte sich herausstellen, dass jener Gruppenleiter des Finanzamtes, der schon für die Trennung von meiner ersten Frau verantwortlich gewesen war, nun auch Pauline auf der Habenseite verbuchen durfte.«

Mir war sofort klar, dass Pauline Sandra den Seitensprung auf dem Sommerfest nur deswegen übel nahm, weil der Finanzamtsheini sie verschmäht hatte. Es handelte sich in der Geschichte also um einen Beste-Freundinnen-Racheplot. Als Pauline den Gruppenleiter doch noch bekommen konnte, war Herr Müller nur noch eine Episode in ihrem Leben. Außerdem war das eine späte Rache an Sandra.

Ich überlegte, ob es irgendein Schulterklopfen gab, das sich jetzt anbringen ließ, aber mir fiel nichts Passendes ein. Deswegen bestellte ich noch etwas zu trinken und sagte: »Das geht auf mich.«

Herr Müller nahm dankbar das neue Glas Alsterwasser, prostete mir zu und erzählte weiter.

»Nach diesen beiden Ehen war ich echt bedient. Ich kümmerte mich um meine Arbeit, und es gibt wahrscheinlich niemanden, der so viel über Parkplatzgenehmigungsverfahren weiß, wie ich. Ich bin der Spezialist auf diesem Gebiet.

Eines Morgens erschien eine Frau, die für ihr Schreib- und Servicebüro *Gundula Szymafskia* einen personenbezogenen Parkplatz direkt vor dem Haus genehmigen lassen wollte. Natürlich durfte ich einem derartigen Anliegen unmöglich zustimmen. Parkplätze im öffentlichen Verkehrsraum sind grundsätzlich für alle gedacht. Im Gegensatz zu anderen Antragstellern gelang ihr jedoch etwas, was ich als eine Erschütterung meiner Grundsätze bezeichnen möchte. Die Frau machte Eindruck auf mich. Sie sah gut aus, war charmant und herzlich. Ich spürte, wie in mir der Wunsch nach Zweisamkeit wieder erwachte.

Etwas muss mich getrieben haben, den Weg des Verwaltungsrechts zu verlassen und persönliches Interesse vor Allgemeinnutz zu stellen. Mein Angebot, dass ich mir vorstellen könne, sie unter der Hand zu einer Behinderten zu erklären und ihr dank meines Amtes eine Ausnahmegenehmigung zu erteilen, wenn sie mit mir essen ginge, nahm sie lachend an.

Die Genehmigung lag wenige Tage später in ihrem Briefkasten. Unserem Essen folgten Spaziergänge, Konzertbesuche und die Entdeckung von Gemeinsamkeiten. Liebe war es wohl nicht, aber durchaus angenehm. Immer öfter fuhren wir mit ihrem kleinen Auto durchs Land und besuchten Museen und Kirchen. Nach unseren Touren parkten wir auf ihrem Sonderparkplatz, wobei wir uns jedes Mal verschwörerisch anschauten, wissend, dass wir etwas Unrechtmäßiges taten.«

Verständnisvoll blinzelte ich Herrn Müller zu, obwohl ich gar kein Auto besitze. An dieser Stelle ahnte ich bereits, dass seine Geschichte noch eine dramatische Entwicklung nehmen würde. Müller schien zu spüren, dass ich am Verlauf seines Berichtes sehr interessiert war. Er nahm einen großen Schluck, kleckerte ein bisschen Alsterwasser auf seine Hose, klopfte plötzlich mir auf die Schulter und lachte albern, bevor er weiter erzählte.

»Ein Jahr später zogen Gundula und ich zusammen, und nach einem weiteren Jahr heirateten wir. Wir waren zufrieden und glücklich. Ich hätte nie gedacht, was ein Verstoß gegen geltende Verordnungen alles bewirken konnte.

Ich befürwortete oder lehnte weitere Parkplatzanträge ab, Gundula arbeitete fleißig, aber wenig erfolgreich in ihrem kleinen Schreib- und Servicebüro. Auch wenn es keinen großen Umsatz einbrachte, sie liebte ihre Arbeit und ihre Unabhängigkeit.

Das Ganze ging so lange gut, bis Gundula eines Tages eine Einladung des Finanzamtes in ihrem Postkasten fand.

Sie wurde darin darüber informiert, dass es nach Prüfung ihrer Steuererklärung Ungereimtheiten gegeben habe. Die Gebührenabrechnung der vom Ordnungsamt erteilten Sondergenehmigung für ihren Parkplatzes könne so nicht akzeptiert werden. Der Status, ob sie behindert oder nicht behindert sei, müsse in einem persönlichen Gespräch geklärt werden.

Ich war gar nicht auf die Idee gekommen, dass Gundula meinen Gebührenbescheid über den Behindertenparkplatz beim Finanzamt geltend machen könnte. Schlagartig wurde mir bewusst, dass man mir nun nachweisen konnte, dass ich meine Position für Privatzwecke missbraucht hatte. Ein Disziplinarverfahren würde das Mindeste sein, was auf mich zukam, gelang es mir nicht, diesen Fauxpas aus der Welt zu schaffen.«

Selbst heute noch beeindruckte Müller die Tragweite seiner Entscheidung derart, dass seine Stimme bedrückt und kleinlaut klang. Er trank sein Glas aus und begann, in der Hosentasche nach Geld zu suchen. Ich wollte nicht glauben, dass seine Geschichte an dieser Stelle zu Ende war.

»Und dann? Was passierte dann?«, fragte ich.

Etwas gläsern schaute er mich an und schien nachzudenken, wo er stehen geblieben war. Er kramte sichtlich in seinen Erinnerungen, und als er an der richtigen Stelle angekommen war, erzählte er weiter.

»Plötzlich sah ich vor mir, wie mein Leben zusammenbrechen würde. Vielleicht nicht wirklich, aber die Angst saß mir im Nacken. Außer mir vor Zorn, beschimpfte ich Gundula mit blöde Kuh, dumme Gans und anderen unschönen Vergleichen aus dem Tierreich. Sie war mir in diesem Moment völlig gleichgültig und hatte wohl keine Ahnung, was ihr Fehler für mich bedeutete. Schlimmstenfalls konnte es mich den Job kosten. Ich wollte einfach nicht glauben, dass sie so dumm gewesen war, und ich sagte ihr das auch. Alles zerbrach in diesem Moment. Ohne ein weiteres Wort zu verlieren, zog sie den Ehering ab und legte ihn auf den Tisch.«

Wieder stand Müller von seinem Hocker auf und wollte sich verabschieden. Es muss der Autor in mir gewesen sein, der spürte, dass da noch ein Rest war, den er noch nicht erzählt hatte. Nur, wie ich diesen Rest erfahren sollte, war mir unklar. Er ging einen Schritt und blieb dann unvermittelt stehen, drehte sich zu mir um und schien durch mich hindurchzuschauen, bevor er sprach.

»Nachdem die Wohnungstür ins Schloss gefallen war«, sagte er, »dachte ich darüber nach, an wen ich mich würde wenden müssen, um dieses Missverständnis aus der Welt zu schaffen. Und ob Sie es glauben oder nicht, der Brief trug die Unterschrift des Beamten, der nun schon zum dritten Mal meine Ehe auf dem Gewissen hatte.«

Ich war begeistert. Das war genau die Geschichte, die ich noch für mein Buch brauchte. Ein Beamtendrama. In meiner Freude erwähnte ich, dass ich seine Geschichte unbedingt aufschreiben müsse. Und nicht nur das, ich würde sie sogar noch ein wenig ausfeilen.

Mein Protagonist würde diesen Typen vom Finanzamt zur Rede stellen und anschließend erschießen. Danach würde er die Leiche verschwinden lassen, idealerweise im Fundament des neu gebauten Finanzamtes. Das hätte etwas Symbolisches, und die Vorstellung, dass das Finanzamt mindestens eine Leiche im Keller hatte, würde den meisten meiner Leser sicher gefallen.

Herr Müller starrte mich verblüfft an, schwieg jedoch, als ihm bewusst wurde, dass er mir bereits zu viel von seiner Lebensgeschichte erzählt hatte. Schlagartig schien die Wirkung des Alkohols bei ihm verflogen zu sein. Einen Augenblick lang dachte er nach und nickte dann. Er lächelte, als er sich höflich verabschiedete. Den Eindruck, dass wir eine Übereinkunft erzielt hatten, freute mich. Er drückte meine Hand fest und etwas zu lang, wie ich allerdings fand.

»Wenn Sie mit Ihrem Buch fertig sind, sagen Sie mir Bescheid. Glauben Sie mir, ich bin sehr interessiert daran. Sie können absolut sicher sein, dass ich dafür sorgen werde, dass es in den Bestsellerlisten ganz oben steht.«

Drei Monate später lag das Buch gedruckt und gut verpackt beim Verlag. Ich informierte Herrn Müller, so wie ich es ihm zugesagt hatte. Freudig erregt lud er mich dazu ein, ihn im Park vor seiner Wohnung zu treffen und duldete dabei keine Ausflüchte. Er erinnerte mich noch einmal an sein Versprechen, mein Buch zu einem Bestseller werden zu lassen und meinte, er habe eine grandiose Idee. Ich hatte keine Vorstellung, um was für eine Idee es sich handelte, war jedoch trotzdem ziemlich neugierig.

Am gleichen Abend trafen wir uns im Park. Es war spät, kalt, und alles andere als ein idealer Platz, um spazieren zu gehen, geschweige denn über Marketingmaßnahmen zu diskutieren. Aber Neugier ist stärker als Kälte.

»Wie wollen Sie denn aus meinem Buch einen Bestseller machen? Sie wissen doch noch gar nicht, was darin steht«, fragte ich Müller, ohne lange um den heißen Brei zu reden.

»Eine Geschichte kenne ich schon«, antwortete er. »Meine Geschichte. Ich gehe davon aus, dass Sie sie aufgeschrieben haben. «

»Mit Abstand die interessanteste«, bestätigte ich.

»Und deswegen wird Ihr Buch gekauft werden, denn die Geschichte ist authentisch. Und sie endet hier.«

»Sie endet hier?«, fragte ich erstaunt und bemerkte, wie die Kälte in mir nach oben kroch.

»Genau hier. Ich werde Sie jetzt nämlich erschießen.«

Er zog eine Pistole aus der Jackentasche und richtete sie auf mich. Soweit ich es erkennen konnte, handelte es sich um ein altes Modell, und doch war ich mir sicher, dass sie funktionieren würde.

»Ich verstehe nicht …«, stammelte ich und spürte ein beträchtliches und ständig zunehmendes Unwohlsein. Herr Müller hingegen war die Ruhe selbst.

»Alles, was ich Ihnen damals erzählt habe, war die Wahrheit. Aber leider auch alles, was Sie sich ausgedacht haben. Ihre Schlussfolgerungen waren komplett richtig. Ich habe diesen Kerl vom Finanzamt erschossen. Er liegt tatsächlich im Fundament des Finanzamtes und zwar im neu gebauten Parkhaus. Die Parkraumbewirtschaftung ist nun mal mein Ressort. Ich wusste natürlich, dass zu der Zeit dort Bauarbeiten stattfanden.

Mein Glück war nur, dass der Kerl korrupt war. Ich hatte ihm Geld für sein Schweigen angeboten. Das vorgeschlagene Parkhaus fand er für die Übergabe ideal. Freitagabend gibt es keine Zeugen im Finanzamt, niemand ist anwesend. Alles andere war ein Kinderspiel.«

»Sie hätten mir sagen müssen, dass Ihnen die Geschichte unangenehm ist. Selbstverständlich hätte ich sie dann nicht geschrieben. Vielleicht lässt sich ja die Auslieferung noch verhindern«, versuchte ich, ihn von seinem Vorhaben abzubringen.

»Nein, es ist gut so. Ich habe mich schon viel zu lange damit belastet. Irgendwann müssen die Dinge ans Licht.«

Gewissenhaft zielte er auf meinen Kopf. Ein echter Beamter eben. Als ob es mich beruhigen würde, meinte er: »Seien Sie versichert, ich werde mich gleich anschließend der Polizei stellen. Versprochen.«

Ich wusste nicht, was ich darauf antworten sollte und hielt es für besser ihm weiter zuzuhören.

»Dank Ihres Buches habe ich die Möglichkeit, in Erinnerung zu bleiben. Wer erinnert sich schon an einen Ordnungsamtsbeamten. Und dank meiner Person wird aus Ihnen doch noch ein Bestsellerautor. Sie haben nicht nur einen Mord aufgeklärt, sondern sind auch gleichzeitig Opfer eines Mordes. Mehr kann ich wirklich nicht für Sie tun.«

Herr Müller war sichtlich bewegt. Mit sich und der Welt zufrieden, nickte er mir aufmunternd zu. Es schien mir sogar so, als hätte er eine Träne im rechten Auge.

Ich sah den Schuss zwar, hörte ihn aber nicht.

Nun gut, ging es mir noch durch den Kopf, dann bin ich also tot. Ehrlich gesagt, das mit dem Bestsellerautor hatte ich mir irgendwie anders vorgestellt.

Stephan Hähnel stellt sich in seinen neuen absurden und schwarzhumorigen Geschichten dieser Herausforderung. Bei ihm fühlt sich das gemeine Verbrechen noch wohl und darf selbst mit harten Broten oder strapazierfähigem Toilettenpapier seine bösartigen Ambitionen ausleben.

erscheint März 2013

www.buchvolk.de

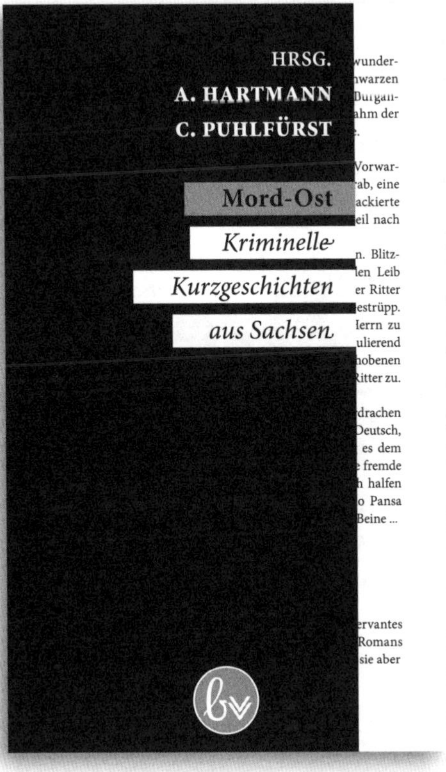

Werden Sie Wiederholungstäter!
Ihnen gefielen Mords-Sachsen und Mords-Sagen?
Sie sind Fan der Ostdeutschen Krimitage?
Dann sind Sie hier richtig. Ob Ehedrama, Provinzintrige, kleiner Mord für zwischendurch – diese Kurzkrimis werden ihnen wohlige Schauer über den Rücken jagen, Sie das Fürchten lehren, oder Ihnen ein Schmunzeln entlocken …

erscheint März 2013

www.buchvolk.de

14 Autoren ❁ *19* Sagen

Sie lieben Kurzkrimis? Humor? Grusel und Thrill? Sie lieben Sachsen, seine Geschichte und Geschichten? Am besten alles zusammen? Dann wird Sie dieses Buch begeistern! Schmatzende Tote, ein Reiter ohne Kopf, böse Zwerge, unglücklich Verliebte, Totengräber, Fabeltiere, giftige Insekten oder Moosmänner – sie alle sind hier versammelt.

erscheint November 2012

❁

www.buchvolk.de

BUCHVOLKverlag *Kinderbuch*

Panzer & Rosenkranz – *Dicke Luft in Funkenbach*

Vorsicht! Funkenbach ist keineswegs so ungefährlich, wie es auf den ersten Blick zu sein scheint. Es spukt in der Villa Brause, ein uraltes Gemälde verschwindet aus dem Schloss, Dynamit liegt in der Luft und ein falscher Baron hat massenhaft kriminelle Ideen.
In den Rätselkrimis bist du gemeinsam mit Panzer und Rosenkranz dem Verbrechen auf der Spur!

erscheint Dezember 2012

www.buchvolk.de

Besuchen Sie uns im Internet!
Alles außer gewöhnliche Bücher
www.buchvolk.de